北京大学·国子监大讲堂

文苑英华
——中国古代文学作品讲读（上）

北京大学首都发展研究院　组编

图书在版编目(CIP)数据

文苑英华：中国古代文学作品讲读.上/北京大学首都发展研究院组编.
—北京：北京大学出版社，2017.9
（北京大学·国子监大讲堂）
ISBN 978-7-301-28774-3

Ⅰ.①文… Ⅱ.①北… Ⅲ.①中国文学—古典文学—文学欣赏 Ⅳ.①I206.2

中国版本图书馆 CIP 数据核字 (2017) 第 224588 号

书　　　名	文苑英华——中国古代文学作品讲读（上） WENYUAN YINGHUA——ZHONGGUO GUDAI WENXUE ZUOPIN JIANGDU（SHANG）
著作责任者	北京大学首都发展研究院　组编
责任编辑	杜若明
标准书号	ISBN 978-7-301-28774-3
出版发行	北京大学出版社
地　　　址	北京市海淀区成府路 205 号　100871
网　　　址	http://www.pup.cn　新浪微博：@北京大学出版社
电子信箱	zpup@pup.cn
电　　　话	邮购部 62752015　发行部 62750672　编辑部 62767349
印　刷　者	三河市北燕印装有限公司
经　销　者	新华书店 650 毫米×980 毫米　16 开本　18.5 印张　208 千字 2017 年 9 月第 1 版　2017 年 9 月第 1 次印刷
定　　　价	48.00 元

未经许可，不得以任何方式复制或抄袭本书之部分或全部内容。
版权所有，侵权必究
举报电话：010-62752024　电子信箱：fd@pup.pku.edu.cn
图书如有印装质量问题，请与出版部联系，电话：010-62756370

本书编委会

主　编　吴志攀
编委会委员　（按姓氏笔画排序）
　　　　　　于迎春　万鹏飞　白　宇　杜晓勤
　　　　　　李中华　李平原　李国平　李　简
　　　　　　李鹏飞　张学智　陈战国　郑　园
　　　　　　韩水法　韩茂莉　程郁缀　雷　虹
　　　　　　蔡满堂
编委会执行委员　李平原
编委会秘书组成员　程　宏　刘　翃　王婧媛
　　　　　　　　　　李　雯

目 录

前　言 ……………………………………………………（1）
第一讲
　《诗经》的宴飨诗赏析 …………………………… 于迎春(1)
第二讲
　《诗经》的怨刺诗赏析 …………………………… 于迎春(24)
第三讲
　楚辞——《离骚》 ………………………………… 于迎春(42)
第四讲
　楚辞——《九歌》 ………………………………… 于迎春(64)
第五讲
　楚辞——《九辩》 ………………………………… 于迎春(77)
第六讲
　汉赋 ………………………………………………… 于迎春(94)
第七讲
　汉代五言诗与《古诗十九首》(一) ………… 于迎春(112)
第八讲
　汉代五言诗与《古诗十九首》(二) ………… 于迎春(127)
第九讲
　六朝诗——陶渊明 ……………………………… 程郁缀(144)

1

第十讲
  盛唐气象与少年精神
    ——李白及其诗歌艺术欣赏 ………… 杜晓勤(150)

第十一讲
  诗圣杜甫及其诗史精神 ………… 杜晓勤(173)

第十二讲
  诗佛王维及其诗情画意 ………… 杜晓勤(210)

第十三讲
  补察时政与泄导人情
    ——白居易及其诗歌艺术欣赏 ………… 杜晓勤(244)

第十四讲
  唐诗之花的幽艳晚芳
    ——李商隐、杜牧诗歌艺术欣赏 ………… 杜晓勤(265)

前　言

　　不知不觉,北京大学国子监大讲堂已经举办了10个年头。想当初,北京2008奥运会前夕,北京市作出《关于大力推进首都学习型城市建设的决定》,北京市委教工委、东城区积极响应,经过和北京大学多次沟通和磋商,决定以国子监700年太学底蕴为基础,立足北京大学百年学术传统,延续蔡元培先生平民教育理念,面向社区居民开展国学公益讲座,共同构建民族的、大众的、权威的国学文化学习平台。经过各方努力,2007年9月8日,"北京大学国子监大讲堂"在北京孔庙和国子监博物馆彝伦堂开坛授课,北京大学哲学系教授李中华以"论语与现代文明"首讲揭幕。国学大师、中国当代著名哲学家、北京大学教授汤一介先生亲笔题写"北京大学国子监大讲堂"的匾额。

　　10年来,在北京市委教工委、北京大学的关心支持下,在东城教委、北大首都发展研究院、东城区社区学院等单位的通力配合下,截至2017年9月,北京大学国子监大讲堂共开办固定讲座164期,流动讲座30余期,数万人次学员到现场聆听,10万市民通过网络参与学习、互动。课程内容涵盖中文、历史、哲学、艺术、北京人文历史等国学文化多领域内容。李中华、程郁缀、阎步克等40余位校内外知名教授、优秀学

者走上讲台,为首都市民提供了原汁原味、异彩纷呈的国学盛宴。

10年来,北京大学国子监大讲堂从最初的固定课堂到今天的"固定课堂+流动课堂+空中课堂+体验式学习",国学教育的平台向着四九城里每一方学习的沃土延伸;从最初单一的纸质媒体传播到如今的"纸质媒体+网络媒体+自媒体"的立体传播模式,大讲堂的声音走进千家万户,激励着社区百姓求知的心灵!

为了进一步发挥北京大学国子监大讲堂国学教育的辐射引领作用,2013年起,北京大学国子监大讲堂增设了流动大讲堂,每年推出8至10个精品讲座,下社区、进学校,有力地推动了东城区学习型街道、学习型学校的建设。2015至2016年,充分利用信息技术手段,"北京·东城·学网"网站版、移动端和大讲堂微信公众号相继上线,市民可以通过电脑、手机点击进入大讲堂,了解课程信息,观看讲座视频,记录学习轨迹。

10年来,北京大学国子监大讲堂得到了社会各界的广泛关注和认可。2008年,入选"首都市民终身学习服务基地"。2009年,成为首批首都市民学习品牌。2014年,被评为全国"终身学习活动品牌"。北京大学国子监大讲堂已经成为老百姓家门口的国学精品课堂,成为北京学习型城市建设一张闪亮的名片。

我们欣喜地看到,党中央和社会各界已经形成共识,重视传统文化,传播和弘扬优秀传统文化是我们国家正在努力去做的事情。我们相信,北京大学国子监大讲堂正在从事的工作也是其中的一分子,我们愿意为在全社会传承国学尽绵薄之力。

第一讲 《诗经》的宴飨诗赏析

于迎春

今天我为大家讲《诗经》中的宴飨诗。对大家来说,这类作品可能会相对陌生一些,因为我们平时接触最多的可能是《诗经》里的爱情诗、农事诗。其实,宴飨诗在《诗经》的那个时代里,是具有非常高的社会政治地位的,这也是我今天希望为大家讲解它的原因之一。

在进入正题之前,我先把《诗经》的大致情况为大家介绍一下。

《诗经》是中国文学史上的第一部诗歌总集。说它是"第一部诗歌集",大家会觉得这是很明白的事情吧?的确,《诗经》中作品的产生年代大都非常早,在它以前并没有什么诗歌编成集子。可是为什么说它是"总集"呢?什么叫作"总集"?"总集"是中国古代图书分类的术语,这表示《诗经》里的作品不是由同一个诗人所独立完成的;换言之,只有包含了不同作家、不同诗人的作品集,才能称之为"总集"。与"总集"相对的概念是"别集","别集"意味着这部集子里面的所有作品都是出自同一人之手。

《诗经》这部诗歌总集所收入的作品,按照学术界的一般说法,最早的在西周初年,最晚的到春秋中叶,大致相当于从公元前 11 世纪到公元前 6 世纪了,时间跨度有五百年之久。

所以大家可以想象一下,《诗经》中所汇集起来的这么大时间跨度内的作品,其相互之间的差异,无论在形式上还是风格上,都是相当明显的。

《诗经》一共收入了305篇作品,先秦时代的人们称之为"诗";又或者取其整数,称之为"诗三百"。后来,由于其儒家经典的地位,人们就将它尊称为《诗经》了。

关于《诗经》的研究一直是中国的一项大学问,叫做"诗经学",这项专门之学涉及很多问题,我今天只为大家介绍其中的一些基本知识。

先来看看《诗经》的分类。我们今天读到的《诗经》文本有风、雅、颂三大类的分别,可是这个分类是按照什么标准来划分的呢?其实我们并不是非常地了解。当初整理《诗经》的那些人,他们一定是有分类的考虑的,但是他们并没有说明当时分类的依据,于是后代的学者们就只能一代又一代的,根据自己掌握的材料来进行考释、分析、推断了。直到今天,学术界对于《诗经》分类标准的认识仍旧没能统一,但是大家普遍倾向于从音乐上去理解它,也就是说,当年的《诗经》很可能是按照音乐标准来进行分类的。

现在我们再来具体地看看风、雅、颂这三大类。风是十五国风,它在《诗经》305篇的作品中占了160篇。雅则分为大雅和小雅,大雅有31篇,小雅有74篇,合起来共105篇。所以大家看,风和雅已经占了《诗经》篇数的绝大多数了。剩下的一类就是颂,一共40篇,它又分为周颂、鲁颂和商颂。

既然我们如今对《诗经》的认识多从音乐上来,那么具体应该怎么解释风、雅、颂这三种类别呢?

所谓"风",其实相当于我们现在所说的音乐曲调、乐调。国风的"国",是指当时的诸侯国。十五国风指的乃是十五个

第一讲 《诗经》的宴飨诗赏析

诸侯国的乐曲,就像今天的陕西有信天游一样,"诗经"时代很多地方也有当地流行的乐曲,这些乐曲往往有固定的调式。换言之,"国风"就是具有区域性特征的地方乐曲。

再解释一下"雅",这个问题说起来要稍微麻烦一点。"雅"是"正"的意思。从周代的社会政治结构上来说,整个天下有一个名义上的统治者,也就是周天子。但是当时周天子本人并不直接统治中国那么广大的疆域,他自己直接管辖的只是以首都为中心的附近区域,也就是称为"王畿"的首都圈地区。除此之外,周天子派出了很多人,分封给他们疆土,让他们到各地为诸侯,代为自己进行统治。这些诸侯在自己的封地上享有一定的政治、经济、军事的权力,同时他们也要履行很多义务,比如要向天子称臣进贡,天子要去征伐的时候,他们也得出兵等等。前面讲过的"国风",就是这些诸侯所管辖的区域所流行的地方乐曲;而"雅",则是指周天子自己直接管辖的区域,也就是"王畿"一带的音乐。前面说过,"雅"有"正"的意思,雅正也就意味着标准、规范。当时,人们为了表示对周天子的尊重,就用"雅"来称呼和他相关的许多东西,王畿之地的音乐因此就有了"雅乐"之称。也就是说,相对于地方乐而言,把周天子直接统治地域的乐曲称作正乐。

同样的,周天子直接管辖地区的方言,被称为雅言。雅言,就是正言的意思。大家可以想象一下,中国当时的疆域虽然与现在不同,但是就其交通、通信条件而言,也的确够大了;那么广大的区域里,从东边的齐国、鲁国到西边的秦国,隔着万水千山,彼此讲着各不相同的方言土语,人们该怎么沟通呢?那个时候又没有借助国家政权的力量不懈推广的普通话,鲁国和秦国的人见了面,或者楚国派出了使节,他们

要如何联络、交流呢？其实，当时也有一种相对规范、通行的语言，这就是雅言。换言之，周天子直接管辖的王畿区域，也就是现今陕西一带所使用的语言，被作为当时通行天下的标准语。《论语》里面就有相关的记载，鲁国的孔子在教学生《诗经》《尚书》，以及执行礼仪的时候，都使用雅言。孔子主要生活在现在的山东曲阜，距离陕西是非常遥远的，但是在特定的场合，为了表示郑重，他还是会选择使用被认为更具有正统性、通行性的雅言，而不是鲁国的方言。

最后我们来说说"颂"。"颂"是王廷宗庙祭祀之乐，分周颂、鲁颂、商颂三部分，这三颂的使用者，分别是周天子、鲁国国君以及殷商人后裔，可见，"颂"乃是天子、君主一类地位比较高的人物，在宗庙中进行祭祀的时候所使用的乐曲，常常配合以歌舞。颂大概是通过编钟、编磬这一类金石乐器来伴奏的，节奏应该会比较迟缓。周天子他们就是在"颂"这种风格庄重、宽缓的音乐的伴奏下或表演中，来祭祀祖先，向神明祈求福运的。

以上介绍的是《诗经》大致的分类情况。

我们谈到了《诗经》和音乐的关系，我想在这里向大家强调，《诗经》中的作品全都是乐歌，在当时都是可以歌唱的，所谓诗，其实本来是歌曲，和今天呈现在我们面前的单纯的书面文本不一样。虽然非常遗憾，《诗经》中的乐调早已全都失传了，但是大家在阅读的时候不妨注意提醒自己：我们读到的只是《诗经》的歌辞，这只是具有乐歌综合性的《诗经》的一部分；那当初藉由音乐表现着的韵律、情绪，已经随着乐曲的失去而失去了。

关于《诗经》和音乐，我还想为大家补充介绍一下时代背景。西周时代的社会政治有一个非常突出的特点，就是所谓的

第一讲 《诗经》的宴飨诗赏析

"礼乐文明",礼乐文明是西周政治文化和贵族文明的重要组成部分。不过需要说明的是,对礼乐的讲究仅限于社会中的贵族,礼乐跟普通老百姓没有太大的关系。

先秦时代,人们对音乐有深刻的认识,礼乐在社会文化中有很高的地位。请大家看《礼记·乐记》中的两条材料:

> 凡音者,生人心者也。情动于中,故形于声;声成文,谓之音。是故治世之音安以乐,其政和;乱世之音怨以怒,其政乖;亡国之音哀以思,其民困。声音之道与政通矣。

这一段是说,声音是从人的内心中产生的,当人的心情被触动了,就会通过声音表达出来。声和音是不同的,声是单纯的、生物性的,声按照一定的规律和秩序编排、组织起来才成为音。这一段文字包含了丰富的音乐思想:一方面,外部世界会触动人的内心,使得人心有所感,有表达的需要,音乐乃由人感物心动而起;另一方面,人们表达出来的这个声音,或者说他们的歌唱,与国家的政治状况密切相关。具体来说,在一个政治治理较好的时代里,产生的音乐是安适的、快乐的,就是说,这样的音乐风格反映着这个时代清平祥和的政治。相反,如果音乐是在乱世中产生的,它的风格就会充满了怨恨、愤懑,古人会将"怨以怒"的音乐与社会政治中很多违背常理的现象联系在一起,而这样的音乐听起来也会让人感到怨愤。至于国破家亡形势下的音乐,则通常是悲哀的、充满了忧虑,因为它联系着的是民众穷困的生活现实。"声音之道与政通",就是说,音乐不是单纯的自我表达,因为在古人心目中,无论是艺术还是文学,都不是纯粹的个体性行为。现在提到诗歌,大家会觉得写诗基本是诗人自我的抒情,一个人觉得悲伤,觉得愤懑,他的感情激荡、难以压抑了,就会表达出来。这种情绪越个人化,表达得越激烈,给人的印象就会越深刻,越容易感染到人。但先秦时期的人们并不这样想,他们强调音乐与人心和社会政治联系密切,政治形势的好坏直接影响、决定着音乐的面貌,这是当时音乐理论中非常重要的一个基点。在这种认识的基础上,礼和乐不仅被关联在一起,而且它们一同被看作是社会治理的重要工具。

接着我们来看第二条材料,《礼记·乐记》:

> 礼节民心,乐和民声,政以行之,刑以防之。礼乐刑政,四达而不悖,则王道备矣。

这是说,"礼"是用来节制人心的,它使人的各种行为不会放纵、无拘束;"乐"可以协调人的音声以及相关的情绪;"政"是通过行政运作来推行治国的理念,而刑罚用来防范人的行为出现偏差。同时,礼、乐、刑、政这四个方面要彼此协调,通畅运行,这样才符合一个理想政治的要求。礼、乐与刑、政同属于国家治理的重要手段和途径,可以说,周代的礼、乐是具有相当崇高的社会政治地位的。当然,后世的人们在追述周代的政治制度时,很可能或多或少加以理想化。

在对周代政治制度的描述和后来儒家的理论表述中,礼乐常常连文并称,但其实,礼和乐是不一样的。简单地说,礼是外部规定,是一种外在的约束力,比如说在丧葬的时候,一个人应该穿什么样的衣服,应该哀泣到什么程度,这都取决于他和死者关系的亲疏。再比如臣子见到诸侯或者周天子的时候,应该采用什么样的礼节,是该小步走还是快步走,该喝几杯酒等等,都取决于他的等级地位。我们站在今天的立场上，会觉得这可真是繁文缛节！但这也恰恰表明当时的文明发展的高度，所以人们相信，可以通过仪式化的外部规范，来节制人的生活、行为，以使人保持规矩和体面。我们后面会向大家介绍宴飨礼，宴飨礼中的许多仪节规定，为的是避免酒祸，因为在庄重的场合醉酒会造成很多麻烦。

《礼记·乐记》说得很清楚，"故乐也者，动于内者也。礼也者，动于外者也。乐极和，礼极顺。""乐者为同，礼者为异。同则相亲，异则相敬。……礼义立，则贵贱等矣。乐文同，则上下和矣。"综合而言，礼是从外而来的，按照等级贵贱、长幼尊卑等顺序，来区别人们的不同社会阶级身份，并规范他们与其等级相应的差异性行为，强调人的庄敬恭顺之德；而乐，则是产生自内、影响于内的，它强调个体内心情感的平和宁静，同时又重视人际之间的亲和、和谐。乐的理想是从内心来协调人的共同性情感，进而使人同亲共爱，这与礼依据外部等级差异来区别人及其行为是不一样的。在这里，我想再一次强调：周代的音乐主张既不是个体性的，也不是娱乐性的，而是要以之来端正世道人心，也就是《礼记·乐记》里所说的："先王之制礼乐也，非以极口腹耳目之欲也，将以教民平好恶而反人道之正也。"就是说，上古的圣王制作礼乐不是为了满足人们的感官享受，它要求人们控制自己的情绪，最终养成君子一样的人格。因此，音乐在当时虽然并不排斥快乐这种情绪，但是在正统的观点看来，雅正的音乐，其理想状态应该是中和平正、安宁和乐的，换言之，就是在使人"欣喜欢乐"的同时，还不失和平持重、富于节制。基于这样一种音乐理想，孔子对春秋晚期流行的乐曲非常不满。当时社会政治秩序紊乱，许多国家流行一种新兴的音乐，所谓"郑卫之音"，在孔子看来，那些新乐曲表现出了情意放纵、音声不加节制的特点,因而不符合周代中正无邪的音乐观念。

今天要讲的三篇作品都属于《诗经·小雅》,我就再多介绍一些与雅诗相关的内容吧。前面我们说过,雅诗分为"大雅"和"小雅"。总体上来说,大雅产生的时代要早于小雅,大雅作者的社会阶层也比小雅要高一些,而且大雅的社会功用也跟小雅不太一样。具体说来,大雅里的大部分作品产生在政治安定、大兴礼乐的西周初期至周宣王中兴时期,小部分产生于西周后期的厉王、幽王时代。诗作大多为描写诸侯朝聘、贵族宴飨的乐歌,小部分为政治讽谏性作品,是当时贵族们,尤其是上层贵族的作品。而小雅的大部分作品产生于西周后期,还有一部分是东周初年创作的。其中有一部分是朝会和宴飨的乐歌,性质与《大雅》类似,但应用范围有所扩大,从朝会扩延到贵族社会的一般性典礼;大部分是对于政治的讽谏怨刺之作,因为当时的政治形势已经比较糟糕了,所以比较容易产生这一类性质的诗歌。作者来源也更广,包含一些比较下层的低级贵族。

雅诗中有不少是描写贵族之间的交往的,其中也包括我们今天要讲的以君臣、亲朋欢聚为主要内容的宴飨诗。"宴飨"的意思是用酒和食物来招待宾客。"宴飨"这两个字会有不同的写法,如"宴"或作"燕","飨"或作"享",但意思都是一样的。宴飨这项活动在周人的生活中有着重要的地位,在周代的贵族生活圈里,有各种各样规格、类型的宴饮,这是当时上层社会的普遍风气。但是请大家注意,这种酒会、宴飨活动其实属于礼乐的一部分,是周代贵族们礼乐文化的重要组成部分。贵族们的生活礼仪具有强烈的社会功能和群体性意义,也就是说,人们聚在一起饮酒、吃饭,往往是要达成一定的社会效用的。

第一讲 《诗经》的宴飨诗赏析

贵族们用宴饮来联络感情,这跟当时的宗法社会结构有关。大家知道,周代是一个宗法制社会,宗法制度与政权机构密切结合。所谓"宗法制",简单来讲,就是嫡长子继承制,而且,周代还特别强调对大、小宗的区分。举个例子,周天子如果死了,其权位通常会由他的嫡长子,也就是正妻所生的大儿子继承。那周天子其他的儿子们怎么办呢?天子只能有一位,其余的儿子们就只能下落一级,比如分封到地方上做诸侯。这个继承了王位的嫡长子就是大宗,是同姓贵族的最高族长,又是政治上的共主,掌有统治天下的权力。其他的那些儿子们就成为小宗。诸侯死了以后,同样由诸侯的嫡长子继承君位,其他的儿子再下落一级,去做卿或者大夫;对于这个诸侯国来讲,继承了诸侯之位的人在本国就为大宗,是国内同宗贵族的族长,并掌有统治本封国的权力,其他的儿子们则成了小宗,以此类推。周人非常重视大宗,在各级贵族组织中,这些世袭父位的嫡长子,既具有贵族的族长身份,又成为各级政权的首领。

周代的政权,是以周天子为首的姬姓贵族为主,联合其他异姓贵族进行统治。周天子那么多的兄弟、子侄都先后做了诸侯公卿大夫,他们彼此都是同姓亲戚,由于同姓不可以通婚,他们就得与同等级的异姓贵族结为姻亲。结果是,除了父子、兄弟、叔侄等众多的大宗和小宗外,再加上异姓联姻带来的翁婿、甥舅等的姻亲关系,掌握权力、统治老百姓的人,算来算去其实基本都是沾亲带故的;周天子与诸侯,诸侯与卿大夫,既有政治上的组织关系,同时也往往存在着宗法和姻亲的关系,周代的政权机构就这样和血缘亲族关系紧密地结合起来了。

讲明白了上面的这些背景,大家就可以理解了,这些执

掌权力的上层贵族,他们在宴饮当中强调亲亲之道、宗法之义,其实就是宗法制度下叔伯子侄、堂兄堂弟、外甥舅舅等的亲戚——政治关系的维系与加强,其中既包含了纵向的封建等级关系,也包括了横向的宗族亲戚的联系。对这种关系的强调,既是为了增加亲族的脉脉温情,也是为了增进社会政治的稳定,强化社会政治秩序和道德伦理规范,从而有利于他们的统治。

大家请看《礼记·燕义》中的这段话:"是以上下和亲,而不相怨也。和宁,礼之用也。此君臣上下之大义也。故曰,燕礼者,所以明君臣之义也。"所谓"君臣之义",就是说做臣子的,要竭力尽能为国家立功;而为君者要表彰臣下,赏赐以应有的爵禄和财富,这样就能使得国安而君宁了。宴飨之礼就是要充分体现君臣上下之间的这种亲睦、和宁。"故酒食者,所以合欢也。"(《礼记·乐记》)宴飨乃是用来增进君臣、贵族之间欢欣融洽的感情、关系的。需要指出的是,我们现在能看到的相关材料中,基本都是这个时代里社会上层的一些男性成员生活的体现,这应当跟当时的社会状况,或者说男性成员扮演的社会角色有关。

那么我们就来看一下《小雅·鹿鸣》这首诗吧。先说明一点,《诗经》是两千几百年前的作品了,这两千多年里有关它的研究成果实在太多了,而对于诗篇本身,大家的理解时常是千差万别的,很难说就存在着一个精确的、唯一的解释。所以,为了方便起见,在对诗文中字句的具体解释歧异时,我在这里就不一一介绍各家的不同说法了。我只选取一种解释来讲解作品。

按照《毛序》的解释,《小雅·鹿鸣》这首诗是"宴群臣嘉宾也"。也就是说,汉代学者认为这首诗写的是周天子宴请

第一讲 《诗经》的宴飨诗赏析

群臣的。我刚才提到了《毛序》,这个"毛"是姓氏,西汉初年曾有两个姓毛的学者,一个叫毛亨,一个叫毛苌,他们传授下来了关于《诗经》的一个学术系统,称作"毛诗"。

"毛诗"是西汉初期《诗经》传承中的一个重要系统。先秦时代,人们的学习并不像今天是对着书本进行的,而主要是通过口耳相传,听到了、背下来,记在心里的。那个时候的书很少,一般人更是接触不到,书面文献只保存在天子或者诸侯的史官那里,知识的传播非常受限制。所以在相当长的一段时间里,《诗经》都是口耳相传的,到了汉初也是如此。当时,传承《诗经》的有几个不同的学派,各有其对诗文的理解、认识。可惜其他几家后来都失传了,只剩下毛亨、毛苌这一派,也就是"毛诗"传下来,我们今天看到的汉代人关于《诗经》的解释,基本上都来自"毛诗"这个系统。"毛诗"会对每篇的诗意做一个简要的概括,告诉我们这首诗讲的是什么内容,这个就叫做《毛序》。不过《毛序》的解释有些时候并不合理。

小雅·鹿鸣

呦呦鹿鸣,食野之苹。我有嘉宾,鼓瑟吹笙。吹笙鼓簧,承筐是将。人之好我,示我周行。

呦呦鹿鸣,食野之蒿。我有嘉宾,德音孔昭。视民不恌,君子是则是效。我有旨酒,嘉宾式燕以敖。

呦呦鹿鸣,食野之芩。我有嘉宾,鼓瑟鼓琴。鼓瑟鼓琴,和乐且湛。我有旨酒,以燕乐嘉宾之心。

我们不妨遵从《毛序》的说法,把这首诗理解为周天子宴请群臣的诗,一直以来,这个说法影响非常大。这首诗写"我"作为主人,对宾客善意款待,同时宾客们对"我"也非常友好,给

了一些很好的建议。总之，这首诗着重描写了饮酒宴乐时宾主之间融洽和乐的气氛。

"呦呦"是鹿鸣的声音，"苹"是一种草的名称。头两句为"起兴"，这是《诗经》里特有的表现方式。所谓"起兴"就是不进行直接的描写、叙述，这首诗写的是周天子宴请群臣，但它并不直接从周王的宴会上写起，它先写了一些看起来好像不相干的东西，写了鹿鸣，写了野草。从音乐上来说，这其实是为了开一个头，在这之后再兴起主题，让歌唱顺利进入到某个乐调里去。不过这种兴起的句子，有时候也会带有一点比喻的意味，就说"呦呦鹿鸣，食野之苹"这两句吧，据说鹿在找到食物之后会发出鸣叫，叫声会把它的伙伴们都召集来，大家一起享用食物，所以这两句与诗篇要表达的意义也是相呼应的，周王藉此希望大家都来参加宴会，以示他诚恳好客的心意，以鹿鸣食草，来兴起、烘托君燕群臣的诗意。"我有嘉宾，鼓瑟吹笙"，"嘉宾"就是指佳客、好的客人，"我"请他们来参加宴会，宴会上有音乐伴奏。"吹笙鼓簧，承筐是将。""鼓"是弹奏的意思；"簧"是笙里面的舌片，它受到振动时就会发出声音，这是接着前面的"鼓瑟吹笙"来做进一步描述。"承"是两只手捧着；"将"在这里念第一声，是送、献给的意思；"筐"是里面盛着礼物的竹器，所以要捧着，很郑重地献给客人。在当时的宴会上，礼节之一就是要向来宾们赠送礼物，礼物通常以丝织品为多，有时也可能会是非常贵重的，如玉器、车马什么的。"人之好我，示我周行"，"人"指参加宴会的宾客们，他们都喜欢"我"、爱"我"；"示"是显示或者告知的意思；"行"指的是道路，"周行"本意是指大道，不过在这里，"周行"用的是比喻义，指处事或者治理国家所应该遵循的正道。这一章的大致意思是说，周天子礼遇群臣，既招待以酒食，又

第一讲 《诗经》的宴飨诗赏析

馈赠以礼物,而宾客们也非常爱戴他,在设宴作乐的欢乐气氛中,提醒他治国、处事、为人所应该遵循的法则。诗歌呈现出了饮酒宴乐之时的和乐气氛,以及君臣和睦融洽的关系。

第二章,开头的"呦呦鹿鸣,食野之蒿",这是对第一章的重复,两句只变化了一个字,"蒿"也是一种草的名字,跟第一章的意思差不多。"我有嘉宾,德音孔昭","孔"是非常的意思;"昭"指的是明、显著;至于"德音",通常认为指人的道德声誉,意思就是"我"有很好的客人,他们有卓著的道德声誉。不过有些学者另有解释,他们把"德音"解释成两个并列的单音词。由两个字构成的一个双音节词叫复合词,现代汉语中复合词居多,但是在先秦时代,单音节词多见。照后一种看法,"德"是指一个人的德行,而"音"则是他发出来的声音,也就是他的言语;"德"是指内在品性,"音"是指其外在表达,这也能解释得通。总之,诗人是在强调"我"有好的客人,这些客人是一些非常有名声、有德行的人。"视民不恌","视"即"示",就是给人看的意思;"恌"同"佻"。这句是说,这些有名声的好客人,他们为人或者为政的作风端庄、不轻浮,这是那个时代特别强调的贵族应有的风范。"君子是则是效",这里的"君子"泛指在位者、贵族;"是则是效"是一个倒装句,正常语序应该说"则是效是";"是"代指前面"德音孔昭,视民不恌"那样的好客人;"则"和"效"的意思差不多,都是指仿效、以之为榜样。这一句的意思是,那些好客人,是值得贵族们效法的榜样。"我有旨酒,嘉宾式燕以敖","旨酒",美酒;"式"是语助词,没有什么实际的意思,这种语助词有时候可能只是为了适应音乐的需要,或者在语气上要表达某种效果。"燕"是安闲舒适的意思,"敖"指舒畅快乐,这一句是说,"我"要让客人们安适、畅快地在这里享用酒宴。

第三章,"呦呦鹿鸣,食野之芩","芩"也是草的名字。大家可能已经发现了,《诗经》许多作品在结构上有一个很突出的特点,像这一篇的每一章开头都差不多,几乎是重复的。这样有一个好处,诗在当时是配乐歌唱的,人们用几乎重复的歌词不断反复地歌唱,一再表达类似的意义,这样可以强化、叠加感情。可是如果每一章的歌词完全一样,那岂不是太单调了!所以人们常常会在同样的位置上对应变换几个字,稍微加一些变化,使之在重复当中又略有不同。"我有嘉宾,鼓瑟鼓琴",这跟第一章的意思也差不多。"鼓瑟鼓琴,和乐且湛"。"湛","乐之甚也",非常快乐的意思;"和乐"则是当时在这类酒宴上希望能够营造出的一种协调的气氛,君臣和睦,宾主快乐。"我有旨酒,以燕乐嘉宾之心","燕"同上一章,也是安适的意思。"我"有美酒,能使得嘉宾们心中安乐。

《鹿鸣》写了周王设酒作乐、诚恳款待群臣的一场宴飨。诗中自始至终以招朋引类的鹿鸣起兴,以鼓瑟吹笙的乐声相伴,渲染出一种既庄重又欢乐融洽的气氛。君主展示其殷勤厚意,并向臣下咨询治国之道,夸赞他们美德卓著,希望以此换取他们修德爱民,尽忠于王室。整首诗写的都是奏乐饮酒,但着重在表现君臣、主客之间的相得,其目的乃在于追求一种和谐的人际关系。这首宴飨诗比较典型地反映了周代礼乐文明的面貌。全诗气氛欢乐和洽,极尽酒宴的欢愉和宾主之谊,同时还表现出了一种守礼自持、温文雍容的贵族风范。此诗是《诗经·小雅》的第一首,被称为"小雅之始",对后来的诗歌有明显的影响,曹操有名的《短歌行》其一,就直接借用了《鹿鸣》第一章中的几句。

接下来,我想给大家介绍一些关于宴飨的礼仪。由于缺乏系统记载,我们现在对于周人礼节的具体了解还很有限,

第一讲 《诗经》的宴飨诗赏析

学者们根据片段的文献资料和考古发现,大致地对飨礼进行了还原。在此,我参照杨宽先生《西周史》中对"飨礼"的考释、梳理,为大家简介如下。

飨礼在周代是一种比较隆重的礼节,通行于天子、诸侯、卿大夫这些等级比较高的贵族当中。按照行礼次序,飨礼上最先开始的是迎宾礼:主人带着帮助主持礼节的相礼人员,在门外迎接客人,主客见面之后,互相行礼致意,然后客人被引领到厅堂之上。春秋时代,宾主见面行礼之时,往往还要相互赋诗来表达他们的心意。

飨礼的重头是第二个环节,献宾之礼。客人被迎接到了厅堂上,宾主之间要进行名为"献""酢""酬"的步骤,合在一起称为"一献之礼"。所谓"献",就是宾客入席之后,先由主人取酒爵到宾客的坐席前进献,请客人喝酒。"酢"则是由宾客取酒爵到主人席前去还礼,用酒回敬主人。"酬"是再由主人拿酒,自己先喝,然后劝宾客饮用,即是主人再一次向客人敬酒。概而言之,整个过程首先是主人向客人敬酒,然后是客人回敬,最后主人再一次向客人敬酒,这三个步骤合称为"一献之礼"。根据宾客的尊卑等级,对最尊贵的客人要行"九献之礼",像周天子招待诸侯国君时就要用九献。大家可能觉得奇怪,喝这么多不会醉么?周代贵族饮酒以礼,不是讲究节制的么?因为那个时候用麦芽酿造的醴酒,酿造时间短,其糖化程度高,酒化的程度低,所以不容易醉人。而且宾主在飨礼上每一次并非真的喝下去,往往只是抿一点儿,按照古人的说法就是"饮至齿不入口"。在举行献宾之礼的时候,主人在厅堂里还陈列着各种各样的食物,并向宾客们赠送礼品,就如我们之前在《鹿鸣》诗中讲到过的那样,用筐盛着丝织品一类的礼物赠送给宾客们。

行礼的时候要伴奏着音乐和歌唱。飨礼上,从客人入门、升堂、敬酒,到最后礼毕送客,整个过程都要奏乐,所用的乐曲对应于客人的身份,身份越高就越隆重、繁复,而且所选用的乐曲相对固定、程式化。主人向宾客敬酒之后,会让乐工上堂歌唱,如果是诸侯宴飨卿大夫,便歌《鹿鸣》《四牡》《皇皇者华》,这是《诗经·小雅》的前三篇作品;如果是诸侯之间的宴请,会歌《诗经·大雅》的作品。总之,在什么样的礼仪上,招待什么身份的客人,奏什么样的乐曲,在什么环节演奏,是只奏乐曲还是连歌词一起唱,这些在当时都有一定之规。我们前面讲的《鹿鸣》,诗本身写的是在酒宴上招待客人,而后来它也被用在宴飨礼上,作为招待客人时歌唱的曲目。等到迎宾、献宾等正式的礼乐完毕之后,就举行宴会招待大家,以使宾客可以尽欢,这个过程中乐工仍旧会不断地奏乐、歌唱。

在飨礼上,主人要举爵饮酒、作乐歌唱,尽心招待,来表达对宾客的尊敬和慰劳,宾客也以同样的善意回报主人。周人这些礼节的目的,在于加强贵族内部的团结,主人和客人之间,君主和臣下之间,都要融洽亲和。

在这种礼仪当中,人们注重分别贵贱、长幼的等级次序,一个人是什么样的身份就行什么样的礼节,按照既有的规矩行事;并且要根据双方的身份差异,选择应有的举止来待人接物,尤其是面对尊贵的客人或长辈的时候,要特别注意表现出尊敬和恭顺。因此,地位低的人要向地位高的表示恭敬,而地位高的人也会相应表示出足够的恩惠和慈爱,长者与晚辈、大宗与小宗也是如此。以礼节的差等来区别贵贱、尊卑、长幼、亲疏、远近各种关系,并进一步使上下亲睦和谐,在周人的礼乐文化中,这被认为可以强化贵族的秩序和特权,从而加强其社会政治联系和道德伦理规范。总之,宴飨活动本以合欢为目的,但不可无礼、轻慢,人们自我约束,相互爱敬,在礼乐协调的气氛中,不知不觉达到上下亲和的效果。

下面我们再来读一首诗。

小雅·伐木

伐木丁丁,鸟鸣嘤嘤。出自幽谷,迁于乔木。嘤其鸣矣,求其友声。相彼鸟矣,犹求友声。矧伊人矣,不求友生？神之听之,终和且平。

伐木许许,酾酒有藇。既有肥羜,以速诸父。宁适不来,微我弗顾。於粲洒扫,陈馈八簋。既有肥牡,以速诸舅。宁适不来,微我有咎。

伐木于阪,酾酒有衍,笾豆有践,兄弟无远。民之失德,干糇以愆。有酒湑我,无酒酤我。坎坎鼓我,蹲蹲舞我。迨我暇矣,饮此湑矣。

按照《毛序》的说法,这是一首宴请老朋友们的诗,但实际上,它写的是主人对其众亲友的宴请。

"伐木丁丁","丁丁"读作"zhēng zhēng",这是一个拟声词,模拟砍伐树木所发出的声音。"鸟鸣嘤嘤"的"嘤嘤"则是模拟鸟叫的声音。"出自幽谷,迁于乔木",这两句的主语是鸟,"幽谷",幽深的山谷；"乔木",高高的树木；"迁"是升的意思。这两句是说,鸟从幽深的山谷里飞出来,飞升到高高的树木上去。"嘤其鸣矣,求其友声","嘤其"的"嘤"是形容鸟叫的声音,后面一个"其"字作为形容词的词尾,与前面的"嘤"字合在一起,就相当于"嘤嘤"的意思,形容鸟的鸣叫。这鸟"嘤嘤"地鸣叫着,乃是为了呼唤同伴、寻找朋友。"相彼

鸟矣,犹求友声","相"是看的意思,你看这只鸟还知道发出寻求朋友的声音呢!"矧伊人矣,不求友生",更何况是人呢,难道人就不寻找朋友?"矧"是何况的意思,连鸟都要寻求朋友,何况是人?"伊"是指示代词,表示这或那;"友生"指朋友。人会不寻求朋友吗?人当然需要朋友了。"神之听之",这两个"之"都是语助词,没有什么实际的意思。"终和且平"的"终"是既的意思,表示并列结构。这两句是说,神明听到了人们对于友爱的这种追求,也会赐给他们既"和"又"平"的幸福的。这一章的前面六句都属于起兴,诗人用鸟寻求伙伴,来兴起君子对朋友的渴求;先从伐木和鸟鸣写起,通过这种带有比喻意味的开头来引起整首诗。这跟《鹿鸣》开头几句的作用一样。

"伐木许许","许许"也是拟声词,跟砍木头有关,但有人解释为锯木头的声音,还有的解释说是在削树皮。这一句仍然属于音乐上的起兴之句。"酾酒有藇","酾"是过滤的意思,指酿酒时用筐把酒糟这一类的东西过滤掉;"藇"指酒味甘美,是形容词,"有藇"的"有"字在形容词前的时候,经常作为词头,与后面的形容词结合起来,构成一个意思相同的形容词。这句话的意思就是说,酒滤过之后,味道非常美好。"既有肥羜","羜"是小羊,已经有肥美的小羊了;"以速诸父","速"是邀请的意思,就可以邀请各位跟自己的父亲同姓的叔叔伯伯们了。主人要举行酒宴,美酒准备好了,肥美的肉食也有了,快去邀请各位同姓的长辈们吧。"宁适不来","宁",何;"适",去往。这句的意思是,主人要邀请长辈们,他有点儿担心,长辈们是不是会去其他的什么地方,而不到我这里来呢?"微我弗顾","微"是无、不要的意思;"我"是否定句中的宾语前置,正常语序即"弗顾我"。这一句是说,不要

第一讲 《诗经》的宴飨诗赏析

不顾念我,不要不把我这儿当回事,意谓请你们一定要来赴宴。"於粲洒扫","於"是叹词,读作 wū;"粲"是形容鲜明的样子;"洒扫"就是打扫。指把宴会的厅堂打扫得多么明净亮堂!"陈馈八簋","陈",陈列;"馈"指进食品给人;"簋"是一种圆形的食器。主人为宾客们摆放了八簋食物,八簋在宴请中是一种很隆重的礼节了;也可以理解为表示主人陈列的食器很多,不一定就确指为八簋。"既有肥牡,以速诸舅",前面讲的"诸父",是父亲一方的同姓长辈,现在的"诸舅",指母亲那边的异姓男性长辈;"牡"的本意是雄性的鸟兽,在这里指公羊。宴会上的各种准备都已经停当,酒食美好,还备下了肥美的公羊,快去请舅舅们来吧。"宁适不来,微我有咎",他们会不会到别的什么地方去,而不来我这里呢?"咎"是过错的意思,不要觉得我有过错,不要怪罪我,意谓我盛情邀请舅舅们赴宴,他们可一定要来啊!

"伐木于阪","阪"是山坡,在山坡上砍伐树木,这一句也是起兴的句子,跟后面并没有直接的关联,就是为了引起歌唱,或者调节情绪。"酾酒有衍","酾酒",过滤酒;"衍"是形容水多满溢的样子。这一句是说已经过滤了许多的酒,多得都要溢出来了。"笾豆有践,兄弟无远",前面邀请了叔叔伯伯,还有舅舅们,诗人既然有这么多的叔伯舅父,就一定会有很多堂兄弟、表兄弟吧?这里他又邀请各位兄弟们了。"笾"和"豆"都是食器,"有践"是形容这些食器成行的排列整齐的样子;"远",疏远。兄弟是和我同辈的亲友,大家不要相互疏远,即是希望他们这次能应邀赴宴。"民之失德,干餱以愆","愆",过错;"干餱"就是干粮,代指既不值钱又不美味的粗薄的食品;"德"指恩德,"失德"指人们因失和而相互仇怨。这两句的意思是,人们之间反目成仇,有时候并不是因为什么

大的事情,往往只是由饮食之类细小的生活琐事而引起。言外之意就是,吃饭饮食这一类事情也许看起来不那么重大,但是弄不好就可能会引起大的问题,导致人与人反目失和,结下怨仇,所以还是要谨慎对待。

下面几句的句式很整齐,带有一点排比的性质,把亲朋欢宴的气氛渲染得很热闹。前面写的是主人打算宴请长辈们、同辈们来参加宴会,希望大家都不要拒绝他,下面就正面写到了宴会。"有酒湑我,无酒酤我","湑",过滤酒;"酤",买酒。如果家里有酒,就把它过滤一下,没有的话就去买。"坎坎鼓我","坎坎"是击鼓的声音;"蹲蹲舞我","蹲蹲"是形容跳舞的时候舞步配合着乐曲的姿态。对于这四句诗,解释的差异比较大,主要的说法有两种:一种解释说"我"是倒装,因为有押韵和整齐句式的考虑,就把"我"放到了后面。正常的句法是"有酒我湑,无酒我酤",家里有酒"我"就过滤,没有酒"我"就去买;击鼓为"我"助兴,为"我"舞起来。还有一种说法,把"我"解释为语尾助词,相当于"啊",意谓:有酒就过滤吧,没酒就去买吧,敲起鼓来啊,跳起舞来啊!"迨我暇矣","迨"是趁着、赶上。"饮此湑矣",上文也有一个"湑",是动词"过滤"的意思;这里的"湑"是名词,指过滤好了的清酒。最后两句说,趁着我们现在正好有空闲,大家一起把这杯美酒干了吧!这首诗表现了诗人与家族里的同姓和异姓长辈,以及同辈之间在宴会上欢乐融洽的关系。

接下来我们读第三首诗,《诗经·小雅》中的《常棣》。这首诗非常有名,内容是兄弟欢宴,劝人友爱的。

小雅·常棣

常棣之华,鄂不韡韡。凡今之人,莫如兄弟。死丧

第一讲 《诗经》的宴飨诗赏析

之威,兄弟孔怀。原隰裒矣,兄弟求矣。脊令在原,兄弟急难。每有良朋,况也永叹。兄弟阋于墙,外御其务。每有良朋,烝也无戎。丧乱既平,既安且宁。虽有兄弟,不如友生。傧尔笾豆,饮酒之饫。兄弟既具,和乐且孺。妻子好合,如鼓瑟琴。兄弟既翕,和乐且湛。宜尔室家,乐尔妻帑。是究是图,亶其然乎。

"常棣之华","常棣",一种树木名,亦作棠棣、唐棣;先秦时代的"华"字,多数时候读作"花",就同"花"字。"鄂不韡韡","鄂",花萼;"不"在这里读作"fū",也是花萼的意思;"韡韡"是形容棠棣的花盛开时鲜明繁茂的样子。歌唱棠棣花开的这两句,也是《诗经》里常见的以起兴开头。"凡今之人,莫如兄弟",是说如今一般的人,没有谁能比得上自己的兄弟。这两句直接点明此诗的主题,接下来的几章从不同的方面表现兄弟情深。

"死丧之威,兄弟孔怀","威"这里借作"畏";"孔",非常。这两句是说,死丧这样的事是很可怕的,但遇到这种情形,兄弟们却十分关怀。"原隰裒矣,兄弟求矣",意思是说兄弟们对家里出了死丧这样的事情非常关怀,聚集到平原或者湿地里来寻找,看是不是发生了什么事情,或者有人遭遇了什么变故。"原"是宽广、平坦的土地;"隰"指低湿的地方;"裒",聚集。

"脊令在原","脊令"是水鸟名,生活在水里的鸟,到了原野里就失其常处了,这一句是比喻兄弟遭遇了困境。"兄弟急难","急"在这里是动词,即抢救。有人遭遇了危难,兄弟们就互相拯救。"每有良朋,况也永叹","每"是虽然的意思;"况"同"贶",赐给。虽然有好朋友,但是也不过只能给声长

长的叹息罢了。

"兄弟阋于墙,外御其务","阋",争吵;"御",抵抗;"务"通"侮",欺侮。意思是说,兄弟们虽然在墙内家里面争吵,但是一旦有外来的欺侮,就会一同去抵抗。"每有良朋,烝也无戎","烝",久;"戎",助。虽然有好朋友,但是也得不到他们长久的帮助。

前面几章,都在强调兄弟之情最可信赖,遇到死丧、急难、外侮的时候,朋友不能相助,只有兄弟们能够真的来帮忙。兄弟之情重,一连四章,激昂慷慨,已经表达得很充分、很确定。但是这一章突然语意一转:"丧乱既平,既安且宁",当这些死丧祸乱都平息下去,安宁和平的时候,"虽有兄弟,不如友生",此时兄弟反而显得情淡了,不如朋友了。这些在危难关口肯于、敢于救急赴险的好兄弟们,原来他们在平时看起来并不特别,并不是离开他不行似的。这其实是欲扬反抑的写法,以反衬兄弟之情的深沉和血浓于水。

后面几章写兄弟欢聚、宴饮。"傧尔笾豆,饮酒之饫","傧",陈列、摆设;"尔",你;"笾"、"豆"都是食器;"之"是语助词;"饫"是贵族宗族中举行的私宴,这种宴饮中对礼节的讲究不严格。"兄弟既具","具"同"俱",聚集;"和乐且孺","孺"指亲近。陈设好你的食器,在饫礼上饮酒尽欢,兄弟们已经聚集在一起了,大家和乐而亲爱。

"妻子好合,如鼓瑟琴",夫妇之间的情投意合,就像弹奏琴瑟之声相互应和一样,这是用乐音的调谐来比喻夫妻的相亲相爱。而下面又用夫妇之情进一步来衬托兄弟之间应当和睦美好。"兄弟既翕,和乐且湛","翕",聚集;"湛",甚乐,非常快乐。兄弟们今日已经团聚了,兄弟之间和谐快乐,也应该像夫妇好合一样。

"宜尔室家,乐尔妻帑","宜",这里指善于处理家人之间的关系;"尔",你,指兄弟;"乐"这里是使动词,使快乐的意思;"妻",妻子;"帑",通"孥",儿女。这两句是说,要跟你们的家人相安而处,要让你们的妻子和孩子们快乐。"是究是图,亶其然乎","究"指深思;"图",考虑;"亶",确实;"然",如此。最后两句是说,你们仔细地体会、考虑一下我那些话,维系好家庭的关系,使妻子儿女快乐,我说的这些话确实是对的吧？这一章是主人在宴会兄弟时的祝辞,希望众兄弟及其家人和乐亲睦。

第二讲 《诗经》的怨刺诗赏析

于迎春

今天我要给大家讲一讲《诗经》中的怨刺诗。所谓"怨刺诗",是以政治批评和讽谕为特色的一些诗歌。有关"怨刺"的解释,按照传统的说法,怨者,"发愤怨诽";刺者,"讽谕刺上"。具体说来,"怨"就是感时伤世,指责时势过失,抒发内心蕴积的忧闷、愤恨;"刺"则是用委婉、含蓄的语言规劝或批评执政者。

这些诗歌无疑都是下对上,也就是臣下对君主或其他在位者的政治批评和讽谕。我刚才提到了"讽谕",请大家稍微注意一下,这是中国古代文学中一个非常重要的概念。"讽谕刺上"当然是表示对执政者的不满,但是与谏诤这一类直接的、职事化的批评不同,它强调要采用委婉、含蓄的语言,并以尽可能诉诸感情的方式。和章表奏疏这类臣下通常用来表达政见的文章相比,诗歌在表情达意上要更加婉转巧妙、不直露,重意会,多譬喻,古人认为用这样一种具有感染力的艺术化方式,来对君主进行规劝或指责,使之在不被冒犯、触怒的情况下,会更容易被打动,并接受意见。通过诗歌来讽谕,因而被认为是批评政治、劝诫君主的适当、有效的途径。

《诗经》中的"怨刺诗"主要存于雅诗当中。据说这部分

第二讲 《诗经》的怨刺诗赏析

作品的产生与周代的献诗制度有关。《国语·周语上》曰："故天子听政,使公卿至于列士献诗。"即是说,公卿大夫等的贵族官员,以诗歌的形式向周天子表达自己对政治的意见和态度。对此也有人表示怀疑,认为这种制度并没有真的实行过,它只是后人对前代政治的一种理想化的说法。不过,《诗经》的一些怨刺诗中曾经明白地表示出,其制作是有显而易见的政治意图的。《小雅·节南山》:"家父作诵,以究王讻。"《小雅·何人斯》:"作此好歌,以极反侧。"再结合多篇作品的具体内容,可知用诗歌来表达对社会政治的忧愤、对执政者的批评和劝告,的确出自当时一些有责任感的贵族官员的自觉。

"怨刺诗"大多产生于西周中叶以后,尤其是周厉王、周幽王时期,并一直延续到东周初年。不言而喻,这类作品通常与政治衰败、社会混乱的形势密切相关,而厉王、幽王之时政荒主谬,西周政权行将瓦解,在声名狼藉的西周末代天子幽王之后,周平王不得不迁都到了东边的洛阳,开始历史上的东周。可以说,两周之际,是怨刺诗集中出现的一个时期。

"怨刺诗"主要见于"大小雅",尤以"小雅"中为多。雅诗的作者虽基本都属于贵族阶层,但相对来说,"大雅"作者的社会层级更高一些,"小雅"的则要低一些。"小雅"中作品产生的时代,总的说来比"大雅"要晚,与社会时势相关,政治上的讽谏怨刺之作所占比重也就更大。怨刺诗的名篇很多,如《小雅》中的《正月》《十月之交》《北山》《巷伯》《节南山》《雨无正》《小旻》等,《大雅》中的《民劳》《板》《荡》《桑柔》《瞻卬》等。

"怨刺诗"具有明显的特点：

首先,这些出自贵族诗人的怨刺诗具有强烈的现实批判精神，表达的是诗人对社会政治感同身受的不满。西周是一个宗法制度与政权机构密切结合的贵族社会，只有那些有贵族血统的人才能接受教育，参与政治管理，世袭官爵。江山社稷的安危与这些贵族们自身和家族的命运紧密相关，同时他们又确实有做官任职的实际经历，对社会政治的好坏有真切的体验。他们从自己的亲身经历出发，把对个人遭际的感叹与对时政的忧虑联系在一起，把切身体验到的不公平与对当下政治弊端的指斥结合起来，把对自身处境的不满与对江山社稷的担心结合起来，从而就使得他们的作品反映起现实来，能够具有一定的深度和真切感。

此外，这些怨刺诗具有明显的警戒劝谕性质。这些作者通常是贵族中一些比较有远见的人，具有对国家前途强烈的忧患意识。他们希望借助诗歌既委婉含蓄、又易于打动人心的表达效果，提醒和规劝执政者，使之能够认识到政治上存在的问题，从而任用贤良、革除弊端、改善政治。对他们而言，诗歌具有显然的工具性，他们不过是利用"诗"所具有的讽谕的特性，来实现其政治责任罢了。

再者，这些作品普遍显示出较高的艺术造诣。《诗经》里的作品，一部分采自民间，比如"国风"里的大多数作品；一部分来自贵族、王官们的制作。比较而言，出自贵族的这些怨刺诗，通常篇幅都比较长，规模比较大，叙事抒情条理井然，其语言比民间作品更加书面化，遣词造句更为讲究。这与这些作者的受教育情况有关，在周代，在孔子之前，教育是贵族的特权，他们的身份和文化水平在其诗作中，自然而然地体现了出来。

我首先讲一下《小雅·北山》，一首比较短的怨刺诗，是一位受压抑的小官吏怨恨役使不公、劳逸不均的诗。

第二讲 《诗经》的怨刺诗赏析

小雅·北山

陟彼北山,言采其杞。偕偕士子,朝夕从事。王事靡盬,忧我父母。

溥天之下,莫非王土。率土之滨,莫非王臣。大夫不均,我从事独贤。

四牡彭彭,王事傍傍。嘉我未老,鲜我方将。旅力方刚,经营四方。

或燕燕居息,或尽瘁事国。或息偃在床,或不已于行。

或不知叫号,或惨惨劬劳。或栖迟偃仰,或王事鞅掌。

或湛乐饮酒,或惨惨畏咎。或出入风议,或靡事不为。

为什么这首诗叫做《北山》?在《诗经》那个时代,书籍或篇章的命名方式跟后世很不一样。我们今天通常会以概括主旨的词语给作品取名,而先秦时代,则往往简单地从首句中选两、三个字作为篇名。比如这首诗,第一句是"陟彼北山",这篇就以"北山"为题了,这个篇名并不代表作品的主旨,只是以之与别的作品相区别,起一个单纯的指代作用而已。

"陟彼北山","陟",登;"彼"是指示代词,那。这句是说,登上那座北山。至于"北山"究竟是一座什么样的山,诗人并没有告诉我们。"言采其杞","言"是发语词,在《诗经》里面很常见,没有什么实际意思,只是出于音乐上的需要或者为了使语句顺口;"杞",一种植物名。这句说,登上北山要去采杞。兴是《诗经》特有的一种表现手法,这两句就是起兴,它

是诗歌的开头,因为这些作品都是可以歌唱的,兴主要起到引起乐调的作用。不过,诗人在这里以登山采杞开篇,其中很可能也暗含了辛劳从事的意思,与下面表达的内容多少相关。"偕偕士子","偕偕",强壮的样子;"士子",诗人自称。"朝夕从事","从",参与。这两句说,我身体强壮,从早到晚都在做事情。做的是什么事情呢?"王事靡盬","王事",跟周天子有关的事情;"盬(gǔ)",停止、止息;"靡盬",即没有止息,周天子的事情没完没了。"忧我父母",我为了周天子的事情从早到晚地奔忙,以至于让我的父母担忧了。"忧"在这里是使动用法,意谓使自己的父母担心。

诗中有几句极其有名,常被人们引用。"溥天之下,莫非王土。率土之滨,莫非王臣"。"溥",同"普"。就是说整个天下,不管它多么广大,没有哪里不是周王的土地,全天下都归周王管辖。而在这四海之内居住的人,没有谁不是周王的臣民,全天下的人都归周王所统领。"率土之滨","率",自,沿着;"滨",水边。那个时候的人们对世界的认知还相当有限,他们所谓的天下就是中国,认为中国是世界的中心,天下的四周为大海所环围、包裹。"率土之滨"这句指的是,从这边土地的水边一直到那边土地的水边,也就是从海的这头到另一头,即四海之内。"大夫不均,我从事独贤",这位作者很可能是大夫手下更低级的官员,受大夫管理。"均",公平;"贤",这里是多的意思。这两句说,这个大夫不公平,怎么独独我做的事情就比别人多呢!这是诗人抱怨劳逸不均,遭遇不公平。

"四牡彭彭","牡"指雄性动物,雄性的鸟兽都可以称为"牡",这里指的是马。"彭彭",读作 bāng,《诗经》里有很多这样的叠音词,大多用来形容状态,摹绘声貌。"彭彭",有人

第二讲 《诗经》的怨刺诗赏析

解为得不到休息的样子,即是说,为了周王的事情,诗人赶着马车到处奔走,马不得休息,其实也是暗示人得不到休息。还有人把"彭彭"解释为马壮大的样子。这两种解释都说得通。"王事傍傍","傍傍",也有不同解释,一种认为是无穷无尽的样子,就是说周王的事务没完没了,总也办理不完。另一种认为"傍傍"是匆忙的样子,指这个人为了周王的事情忙来忙去。"嘉我未老","嘉",称赞。"鲜我方将","鲜",称许;"方",正;"将",壮。这两句说,别人称赞我还不老,正是年富力强的时候,其实是激励他,让他多干活的意思。"旅力方刚","旅力",即膂力,体力;"刚",强。"经营四方","经营",奔走劳作。这两句说,他们认为我体力正强壮,可以到各处奔波忙碌。

一连三章,诗人都在反复诉说自己独自四处辛劳,无休无止。如果只是劳苦、忙碌,也就算了,关键是有那么多人悠闲得什么都不做。这种苦乐、劳逸不均,是多么不合理的政治现象!紧接着,愤懑难平的诗人一连串地揭示了这种种的不公平。

第四、第五、第六章用的是排比句式,句式相同,每两句构成一组对比,一口气列举了六对十二句,用一一对照的方式来表达自己对不公正待遇的强烈不满和控诉。"或燕燕居息,或尽瘁事国","或",有的人;"燕燕",安闲的样子;"瘁",劳累,"尽瘁"就是过度劳累,不遗余力。这一组对比说,有的人舒适安闲地居家休息,但是有的人正好相反,为了国家的事务辛劳到了极点。"或息偃在床,或不已于行","偃",仰卧,脸朝上躺卧,"已",停止;"行",读作 háng,道路。这一组对比说,有的人躺卧在床上休息,有的人在路途上奔走不停。

"或不知叫号,或惨惨劬劳","号",大声哭;"叫号",指民

众由于生活困苦或者处境不如意而发出的呼叫痛哭；"惨"，读作 cǎo，"惨惨"，又作懆懆，忧虑不安的样子；"劬劳"，劳苦，劳累。这一组对比说，有些贵族全然不知道世间疾苦，听不见这样的哭喊，有的人则忧虑不安、操劳不已。"或栖迟偃仰，或王事鞅掌"，"栖迟"，优游闲散地逗留、歇息；"偃仰"，与前文"息偃"意近，躺卧休息；"鞅掌"，忙乱烦扰的意思。这一组对比是说，有的人优游休息，有的人为了周天子的事情忙碌烦扰。

"或湛乐饮酒，或惨惨畏咎"，"湛"，读作 dān，沉溺；"咎"，罪过，过错。有的人沉溺在欢乐中饮酒，有的人忧虑不安，担心会犯下过错，什么都不做的人当然也就不会犯错了。"或出入风议，或靡事不为"，"风议"，放言，指随便说话，空发议论；"靡"，无，没有。这两句说，有的人出来进去空发议论，只说不做，有的人则是没有什么事情不做的，什么都要做。

这首诗的后三章连用了十二个"或"字，一气呵成地列举了六组句式整齐的对比，流畅而有气势地充分展现了苦乐劳逸不均的情形，从而把自己胸中积郁已久的愤慨不平之气一股脑地倾泻了出来。《北山》以诗人怨愤的爆发作结，它把受压抑的小官吏对役使不公的愤慨表达得非常有感染力。

接下来，我们再看另一首长诗，《小雅·正月》。《正月》的作者，显然是比《北山》作者更高级别的贵族。这是一首周大夫怨刺幽王的作品，诗中明确地提到了周幽王的宠妃褒姒。

这首诗艺术上很为人称道。它表现了一位忧国忧民、自伤孤独的诗人的形象。西周末年，政治坏乱，社会危机重重，民生凋敝，谣言四起。处此险恶环境中，诗人感时伤遇，充满了悲哀忧伤。整首诗以诗人的"忧伤"为中心线索，贯穿全

第二讲 《诗经》的怨刺诗赏析

篇,运用生动、丰富的比喻,把诗人悲伤忧郁的情绪表现得集中真切、深沉婉转。

小雅·正月

正月繁霜,我心忧伤。民之讹言,亦孔之将。念我独兮,忧心京京。哀我小心,瘨忧以痒。

父母生我,胡俾我瘉!不自我先,不自我后。好言自口,莠言自口。忧心愈愈,是以有侮。

忧心惸惸,念我无禄。民之无辜,并其臣仆。哀我人斯,于何从禄?瞻乌爰止,于谁之屋?

瞻彼中林,侯薪侯蒸。民今方殆,视天梦梦。既克有定,靡人弗胜。有皇上帝,伊谁云憎?

谓山盖卑,为冈为陵。民之讹言,宁莫之惩。召彼故老,讯之占梦。具曰予圣,谁知乌之雌雄。

谓天盖高,不敢不局。谓地盖厚,不敢不蹐。维号斯言,有伦有脊。哀今之人,胡为虺蜴。

瞻彼阪田,有菀其特。天之扤我,如不我克。彼求我则,如不我得。执我仇仇,亦不我力。

心之忧矣,如或结之。今兹之正,胡然厉矣。燎之方扬,宁或灭之。赫赫宗周,褒姒威之。

终其永怀,又窘阴雨。其车既载,乃弃尔辅。载输尔载,将伯助予。

无弃尔辅,员于尔辐。屡顾尔仆,不输尔载。终逾绝险,曾是不意。

鱼在于沼,亦匪克乐。潜虽伏矣,亦孔之炤。忧心惨惨,念国之为虐。

彼有旨酒,又有嘉殽。洽比其邻,昏姻孔云。念我

独兮,忧心殷殷。

佌佌彼有屋,蔌蔌方有谷。民今之无禄,天夭是椓。哿矣富人,哀此惸独。

"正月繁霜,我心忧伤",照理说,寒冷的正月,有很多霜是正常的,并不是什么罕见的现象,为什么诗人开篇就言及此?尤其是,还因此内心忧伤?事实上,关于"正月繁霜"这一句的解释,长期以来一直存有争论。在中国古老的哲学里,有一个非常重要的观念,就是"天人感应":天和人之间不是彼此不相干的,天能干预人事,人亦能感应上天。上天会因为人事的善恶正邪而降下祸福吉凶的征兆,比如政治清明、百姓安居乐业,就会出现祥瑞;相反,如果政治黑暗、民不聊生,上天就会以灾异对天子加以程度不同的警告和谴责,水灾、旱灾、地震、日食、月食等等都被视为严重的灾异现象。这个说法在先秦时代就开始流行,到了汉朝进一步发展成盛极一时的专门之学。在这样的思想背景之下,"正月繁霜"很可能也是与不正常的自然现象相关,被认为是天降灾异的表现。汉代《诗经》学者的说法影响非常大,他们认为"正月"其实是夏历四月,这是夏季的第一个月份,其时阳气正盛,乃"正阳之月",简称"正月",这时出现很多霜就是天时失常,肯定可以算是灾异之象了。"我心忧伤",因为这样失常的现象往往被认为是出现灾祸的预兆,诗人担心天下会发生什么重大变故,所以感到忧伤。"民之讹言,亦孔之将。""讹言",谣言;"孔",非常,甚;"将",大。这两句说,人们在流传着一些没有根据的谣言,这些谣言传得很盛。这是政治衰败时代中常有的景象,由于人们在社会中感到危机四伏,毫无安全感,对政权机构又缺乏信心和信任,往往就格外容易被各种各样

第二讲 《诗经》的怨刺诗赏析

的说法、谈论所蛊惑,以致谣言四起。而这也正是周幽王统治下社会丧乱局面的写照。"念我独兮,忧心京京","念",想;"京京",形容忧愁无法停止、解除的样子。诗人觉得跟他对社会政治有同样忧虑的人太少了,所以,他想到自己的孤独,忧伤的心情没办法消除。"哀我小心,癙忧以痒","小心",忧惧不安的样子;"癙",烦闷;"忧",忧愁;"痒",病,重病。可怜我如此忧惧不安,忧伤烦闷到让人感觉病痛的地步。

第二章说他觉得自己生不逢时,谣言可畏。"父母生我,胡俾我瘉","胡",为什么;"俾",使;"瘉",病,痛苦。父母把我生下来,为什么要使我这么痛苦?人到了走投无路的时候常常会呼唤父母,或许还觉得,与其活得这么伤痛,还不如当初父母不把我生下来的好。"不自我先,不自我后",既不是在我的前面,也不是在我的后面,意思是说,乱政衰世之产生,怎么就偏偏让我这辈子赶上了!这是感慨自己生不逢时,没能生在一个更好的时代里。"好言自口,莠言自口","莠言",丑言,坏话。好话是从嘴里说出来的,坏话也是从嘴里说出来的,意思是说,什么是是非非都可以从人的嘴里说出来,没有定准。"忧心愈愈,是以有侮","愈愈",病的样子。诗人内心充满了忧伤,忧伤到像要生病了,他因此受到了小人的轻侮。不幸生活在一个衰败混乱的时代里,面临即将到来的社会大动荡和政权瓦解,没有人像诗人这样为了国家的前途而深深担忧。已经生不逢时,又因为没有志同道合者而孤立无援;这还不够,在普遍的苟且偷安中,诗人因为忧患国事反而成为一个异己者,遭到世人的讥嘲、轻侮。这无法排解、无可解除、没有人能分担的忧伤,该是令人多么难以承受!

敏感的诗人似乎感觉到结局即将到来。"忧心茕茕,念我无禄","茕茕",孤独的样子;"禄",福;"无禄",不幸福。诗人的内心既忧伤又孤独,感觉自己实在是不幸。"民之无辜,并其臣仆","无辜",无罪;"并",都;"臣仆",奴隶,古代以罪人为奴隶,亡国者的待遇也是如此。这两句是说,民众们虽然无罪,可是一旦亡国,他们就都将被变为奴隶。"哀我人斯,于何从禄","哀",可怜;"我人",我们;"斯",语气词;"禄",维持生活所必需的资财。可怜我们这些人呢,如果国家灭亡了,大家将从哪里获取生活之资?"瞻乌爰止,于谁之屋",这是一个比喻性的说法,"乌",乌鸦;"爰"是助词。看看乌鸦会停在哪里,停在谁的屋顶上?诗人是在担心,国家的命运不知道将会怎样,国人们不知道将何所依归。这里用乌鸦来做比喻,可能有古代传说的依据。据说在西周将兴之时,曾经有大乌鸦嘴里衔着谷种,落在了周武王的屋顶上,这被视作是一种令人欣喜的祥瑞,是周人即将兴盛的预兆。因此,诗人在这里以乌鸦来比喻国运,以不知道乌鸦将会止息在谁的屋顶上,比喻不知道国家的前途将会如何。

"瞻彼中林,侯薪侯蒸","中林",即林中;"侯"是语助词;"薪",用来做柴的粗树枝;"蒸",细柴。看树林中,里面只有烧火的柴枝。这两句是用树林里面没有大木,比喻朝廷里聚集的都是无德无能的小人,缺乏栋梁之材。"民今方殆,视天梦梦","殆",危险;"梦梦",昏暗不明。人们现在正处在危险的境地,看看天也是一副昏暗不明的样子。上天既然是最高的力量,诗人禁不住呼唤上天来救助天下。"既克有定,靡人弗胜","既",终;"克",能够;"定",平定,止乱。如果上天终能有止乱之心,就没有人不被天所战胜。换言之,只要上天愿意拯救天下,终止眼下的黑暗混乱,就没有人能够与它相抗衡。可是现在仍旧是这样一副衰乱的局面,上天不肯救助人间,这是为什么?"有皇上帝,伊谁云憎","有"是形容词的词头,"有皇"即皇皇,大;"伊"、"云"都是语助词,"伊谁云憎"是一个倒装语序,即"憎谁"。诗人感叹,伟大的上帝啊,你不来拯救天下,你是在憎恨谁么?你是因为憎恨某个人而要让天下百姓遭受惩罚么?

"谓山盖卑,为岗为陵","盖"是"盍"的假借字,读作 hé,犹何;"岗",山脊;"陵",大土山。说山怎么那么低,山依然在那里为高岗、为高陵。这两句连起下文,比喻讹言无凭,毫无根据:人们谣传说山如何低,但高山何曾变低呢?"民之讹言,宁莫之惩","宁",乃;"惩",止。但是人们的这些谣言,却不能加以制止。"召彼故老,讯之占梦","召",召集;"讯",询问。把那些见多识广的老臣们召集来,向朝廷里的占梦官询问。"具曰予圣,谁知乌之雌雄","具",俱;"圣",指通明,于事无不通。这些老臣和占梦官都说自己什么事情都懂得,可是他们竟连乌鸦的雌雄都分辨不出来。据说乌鸦的形状、毛色雌雄没有明显区别,要从外观上分辨两者是很难的。这是在比喻是非难辨,谣言的真伪难断。

这一章表达了诗人对自身处境之险恶、压抑的强烈感受。"谓天盖高,不敢不局","盖"同前,犹何;"局",同跼,屈曲不伸。人人都说天多么多么的高,但我却不敢不弯曲起身体。"谓地盖厚,不敢不蹐",蹐,小步走路。大地是多么厚实啊,但我却不敢不轻脚小步地走路。这四句极为形象地表现了诗人的内心感觉:高天厚土之间,却不敢伸直了腰、大步地行走;面对无处不在的危惧、艰难,人无法舒展心情,不得不时刻小心翼翼、谨慎委曲地生活,这是多么令人压抑、令人厌恶的社会!它描述出了一个忧伤孤独的诗人,对乱世中社会

环境的深刻体察,非常有表现力,千古之下,仍然感染着我们。"维号斯言,有伦有脊","维"是发语词;"号",呼号;"斯言",指前面的那几句话;"伦"、"脊",都指道理。诗人大声呼喊着前面的那几句话,觉得非常有道理。"哀今之人,胡为虺蜴","虺蜴",毒蛇或有毒的蜥蜴类动物,比喻害人的邪恶之徒。诗人哀叹现在的人,为什么他们像虺蜴一样,专门害人?

大家或许已经发现,这位诗人用的比喻特别多。下面一章依旧采用了比喻的表达方法,倾诉自己怀才不遇,不得重用。"瞻彼阪田,有菀其特","瞻",看;"阪",山坡;"菀",茂盛的样子;"特",特出。这两句说,看那山坡上的田里,一棵特出的苗长得茂盛。以田里长势旺盛的特出之苗,诗人这是在自比。然而,这与众不同之苗似乎并未得到上天的眷顾,反而被百般摧残。"天之扤我,如不我克","扤",摇动,摧折;"克",战胜。上天摧折我,好像唯恐不能制服我。"彼求我则,如不我得","彼",此指周王;"则"是语助词。周王当初想征求我的时候,好像唯恐得不到我。当初周王生怕诗人不肯来,费尽心思延揽他到朝廷里去任职,可是他去了之后又怎么样呢?"执我仇仇,亦不我力"。"执",握;"仇仇",读作qiúqiú,缓持,形容拿东西不用力的样子;"力",力用,重用。诗人以把东西握在手里,既不松开,但也不用力牢牢拿住,来比喻周王得到他后,并不加以重用。

这首诗一开头就说"我心忧伤","忧伤"是这首诗的主旋律,诗人先后用"忧心京京"、"瘋忧以痒"、"忧心愈愈"、"忧心茕茕"等词语,来反复地表现自己这种难以排解的心情。"心之忧矣,如或结之","或",有人;"结",绳索打结。这里,诗人以一个生动的比喻,又一次形容自己的忧伤:内心的忧愁,就像有人用绳子打成了结一样,郁结难解。诗人为什么如此心

第二讲 《诗经》的怨刺诗赏析

忧?"今兹之正,胡然厉矣","兹"此;"正",政;"胡然",为什么这样;"厉",恶,暴恶。这现在的政治,为什么如此暴恶呀?诗人正是为国政之恶而忧患不已。"燎之方扬,宁或灭之","燎",放火烧掉田中的野草;"扬",盛;"宁",乃;"或",有人。田里放火烧荒,火势正旺盛的时候,竟有人灭掉它。这两句是一个比喻,引起下面两句,诗人以火势来比喻西周的国势:野火本来是很盛的,谁也扑不掉;赫赫显盛的宗周,竟然灭在了一个女人的手里。"赫赫宗周,褒姒灭之","赫赫",显盛的样子;"宗周",指西周的都城镐京;"灭",灭;"褒姒",周幽王宠幸的妃子,她最有名的故事就是烽火戏诸侯了。当然,以我们今天的观念来反观历史,我们不会认为历朝历代的社会政治危机,得要追究后宫女人的责任。《正月》这首诗究竟产生在何时?西周末年,还是东周初年?争论的焦点就集中在所谓的"褒姒灭周"上。如果把它看作是周幽王后期,西周即将灭亡时的诗作,那诗人就是在预言,"赫赫宗周"终归要毁在褒姒手里;而如果认为这首诗创作于西周灭亡之后、东周初年,那诗人就是在陈述客观史实。

接下来,是全部使用比喻的两章。"终其永怀,又窘阴雨。""终",既;"其",语助词;"永怀",深长的忧愁;"窘",困。这两句说,诗人既深忧不断,又为阴雨所困。这是在比喻他遭遇多艰。"其车既载,乃弃尔辅","既",已经;"载",装载;"尔",你;"辅",装货的大车在车箱两旁用来夹持货物的挡板。这两句说,货车已经装载了货物之后,就把你这车的辅板丢弃了。可以想象,如此一来,已经装好的货物就都掉下来了。"载输尔载,将伯助予",第一个"载"是语首助词;第二个"载"指所装载的货物;"输",坠落;"将",读作 qiāng,请;"伯",古代对男子的一种敬称,类于今天的"大哥"。这两句说,等装好的货物掉落下来,又请求大哥说"来帮我"。这一章,诗人用车比喻国家,用车子装载货物来比喻对国家的治理,用货车的辅板比喻辅佐君王的贤臣。诗人想表达的是,周王要想稳妥可靠地治理国家,就不能弃置贤臣,不加任用,直到政乱国危的时候才想起贤臣,想要请求他们的帮助,那就为时已晚,来不及了。

这一章上承前章,仍旧以御车来比喻执政。"无弃尔辅,员于尔辐","辅",车两侧的挡板;"员",读作yún,增益,加大;"辐",车轮的辐条。"屡顾尔仆,不输尔载","屡",多次,一再地;"顾",照顾;"仆",这里指御车者,赶车的人。这四句比喻连起来的意思是,不要丢弃你车子两侧的栏板,要把你车轮上的辐条加固,并尽可能多地照顾给你赶车的人,只有这样你车上的货物才不会掉落下来。其言外之意是,周天子你不要抛弃辅佐你的贤能之臣,要加强国家政治的建设和举措,要多多关怀臣下,这样的话江山才可以稳固。"终逾绝险,曾是不意","终",终究;"逾",越过;"绝",非常的,极度的;"曾",乃,竟;"是",代词,指前述的建议、办法;"不意",不放在心上。如果照此去做,最终能够越过绝大的险境,但是执政者对这些办法竟然不在意。诗人认为,本来明明是有办法能够度过这次政治险关的,但是执政者不肯任用贤能,最终导致国家的覆亡。

下一章仍旧不离比喻。"鱼在于沼,亦匪克乐","沼",池;"匪",非;"克",能够。鱼在水池里,也并不能够快乐。"潜虽伏矣,亦孔之炤","潜",深藏;"潜虽伏矣"犹云"虽潜伏矣";"孔",非常;"炤",通昭,明白,明显。鱼虽然伏身深藏于水池中,也还是很明显地被人看见。这四句诗人以鱼自比:鱼在水中本来是应该自在的,但是即便它深潜于池中,也仍

第二讲 《诗经》的怨刺诗赏析

然难逃被人捕捉的危险,诗人觉得自己恐怕也难逃祸患。"忧心惨惨,念国之为虐","惨惨",读作 cǎocǎo,同懆懆,忧虑不安的样子。想到国家政治如此暴虐,我的内心十分忧虑不安。

"彼有旨酒,又有嘉殽","彼",那,这里指跟自己相对的那些小人。他们喝着美酒,吃着佳肴。"洽比其邻,婚姻孔云","洽",和谐,融洽;"比",亲近;"邻",近,邻近、亲近的人;"孔",非常;"云",周旋。他们与周围的人交结密切,又在姻亲中大事周旋。这四句描述那些权贵人物,他们对国家大事毫不关心,花天酒地,朋比为奸,大搞婚姻裙带关系。这与为国事而忧伤孤独的诗人的处境,形成鲜明对比!"念我独兮,忧心殷殷","殷殷",忧虑深重。看到吃喝享乐、结伙热闹的这些人,再想起自己的孤独,诗人心中的忧伤就更加深重。

最后一章也是采用对比的表达方式。"佌佌彼有屋,蔌蔌方有谷","佌佌",读作 cí,小貌,形容小人卑小猥琐的样子;"蔌蔌",读作 sù,陋貌,形容小人鄙陋丑恶的样子。那些猥琐鄙陋的小人都有屋子住,有粮食吃,正享受着富贵。"民今之无禄,天夭是椓","无禄",无福,不幸;"夭",灾祸;"椓",读作 zhuó,打击。人民不幸,上天还降下灾祸来打击他们。"哿矣富人,哀此惸独","哿",读作 kě,喜乐,快乐;"惸",独。这两句也是一组对比,富人就是指那些卑琐丑陋的小人。快乐啊,这有屋有谷的富人们!悲哀啊,这不幸的孤独者!这一章以小人的富贵得势与忧国忧民者的孤独不幸命运做对比,进一步呈现了时势的黑暗不公,给人以鲜明深刻的印象。

《正月》这首诗具有强烈的艺术感染力。它的抒情性非常强,整首诗情绪集中而且一以贯之,主旋律明确突出。诗人以"我心忧伤"作为全诗的基调,不断歌唱、抒发自己的忧

虑、痛苦,反复渲染心中郁结难释、排解不去的忧闷,把这种孤独的忧伤贯穿首尾。

《正月》塑造了一个孤独的抒情主人公形象,一位忧国忧民、畏谗畏讥、忧伤苦闷的贵族大夫形象。诗人的孤独感十分强烈,他没有精神上可以分担的人,找不到志同道合者。对于一位具有清醒的洞察力和政治理性的人物来说,当着整个国家、社会都已经危在旦夕、坐在了火山口上的时候,周围尽是不明是非、散布谣言的大众,无视江山社稷、不能重用贤臣的周王,以及吃喝享乐、朋比为奸、不恤国难的当权者,他该是如何忧愤难当!尤其是那些鄙陋卑琐的权贵们,他们很可能跟诗人是同僚的关系,平时接触最多,最使诗人觉得自己和周围的环境格格不入。这样一个孤独忧伤、心系国家的抒情主人公,与整首诗表现出来的昏聩、朽败的亡国末日构成了非常鲜明的对比。诗人这种孤立无援的忧伤,是在预感到国家将亡或已经面临着国家覆亡的时刻,无所选择的忧伤,它是绝望的、无可解脱的。

将个人的感伤与对国家的忧虑相结合,诗人把这样一种情感表现得非常生动。诗人喜欢,也善于运用譬喻,比如乌鸦、虺蜴、树林里的木柴、山坡上特出的苗,再比如以高天厚地间的不敢直腰大步,比喻生存环境的危惧;以赶货车比喻国家政治;以水中的鱼比喻自己的险恶处境等等。他把复杂难言的情绪、抽象的道理,附着在这些具体的、日常的事物上,使之变得有形象感,从而把自己的所思所感生动、真切地传递给读者,非常有感染力。

总之,《正月》这首诗的艺术成就非常突出,它可以作为怨刺诗的代表。而怨刺诗对于中国诗歌传统的影响是非常直接的,其中强烈的现实忧患意识、社会责任感、对江山社稷的关怀,是后世一代代诗人笔下恒久的主题。我们常说,入世心态和家国情怀是中国古典诗歌中非常重要的传统,其实这个传统早在古老的《诗经》时代就已经显现出来了。

第三讲 楚辞——《离骚》

于迎春

在公元前四世纪到三世纪之间,在中国南部的楚国产生了一种新的诗体,对于这一点诸位都已经有所了解了。我们还需要注意的是,先秦文学的地域性是非常强的。比如说,《诗经》里面的每一个国家或地区,都有自己独特的曲调和诗歌。在楚国,流行的就是这种楚辞体。到了秦朝统一了文字,到了汉代更是建立了大一统的社会政治结构,地区间的相互交往逐渐增加,文学形式的地域化特点也就随之减弱了。像五言诗这种新诗体,它产生后就不再局限于某一区域了,而是全国性的诗歌形式。

《楚辞》是楚国诗人屈原在民间歌谣的基础上创造的,这里面最伟大的作品是《离骚》,我们今天要讲的就是这首长篇抒情诗。

我先把这个题目给大家解释一下。"离骚"这两个字的解释有很多种,有两种主要的说法:一种是班固的《离骚赞序》,他把"离"解释成遭受的意思,而把"骚"解释为忧愁,是说诗人自己遭受了忧愁;在另一种解释中,"骚"仍然是忧愁的意思,但"离"被认为是离别,是说诗人被放逐,他离开了楚王,离开了都城,离开了政治中心,于是心中产生了忧愁。

这是一首有浓厚自传色彩的抒情长诗,它与诗人的生平

第三讲 楚辞——《离骚》

遭际是紧密联系在一起的,所以在这里我想把屈原的情况为大家介绍一下。

屈原的"原"是他的字,他的名字叫做"平"。屈原是楚国王室的同姓贵族,这在一定程度上可以解释为什么他会始终眷恋着这个国家不肯离开。其实在屈原的时代,许多有文化的人都是四处奔走寻找机会的,他们在一个国家得不到重用的话很容易就会选择离开,到另一个国家去了,这在战国是非常常见的现象。但是屈原的选择非常特殊,这跟他的身世是有关系的。屈原曾经做过比较高的官职,主管楚国的外交事务,一度很得楚怀王的信任。他主张改革,但是改革触动了当时一些贵族的利益,令他遭到了嫉恨和诬陷,使得楚怀王对他不再信任,后来干脆将他流放了。在屈原流放的过程中,他得知了自己国家与秦国交战失败的消息,就抱着一块石头投汨罗江自尽了,那时他大约六十岁左右。这是我们今天所知的屈原的基本生平。

我们来看《离骚》这首诗:

> 帝高阳之苗裔兮,朕皇考曰伯庸。摄提贞于孟陬兮,惟庚寅吾以降。皇览揆余初度兮,肇锡余以嘉名:名余曰正则兮,字余曰灵均。
>
> 纷吾既有此内美兮,又重之以修能。扈江离与辟芷兮,纫秋兰以为佩。汨余若将不及兮,恐年岁之不吾与。朝搴阰之木兰兮,夕揽洲之宿莽。日月忽其不淹兮,春与秋其代序。惟草木之零落兮,恐美人之迟暮。不抚壮而弃秽兮,何不改此度?乘骐骥以驰骋兮,来吾道夫先路!
>
> 昔三后之纯粹兮,固众芳之所在。杂申椒与菌桂

兮，岂惟纫夫蕙茝！彼尧舜之耿介兮，既遵道而得路。何桀纣之昌披兮，夫惟捷径以窘步。惟夫党人之偷乐兮，路幽昧以险隘。岂余身之惮殃兮，恐皇舆之败绩！忽奔走以先后兮，及前王之踵武。荃不察余之中情兮，反信谗而齌怒。余固知謇謇之为患兮，忍而不能舍也。指九天以为正兮，夫惟灵修之故也。（曰黄昏以为期兮，羌中道而改路！）初既与余成言兮，后悔遁而有他。余既不难夫离别兮，伤灵修之数化。

余既滋兰之九畹兮，又树蕙之百亩。畦留夷与揭车兮，杂杜衡与芳芷。冀枝叶之峻茂兮，愿俟时乎吾将刈。虽萎绝其亦何伤兮，哀众芳之芜秽。

众皆竞进以贪婪兮，凭不厌乎求索。羌内恕己以量人兮，各兴心而嫉妒。忽驰骛以追逐兮，非余心之所急。老冉冉其将至兮，恐修名之不立。朝饮木兰之坠露兮，夕餐秋菊之落英。苟余情其信姱以练要兮，长顑颔亦何伤！擥木根以结茝兮，贯薜荔之落蕊。矫菌桂以纫蕙兮，索胡绳之纚纚。謇吾法夫前修兮，非世俗之所服。虽不周于今之人兮，愿依彭咸之遗则。长太息以掩涕兮，哀民生之多艰。余虽好修姱以鞿羁兮，謇朝谇而夕替。既替余以蕙纕兮，又申之以揽茝。亦余心之所善兮，虽九死其犹未悔。怨灵修之浩荡兮，终不察夫民心。众女嫉余之蛾眉兮，谣诼谓余以善淫。固时俗之工巧兮，偭规矩而改错。背绳墨以追曲兮，竞周容以为度。忳郁邑余侘傺兮，吾独穷困乎此时也。宁溘死以流亡兮，余不忍为此态也。鸷鸟之不群兮，自前世而固然。何方圜之能周兮，夫孰异道而相安？屈心而抑志兮，忍尤而攘诟。伏清白以死直兮，固前圣之所厚。

第三讲　楚辞——《离骚》

悔相道之不察兮,延伫乎吾将反。回朕车以复路兮,及行迷之未远。步余马于兰皋兮,驰椒丘且焉止息。进不入以离尤兮,退将复修吾初服。制芰荷以为衣兮,集芙蓉以为裳。不吾知其亦已兮,苟余情其信芳。高余冠之岌岌兮,长余佩之陆离。芳与泽其杂糅兮,唯昭质其犹未亏。忽反顾以游目兮,将往观乎四荒。佩缤纷其繁饰兮,芳菲菲其弥章。民生各有所乐兮,余独好修以为常。虽体解吾犹未变兮,岂余心之可惩。

女媭之婵媛兮,申申其詈予,曰:鲧婞直以亡身兮,终然夭乎羽之野。汝何博謇而好修兮,纷独有此姱节!薋菉葹以盈室兮,判独离而不服。众不可户说兮,孰云察余之中情?世并举而好朋兮,夫何茕独而不予听!依前圣以节中兮,喟凭心而历兹!济沅湘以南征兮,就重华而陈词:启九辩与九歌兮,夏康娱以自纵。不顾难以图后兮,五子用失乎家巷。羿淫游以佚畋兮,又好射夫封狐。固乱流其鲜终兮,浞又贪夫厥家。浇身被服强圉兮,纵欲而不忍。日康娱而自忘兮,厥首用夫颠陨。夏桀之常违兮,乃遂焉而逢殃。后辛之菹醢兮,殷宗用而不长。汤禹俨而祗敬兮,周论道而莫差。举贤而授能兮,循绳墨而不颇。皇天无私阿兮,览民德焉错辅。夫维圣哲以茂行兮,苟得用此下土。瞻前而顾后兮,相观民之计极。夫孰非义而可用兮,孰非善而可服!阽余身而危死兮,揽余初其犹未悔!不量凿而正枘兮,固前修以菹醢。曾歔欷余郁邑兮,哀朕时之不当。揽茹蕙以掩涕兮,沾余襟之浪浪。

跪敷衽以陈辞兮,耿吾既得此中正。驷玉虬以乘鹥兮,溘埃风余上征。朝发轫于苍梧兮,夕余至乎县圃。

欲少留此灵琐兮，日忽忽其将暮。吾令羲和弭节兮，望崦嵫而勿迫。路漫漫其修远兮，吾将上下而求索。饮余马于咸池兮，总余辔乎扶桑。折若木以拂日兮，聊逍遥以相羊。前望舒使先驱兮，后飞廉使奔属。鸾皇为余先戒兮，雷师告余以未具。吾令凤鸟飞腾兮，继之以日夜。飘风屯其相离兮，帅云霓而来御。纷总总其离合兮，斑陆离其上下。吾令帝阍开关兮，倚阊阖而望予。时暧暧其将罢兮，结幽兰而延伫。世溷浊而不分兮，好蔽美而嫉妒。

朝吾将济于白水兮，登阆风而缫马。忽反顾以流涕兮，哀高丘之无女。溘吾游此春宫兮，折琼枝以继佩。及荣华之未落兮，相下女之可诒。吾令丰隆乘云兮，求宓妃之所在。解佩纕以结言兮，吾令謇修以为理。纷总总其离合兮，忽纬繣其难迁。夕归次于穷石兮，朝濯发乎洧盘。保厥美以骄傲兮，日康娱以淫游。虽信美而无礼兮，来违弃而改求。览相观于四极兮，周流乎天余乃下。望瑶台之偃蹇兮，见有娀之佚女。吾令鸩为媒兮，鸩告余以不好。雄鸠之鸣逝兮，余犹恶其佻巧。心犹豫而狐疑兮，欲自适而不可。凤皇既受诒兮，恐高辛之先我。欲远集而无所止兮，聊浮游以逍遥。及少康之未家兮，留有虞之二姚。理弱而媒拙兮，恐导言之不固。世溷浊而嫉贤兮，好蔽善而称恶。闺中既以邃远兮，哲王又不寤。怀朕情而不发兮，余焉能忍而与此终古？

索琼茅以筳篿兮，命灵氛为余占之。曰："两美其必合兮，孰信修而慕之？思九州之博大兮，岂惟是其有女？"曰："勉远逝而无狐疑兮，孰求美而释女？何所独无芳草兮，尔何怀乎故宇？"世幽昧以昡曜兮，孰云察余之善恶？民好恶其不同兮，惟此党人其独异！户服艾以盈

第三讲　楚辞——《离骚》

要兮,谓幽兰其不可佩。览察草木其犹未得兮,岂珵美之能当？苏粪壤以充帏兮,谓申椒其不芳。

欲从灵氛之吉占兮,心犹豫而狐疑。巫咸将夕降兮,怀椒糈而要之。百神翳其备降兮,九疑缤其并迎。皇剡剡其扬灵兮,告余以吉故。曰："勉升降以上下兮,求榘矱之所同。汤禹俨而求合兮,挚咎繇而能调。苟中情其好修兮,又何必用夫行媒？说操筑于傅岩兮,武丁用而不疑。吕望之鼓刀兮,遭周文而得举。宁戚之讴歌兮,齐桓闻以该辅。及年岁之未晏兮,时亦犹其未央。恐鹈鴂之先鸣兮,使夫百草为之不芳。"

何琼佩之偃蹇兮,众薆然而蔽之。惟此党人之不谅兮,恐嫉妒而折之。时缤纷其变易兮,又何可以淹留。兰芷变而不芳兮,荃蕙化而为茅。何昔日之芳草兮,今直为此萧艾也？岂其有他故兮,莫好修之害也！余以兰为可恃兮,羌无实而容长。委厥美以从俗兮,苟得列乎众芳。椒专佞以慢慆兮,樧又欲充夫佩帏。既干进而务入兮,又何芳之能祗？固时俗之流从兮,又孰能无变化？览椒兰其若兹兮,又况揭车与江离？惟兹佩之可贵兮,委厥美而历兹。芳菲菲而难亏兮,芬至今犹未沬。和调度以自娱兮,聊浮游而求女。及余饰之方壮兮,周流观乎上下。

灵氛既告余以吉占兮,历吉日乎吾将行。折琼枝以为羞兮,精琼爢以为粻。为余驾飞龙兮,杂瑶象以为车。何离心之可同兮,吾将远逝以自疏。邅吾道夫昆仑兮,路修远以周流。扬云霓之晻蔼兮,鸣玉鸾之啾啾。朝发轫于天津兮,夕余至乎西极。凤皇翼其承旗兮,高翱翔之翼翼。忽吾行此流沙兮,遵赤水而容与。麾蛟龙使梁

津兮,诏西皇使涉予。路修远以多艰兮,腾众车使径待。路不周以左转兮,指西海以为期。屯余车其千乘兮,齐玉轪而并驰。驾八龙之婉婉兮,载云旗之委蛇。抑志而弭节兮,神高驰之邈邈。奏《九歌》而舞《韶》兮,聊假日以媮乐。陟升皇之赫戏兮,忽临睨夫旧乡。仆夫悲余马怀兮,蜷局顾而不行。

乱曰:已矣哉!国无人莫我知兮,又何怀乎故都!既莫足与为美政兮,吾将从彭咸之所居!

"帝高阳之苗裔兮,朕皇考曰伯庸。"他是从一个非常非常遥远的时代开始讲起的,"高阳"是远古一位名叫颛顼的帝王,"苗裔"指的是后代子孙,他认为自己是高阳帝的后代。"朕"在秦始皇以前是无论尊卑,任何人都可以使用的词汇,指的是"我",后来秦始皇为了表示自己是独一无二的至尊,把它变成了皇帝专用的称呼。"皇考"的"皇"是指伟大的意思,"考"是死去的父亲,这一句屈原是说,我是高阳帝的后代,我伟大的父亲名叫伯庸。

"摄提贞于孟陬兮,惟庚寅吾以降",这两句是屈原讲自己出生时间的,不过大家理解它可能有一点困难,因为这牵涉到古代的一种特殊纪年方式。大概说来,"摄提"就是指太岁纪年法中的摄提格,这一年是寅年。"贞"是正好的意思,"孟陬"是指寅月。"惟庚寅吾以降","降"古音读作"hōng",是说他在寅日出生。那么这一句合起来就是说他自己在寅年寅月寅日出生,这是一个非常独特,非常吉祥的日子。

"皇览揆余初度兮",这里的"皇"指的就是上文的"皇考",是说自己的父亲。"览"是观察、观看,"揆"是指打量、估量,"初度"是出生时候的样子。他说,我伟大的父亲估量我刚出生时候的样子,然后"肇锡余以嘉名"。"肇"是开始的意思,"锡"读作"cì",是赏赐的意思,是说我的父亲赏赐给我一个美好的名字。"名余曰正则兮,字余曰灵均。"我的名字叫正则,字叫灵均。大家注意一下,诗人并不是直接地说我屈原如何如何了不起,他是在诗里塑造了一个艺术化的抒情主人公。这个抒情主人公形象跟诗人是密切相关的,但是并不直接等同于诗人,他是诗人心目中的理想形象。大家看"名余曰正则","正则"是什么意思?"正"是公正,"则"是法则,这里隐含着的意思就是公平,这就是在暗指他本人的名字,屈平的"平"字。"字余曰灵均"的"灵均"通常被认为是很美好、很平坦的地势,这也隐含了"屈原"的"原"字。

总的来讲,这一段是在以一种非常庄严、非常自矜的口吻来表明自己的出身,他是有悠久历史的伟大家族世系中的一员,他的诞生也是值得骄傲的,他还有拥有美好的名字,他想要表现自己天生就是这么的美好尊贵。不过除此之外,他还有很优秀的后天修养,我们继续来看第二段。

"纷吾既有此内美兮,又重之以修能。扈江离与辟芷兮,纫秋兰以为佩。汩余若将不及兮,恐年岁之不吾与。朝搴阰之木兰兮,夕揽洲之宿莽。日月忽其不淹兮,春与秋其代序。惟草木之零落兮,恐美人之迟暮。不抚壮而弃秽兮,何不改此度。乘骐骥以驰骋兮,来吾道夫先路!"这一段讲的是他后天的美德和政治理想。

"纷"是表示多的意思,这是楚方言里边特有的语法现象,他们经常会把形容词或者副词放在一句话的最前面,正常的语序其实是"吾既有此纷内美兮"。"又重之以修能","重"是加上,"修能"是说有益的才能,但是他并没有一件件地罗列自己的才能,他使用的是一种非常艺术化的诗歌表现方式。他用"扈江离与辟芷兮,纫秋兰以为佩"来象征自己的才华与品格,"扈"是楚方言,表示披的意思,"辟芷"是指长在人迹罕至地方的芷草,这里是说他把"江离"和"辟芷"这些香草都披在了身上。"纫秋兰以为佩"的"纫"是连起来、穿成串的意思,是说把秋天的兰草连接起来,穿成串儿挂在身上佩戴,这用的是比喻手法,用芳草来比喻自己的美德,这是《楚辞》,特别是《离骚》里边所特有的。人们谈起《离骚》的比喻,说的最多的就是"香草美人"了,这一处出现的就是关于香草的比喻。诗人把自然中富有香气的芳草与人生中美好的品德联系起来,使那种抽象的道德之美与具体的植物芳香密切地融合在一起,并且能够给人以美感,这就是艺术的表达方式,它可以把一般人说不清楚的事情,用一种感性的方式生动地表达出来。这种把道德评价与美学评价结合在一起的香草比喻,是屈原的一个伟大创造,以至于它后来就成了美德的代名词。回到文本上来,我们已经看到了诗里这位主人公是非常完美的,他不仅有高贵的出身、美好的禀赋、高洁的品德,同时还有卓绝的才能和远大的理想。下面几句表现的是他的心情非常急切,想趁着自己还不太老,多争取一点时间,引导楚国的政治走向正轨。

"汨余若将不及兮","汨"本来是形容水流速度快的,在这里是比喻时间的消逝非常快,人生像流水一样很快就过去了。"恐年岁之不吾与","与"是等待的意思,是说我担心年龄不等我,岁月不饶人。大家可以看一下这一段,它的表达是非常有意思的,先是两句写实的、直接的叙述,然后再来两句比喻性的表达。这里的"汨余若将不及兮,恐年岁之不吾与。朝搴阰之木兰兮,夕揽洲之宿莽"和上文的"纷吾既有此内美兮,又重之以修能。扈江离与辟芷兮,纫秋兰以为佩"都

第三讲 楚辞——《离骚》

是这样的。下面两句是"朝搴阰之木兰兮,夕揽洲之宿莽","朝"是早晨,和下文的"夕"对应,"搴"是把一个东西摘下来或者拔出来的意思,下文的"揽"和这个类似,也是采的意思,"阰"则是指土坡,"宿莽"的"莽"在这里读"mǐ",是一种常绿植物,即使在冬天也不会枯死。这一句是说,早晨我去采摘土坡上的木兰,傍晚则到水间的小洲去采另一种香草,这是屈原在表现自己的心情非常急迫,早晨我去做这件事,到了晚上还要急急忙忙地去做另一件事,这样就把"汨余若将不及兮,恐年岁之不吾与"的意思用一种艺术性的方式表现出来了。

"日月忽其不淹兮,春与秋其代序",这又是一句非常现实、非常直接的叙述,"忽"是非常快,"淹"是久留,"代序"是更迭、交替的意思,所以是说光阴流逝,它不会停下来,一年四季总在不断地更迭变化。"惟草木之零落兮,恐美人之迟暮",又换成了比喻式的叙述方式,不过我们之前看到的都是关于"香草"的比喻,现在出来了另一个比喻系统,就是"美人",它们是对整个中国文学影响非常深远的两大象征体系。这里对"惟"的解释不一样,有的学者认为它是思念的意思,和后面"恐美人"中表示担心的"恐"相对。另一种解释是把"惟"看作语助词,没有实在的意思。"美人"在这里指的是楚王,"美人迟暮"是说楚王年老了,他因为不想在这里直接说出楚王的名字,所以就采用了更加含蓄的表达方式。"美人"这个比喻一方面是很深情的,另一方面又是非常微妙复杂的,用男女关系来比如君臣或者同道的政治关系,是中国诗歌里面源远流长的表现手法,在《诗经》里就已经有这样的一些表达了,但它从《离骚》开始使用变得更多了起来。这句诗是说,时间流逝得很快,草木很容易就凋谢了,我担心楚王

也上了年纪,我的政治理想无法实现了。

下面"不抚壮而弃秽兮,何不改此度"再次回到了直接的叙述方式上来,"抚"是凭借的意思,"秽"是污秽的意思,是说怎么还不趁着年当盛壮,赶快抛弃污秽的政治,改变现行的法度呢?"乘骐骥以驰骋兮,来吾道夫先路","骐骥"指骏马,这里比喻贤臣,"驰骋"本来指的是骑上马快速地奔跑,这里是说在贤臣的辅佐下赶快走上正道。"来"是一种表示呼唤的语气,"道"是表示引导,就是说来吧,让我在前面带路吧。

这就是《离骚》的开头部分,它为全诗定下了一个基调,它主要采用的是两句直接陈述加上两句比喻的形式,以四句为一个诗歌单位。如果全部采用单纯的直接叙述,诗就会变得比较僵硬或比较单调了,读起来也不会有这种华美的感觉,而且缺少趣味。如果全部都用比喻性的表达呢,那么又会缺少实质性的内容,使诗的深度受到影响。我们看屈原的这种处理方式,他让直接的叙述与比喻的表达不断地交织回旋,这是非常有创造性的,也非常符合长诗的表达方式,避免了直白和单调。在《离骚》之前,中国诗歌史上出现过的作品都是比较短小的,像《诗经》那样,对中国古代的诗歌来讲,短小的抒情诗在长期以来,包括唐宋时代,都是中国诗歌最基本的形式,这个跟西方是不太一样的。

开头两段塑造了一个出身高贵、志行高洁、政治责任感强烈,而且又有远大政治理想的诗人形象,这个形象塑造得越美好,他在后面遭受痛苦、委屈时,就越会引人同情。

接下来一段由于时间关系我就不多讲了,大家手上都有材料,可以看到我在中间加了一个括号,"曰黄昏以为期兮,羌中道而改路",这是原文多出来的两句,在古籍中这种现象非常常见。总之这一段就是讲诗人从前代圣贤那里获得了

第三讲 楚辞——《离骚》

经验和鼓舞,希望引导楚国的政治走向正道,他强调,他所关注的不是个人的私利,而是国家社稷。在这里他把历史上的一些故事,香草与美人的比喻等等,都糅合在一起,用灵活多变的比喻,营造出了一种纷繁的美感。

诗人想要做的是引导楚国的政治走向清明,但是这一片赤诚之心并没有得到应有的理解和支持,反而因为触犯了守旧贵族的利益招来了重重迫害和打击,群小们嫉妒他、污蔑他,后来楚王也听信谗言,不再信任他了,就连他苦心培养起来的人才也变质了,这一段,诗人完全是用比喻的方式来表达的:

"余既不难夫离别兮,伤灵修之数化。余既滋兰之九畹兮,又树蕙之百亩。畦留夷与揭车兮,杂杜衡与芳芷。冀枝叶之峻茂兮,愿俟时乎吾将刈。虽萎绝其亦何伤兮,哀众芳之芜秽。"

"滋"是栽种的意思,"畹"是楚国的度量单位,有的说相当于十二亩地,有的说相当于三十亩,总之"九畹"就是形容很多了。诗人说我已经种植了九畹这么多的兰草,又"树蕙之百亩","树"是动词,表示种植,我还种植了百亩之多的蕙草。下面的"畦"本来是田垄的意思,但是在这里是动词,是说一垄一垄地种起来。"留夷"、"揭车"和"杜衡""芳芷"都是香草的名字,是说他培养了众多的人才。这里用的仍然是关于香草的比喻,同样是香草,屈原会用来表示很多不同的内容,前面形容人的品格美好,这里则是表示人才,总归是一种正面的意义。下面"冀枝叶之峻茂兮,愿俟时乎吾将刈"的"峻"是指高大,或者舒展,"刈"指的是收获。这句是说我希望香草的枝叶都长得高大茂盛,等它们都长成的时候,我将来收获它们,也就是说屈原希望到时机成熟时这些人才能够帮助他实现政治理想。"虽萎绝其亦何伤兮,哀众芳之芜秽","萎绝"是指干枯,"伤"是妨碍,是说即使我种下的这些香草都枯死又有什么关系呢,我所哀叹的是它们的污秽变质,变得和那些杂草一样了,我寄予厚望的人才改变了自己高洁的品性,和贵族群小们同流合污了。

通过上面这些我们可以感受到诗人是一个非常痛苦忧伤的孤独者,楚王疏远他,群小污蔑他,他亲手培养起来的人才们也都远离了他,诗人根本找不到志同道合的人。在当时的政治条件下,世俗的人们都是善于投机取巧的,群小们只顾着追逐权势和利禄,又嫉妒贤能,在这种环境中想要保持自己高洁的品行是一件非常困难的事情。这是一位敏感的诗人的体会,他把自己和整个世俗社会都对立起来了,当然,我们不能太较真地去考察他对社会的这种认识是否正确,因为这只是一种情绪性地表达,诗人强调的是自己的孤独感。

接着,他发出了一句非常有名的叹息:"长太息以掩涕兮,哀民生之多艰。"诗人流泪叹息人生的艰难,但尽管人生多艰他还是一再明确地表示要抗争到底,绝不媚俗,绝不为了获得个人的利益向世俗妥协,他甚至说,"亦余心之所善兮,虽九死其犹未悔"。

下文是他进一步的表白:"进不入以离尤兮,退将复修吾初服"。在中国古代语言里"进"与"退"是相对的,"进"是指出仕,"退"则是指退隐,他说"进不入"的意思是自己不被楚王重用。"离"和"离骚"的"离"是一样的,是遭受的意思,"尤"指的是罪责,是说诗人不但不受楚王重用,而且还会获罪。在这种情况下,他决定"退将复修吾初服",从字面意思来看这是说我就此离开吧,回去整顿自己当初的服装吧,但是通过上文我们已经知道,屈原经常用香草来比喻自己的平生志向,所以这里的"初服"也有深层含义,诗人是在说他希望自己能够无论遭际如何都能不改初衷。

"制芰荷以为衣兮,集芙蓉以为裳",古代上衣下裳,这里也就是说用芰荷来做自己的上衣,用芙蓉来做下裳。"不吾知其亦已兮,苟余情其信芳","苟"是如果的意思,"信"是确实的意思,是说如果我的内在情愫确实是高洁美好的,那么即使世俗都不了解我、都诋毁我,我也不会去在乎他们了。过去人们起名字时经常会从《诗经》和《楚辞》里面选一些词汇,我猜想京剧麒派名家周信芳可能就是从这句诗里面取了"信芳"两个字。

"高余冠之岌岌兮,长余佩之陆离。"这里的"高"和"长"本来都是形容词,在这里作为动词来用,"岌岌"形容很高,"陆离"形容很长。这句是说我把帽子做的高高的,把配饰做的长长的。当然,我们不能把这些诗歌中的艺术性表达当真,否则这种形象就变得非常奇怪了,我们要做的是去感受诗句中的美感。

"芳与泽其杂糅兮,唯昭质其犹未亏","芳"是指芳草的芳香,"泽"是指玉饰的光泽,"杂糅"是说把这两者混合在一起。"昭"指光辉的品质,是说我身上光辉的品质仍然没有减少。

"忽反顾以游目兮,将往观乎四荒","忽"是形容速度非常快,"反顾"是回过头去看,"游目"是放眼四望的意思,"四荒"是指那些很偏远的地方。诗人说我迅速地回过头去,到处张望,将要到那四方的荒原之地去观览一番。

"佩缤纷其繁饰兮,芳菲菲其弥章。""缤纷"是形容很多的样子,"佩"是指佩带,"繁饰"是说他身上有很多的装饰,"菲菲"是指香气浓郁,"芳菲菲"用现在的俗语来说就是香喷

喷的意思,"弥章"是说更加明显。这句话是他用身上配饰的美好和繁多来比喻自己人格的高洁。

"民生各有所乐兮,余独好修以为常",在先秦时期"民"并不指人民或人民群众,它和"人"的意思是基本相同的。这句话是说每个人都有他们所喜爱的东西,而诗人呢?他独独喜爱修身洁行,并且以此为常。

"虽体解吾犹未变兮,岂余心之可惩","虽"是即使的意思,"体解"是古代的一种酷刑,是肢解的意思,"惩"是指因为受到打击而有所恐惧或小心谨慎。这句话是说即使我遭遇到肢解的酷刑,我也不会改变自己,也会继续坚持自己的初衷和美好的品格。这也是《离骚》的主旋律,他一再地表达出这样的意思。

到这里,诗的前半部分就结束了。它跟后半部分的风格是不太一样的。前半部分虽然用了很多香草美人式的比喻,但是总体上讲都还是比较现实的。而后半部分写的是诗人在政治生活中不得志的苦闷和矛盾,他在寻求出路的过程中,内心的失望和希望不断变换,经过激烈的心理斗争,他明确了自己对于楚国的爱是至死不渝的,所以这一部分就用了很多的神话传说来表达,这样更有情节,更有戏剧性,而且写得非常浪漫传奇。当然,我这里说的"情节性",并不是指屈原真的经历了这些事情,那些只是诗人虚构出来的。人在面临一些重大选择的时候,心里都会有些起伏波动,但这是无形的变化,别人是看不见的,只有自己才能感受到,而一个了不起的诗人正可以把这些抽象的心理活动外化,他可以通过想象,用一系列的情节来表现它,让别人可以通过故事情节感知到他的内心。

诗人讲的第一个故事是女嬃的劝诫。这个女嬃到底是什么人,我们很难判断。有人说是屈原的姐姐,也有人说是他的侍妾。我们没有什么证据,只知道这是一个和他关系密切,同时对他非常关心爱护的女性。女嬃劝他,你这样固执是为了什么呢?这样只会给自取祸患,你又不能挨家挨户去跟人家表明心迹,求得理解,所以你就随大流儿就行了。其实我们可以把这样一个女嬃看作是屈原思想中出现过的软弱面,屈原在这里是把它给拟人化了。我们也很容易理解,即使是像屈原这样的人,他也不可能从未动摇犹豫过,他也有痛苦,也有迷茫,他的心里也会出现一个声音说放弃吧,只是屈原能够很快地把这种念头打消掉,因为他坚信自己是正确的、是符合道义的。为了证明自己的正确,诗人想象自己到重华那里去,向重华陈词,这就是下一段的内容。

　　重华是舜的名字,相传舜在南巡的时候死在了南方,就葬在现在的湖南境内。诗人想象自己到舜下葬的地方去,在舜的面前历数了历史上那些有名的君王,为什么有些君王兴起,有些则会失败呢?在这番叙述中他阐明了自己的想法,认为应该坚持原则,坚持自己信奉的道义,于是他的心情一下子就豁然开朗了。在这样的鼓舞之下,他觉得自己应该有所行动,所以就开始了"路漫漫其修远兮,吾将上下而求索"。

　　诗人把这个求索的过程写得非常浪漫,他用一种幻想的方式把自己的积极求索和遭受失败写得非常动人。"吾将上下而求索"的"上"指的就是上天,诗人首先到天上去了。在天上有非常多的神灵,比如为太阳赶车的"羲和",为月亮赶车的"望舒",我们知道有一位诗人叫戴望舒,其实就是戴月的意思,还有风神、雷神、雨神、凤凰、龙马等等,都来帮助他,和他一起组成了一个队伍上天飞翔。他们终于到了天帝的宫殿外面,那里有一个守门人,诗人希望守门人为他通报,好

让他去面见天帝,但是这个守门人一声不吭,根本不为他通报。诗人由此生发感叹,整个世间莫不如此啊,小人们总是喜欢嫉妒别人,都会把美好的事物掩藏起来,不让别人发现它们、赞美它们。总之,诗人想上天寻求帮助的愿望没能实现,他手里拿着一束幽兰在天神宫殿的外面走来走去,心里充满了忧伤。

到天上去寻求理想遭到了失败,诗人改变了想法,打算趁着自己还年轻,到人间去寻求一位美好的女子。我们来看下面这一段,它的神话传说色彩非常浓厚,而且有许多关于美女的比喻。前文中也有一些关于"美人"的比喻,在那里"美人"指的是君主,但是这里就不一定了,它也指那些跟他志同道合,可以一起实现政治理想的人。总之,"美人"表示的是一种政治关系。

诗人先后寻求了几位女子:第一位是宓妃,相传她是伏羲氏的女儿,后来成了洛水女神,曹植《洛神赋》的主人公就是她;接着诗人又找到了简狄,她是传说中商朝人的始祖,因为吞食了一颗很大的鸟蛋而生下了孩子,那个孩子成了商人的祖先,《诗经》里有一首诗写的就是这个故事。其实周朝人也有类似的传说,周人的始祖名叫姜嫄,她在郊外踩了一个巨大的脚印,于是就怀孕生子了,他的儿子成为了周朝的祖先,是农业神稷。但是因为种种原因,诗人求女的愿望并没有能够达成,宓妃是因为她过于傲慢无礼,简狄则是因为诗人没有找到合适的媒人,因为按照当时的礼节诗人是不能够亲自去找她的,可是诗人的媒人不是太轻佻就是嘴太笨,没有办法达成他的心愿。

这是一些故事化的内容,很有情节性,诗人用这种方式来表现他对人生的积极探寻、上下求索,但结局失败了。所以在最后这部分,他有一个非常沉重的抒情和感慨,这个世界是如此的丑恶、污浊,完全没有任何接纳我的可能,我连一丝政治上的出路都看不到,这样的处境我怎么能够永远忍受下去呢?诗人的情绪是有一个变化过程的,他在希望和失望间不断起伏跌宕,本来通过对舜的陈述后,诗人是非常乐观积极的,但是经历了天上的探寻和人间的求女之后,这些失败又令他非常绝望。诗人的情绪经历了几次失望,在每一次失望后,他的失望都会更加重一步,最后发展到死亡这样的主题是非常自然的,因为其他所有的可能性在经过一番内心的挣扎后都被他否定掉了。

接下来,处于极度苦闷、彷徨中的诗人找到了当时很有名的一个叫做灵氛的神巫来替自己占卜。灵氛劝说他离开楚国,天地那么大,难道只有这个地方才有美好的女子、才能实现清明的政治吗?你为什么一定要这么依恋自己的故乡呢?但是诗人仍旧很犹豫,他听说还有一个叫做巫咸的神巫,可以像《九歌》里面我们看到的那样,请神灵从天上降临到人间,于是诗人就又去询问了巫咸,可是巫咸也劝他离开。巫咸说你趁着年龄还不算很大,时间还不算很晚,赶紧去寻求一个和自己主张相合的人吧,去寻求那些可以帮助你实现政治理想的君主吧,而且他还举了历史上的很多典故,有那么多本来不得志的人才,都是因为遇到了能够欣赏他们的君主才建功立业的。

其实像女媭、灵氛、巫咸等等这些人,从某种意义上来讲是代表当时一般人的看法的,这也无疑是诗人内心冲突的一种形象化表达。通过这一连串的摇摆,一次次的挣扎,诗人有过软弱,有过动摇,有过反复,他在深思熟虑之后做出了最终的选择,这样的选择才是真正是坚定的选择。

在灵氛、巫咸这些能与神灵交通的人都说离开楚国为好之后,诗人也做过远游的打算,而且还做了一番准备。"灵氛既告余以吉占兮,历吉日乎吾将行",灵氛已经告诉我这样一个吉祥的占卜结果了,我就挑个好日子离开吧。"折琼枝以为羞兮,精琼爢以为粻","琼"是一种玉石,"羞"是肉干,"精"在这里作动词,是捣碎的意思,"琼爢"是玉屑,"粻"是干粮。他要把这种玉石做的树枝折下来作肉干,把玉石捣碎成玉屑作干粮。"为余驾飞龙兮,杂瑶象以为车",这里的"瑶"是一种玉石,"象"指的是象牙,是说让飞龙为他驾驶车子,用玉石和象牙作车上的装饰。"何离心之可同兮?吾将远逝以自疏","离心"是说心思完全不一致,既然心思不一样怎么可能让它变得相同起来呢?不用你们赶我走,我自己远远儿地离开这里吧。

下面写的就是他离去的路程。"邅吾道夫昆仑兮,路修远以周流",这个"邅"是转折的意思,诗人调转了方向,向昆仑山进发了。这个昆仑山的意味非常特殊,它在中国古代的神话中经常出现,有点像古希腊的奥林匹斯山,是神灵的所在,而且又是出产玉石的地方,它在神话中的地位非常重要。"路修远以周流","修"和"远"是一个意思,都是说路途非常遥远,"周流"是说环绕曲折,路又远,又是弯弯曲曲的。"扬云霓之晻蔼兮,鸣玉鸾之啾啾","扬"是举起的意思,"云霓"本来是天上虹的一种,这里指用云霓做的旗子,"晻蔼"是指把太阳都遮挡了,"玉鸾"是为他驾车的那个马,也就是天马,或者叫作龙马,这是说高举着云霓作的旗子,遮天蔽日的,把太阳都给遮掩了,而为他驾车的那匹天马,它所戴的铃铛发出了"啾啾"的响声。"朝发轫于天津兮,夕余至乎西极","天津"是天河的渡口,并不是我们现在的天津,现在的天津指的是天子的渡口,不过说起来两者也有一点儿关系,天子号称是上天的儿子嘛。"发轫"是指车子启动,早晨从天河的渡口启程,傍晚的时候就到了西方的尽头。"凤皇翼其承旂兮,高翱翔之翼翼",第一处"翼"是恭敬的意思,"承旂"是指举着旗子,第二处"翼翼"是指飞动的样子,这是说凤凰恭敬地举着一面画着两条龙的旗子,在天上高高地飞翔。"忽吾行此流沙兮,遵赤水而容与","流沙"是说西北方向那个沙漠里的沙流如水,"遵"是沿着的意思,"赤水"是神话中的水名,"容与"是从容地、慢慢地行走。"麾蛟龙使梁津兮,诏西皇使涉予","麾"是指挥的意思,"蛟龙"是龙的一种,"梁"是桥梁,"津"就是水的意思,"诏"是命令,"西皇"是主管西方的一个神灵,"涉"是渡过的意思。是说诗人指挥着蛟龙,让它在这个水面上做桥梁,向西方的神灵下命令,使我的车队平安地渡过去。"路修远以多艰兮,腾众车使径侍","腾"是过的意思,"径"是小路的意思。这个路非常遥远,又很难走,而他们是一个大的车队,有很多车子,所以就让这些车子走小路,先到前面去等我。"路不周以左转兮,指西海以为期","不周"就是不圆的意思,这里指的是不周山,山有一个缺口,相传风就是由这个缺口而来的。而这个缺口是怎么产生的呢?据说在远古的时代,两个帝王打架的时候给撞了一下,撞出了这么个缺口来。诗人路过不周山向左转,以西海为目的地,他驾着飞龙,乘着瑶车,在各种神灵、神兽,还有天上各种各样的扈从的帮助下在天空中行进,车队气势磅礴,场面盛大热闹,看起来情绪也是非常欢快热烈的。

我们来看他具体是怎么描写的,"屯余车其千乘兮,齐玉轪而并驰"这里"屯"是聚集的意思,"乘"是四匹马拉的车,"轪"是指车盖中间像螺丝帽一样的东西。这是说聚集了一

千辆四匹马拉的车,组成了这么浩大的一个车队,而且这些车子并列地排在一起,齐驱并驾地向前行进。"驾八龙之婉婉兮,载云旗之委蛇",这个"婉婉"是形容龙的身体摆动的样子,"委蛇"是说旗帜随风飘扬,驾车的八只龙身体很优美地摆动着,车上插着云彩做的旗子,旗子随风飘扬。"抑志而弭节兮,神高驰之邈邈","抑志"是从容的样子,"弭节"是指车子停止前进,"神高驰"是指他的神思飞到很高远的地方去了,"邈邈"就是形容远的样子。"奏《九歌》而舞《韶》兮,聊假日以媮乐",《韶》是传说中舜的一套乐舞,这是说诗人在天上演奏起了《九歌》和《韶》,暂且借着这个日子来尽情欢乐吧,读到这里大家会为诗人觉得松了口气,觉得他终于想通了,可以有一个轻松愉快的结局了。

他们的车队继续上升,"陟升皇之赫戏兮",天上的太阳也升起来了,照耀出一片光明灿烂。可是就在这一片大光明中,诗人"忽临睨夫旧乡",突然一下子这么从上而下地斜着看下去,而且是看到了自己的故乡。"仆夫悲余马怀兮,蜷局顾而不行",我的仆人很悲伤,我的马也十分忧愁,并且蜷缩着身体,回过头去看着,不肯再前行了。他们本来这么高兴地在天上奏乐起舞,诗人突然就看到了自己的故乡,他并没有直接说出自己对故乡的怀念,只说自己的仆人和马是多么的哀伤,可是连仆人和马尚且如此,他这个主人又情何以堪呢?

到这里,诗歌就结束了。这是《离骚》非常有意思的一点,它一下子就终止了,而且是在一个你想不到的地方,在一个戏剧性的巨大转折之后。不过我们也已经了解到了,诗人没有其他任何可能的选择了,他在楚国是待不下去的,政治上毫无出路,他也想过离开,可是又不可能离开,他的人走不了,他的心也走不了,即使在理性上他也知道还是走了的好,可是他在情感上是不会走的,所以他最后打消了远去的念头,他没有办法离开自己的国家寻求别的发展,他只剩下一个选择了,那就是死亡。

这首诗还有一个尾声,就是"乱曰"这一段。"乱"是出现在音乐中的,而这首诗只是供人阅读的文本,并不是用来歌唱的,所以这里只是采用了一种音乐上的写法,它表示的是篇末尾声,也就是再重新把这首诗的基本意思表述一遍,做一个总结。

"已矣哉!"首先就是一句非常绝望的感慨,都完了呀!"已"就是表示结束的了,这里连用了两个感叹词,而且还都是比较重的感叹词。"国无人莫我知兮,又何怀乎故都!"国家中没有贤人能够了解我了,我何必还要再怀念自己的故都呢?诗人对这一点认识的是很清楚的,他只是做不到。"既莫足与为美政兮,吾将从彭咸之所居!"既然不值得和这样一些人一起实现美好的政治,那么我就学彭咸那样去结束自己的生命吧!彭咸是什么人呢?相传他是殷商时候的一位贤臣,君主不听从他的劝谏,他就投水自杀了。这并不是屈原在生命最后关头写的作品,他早就想好了自己接下来的人生该怎么做,该怎么保全自己的节操,该怎么结束自己的生命,他后来的投水自杀并不是偶然。

我们在《离骚》中第一次看到一篇诗歌可以和诗人的命运结合的这么紧密,屈原的理想、遭遇、痛苦和热情,乃至于他的整个生命都在这篇作品上打下了异常鲜明的烙印,它展现出的是人生的困境,是一种深刻的内心痛苦和挣扎,这是他对整个中国诗歌的贡献。

第四讲　楚辞——《九歌》

于迎春

　　我今天要讲的是《九歌》里的《少司命》一篇，它写得很优美，但是很可惜，就连如今大学的中文系课堂上都不一定会讲到这一篇。借这次机会，我想试着从一个不大一样的角度来为大家解读它。

　　古代文学现在经常面临一种状况，读者往往会用自己的日常知识和思维习惯去看待古人。的确，中国文化的延续性非常强，古代世界与我们当下息息相关，很多古代的东西至今还活跃在我们的生活中，所以当我们面对古人的情感和他们的表达时，往往会忽视他们所处的历史环境，把一些我们认为理所当然的东西强加给他们。实际上，古人与我们几乎是处在两个不同的世界中的，古人有他们自己的生活方式。比如说，汉代的家具跟我们现在就很不一样，当时的人们都是席地而坐的，我们现在从韩剧、日剧中还可以看到这种坐姿，日韩的传统家庭中有许多生活场景仍是在地上展开的，而我们则是垂腿而坐。从唐代晚期开始，中国的家具发生了一个非常大的变化，最初是椅子，也就是坐具变高了，这个变化引发了其他家具的连锁反应，这对古人的生活方式产生了直接的影响。

　　我举这个例子是想说，我们在读古代作品的时候，比如

第四讲 楚辞——《九歌》

说汉代作品吧,一定要考虑到古人在宴请、交谈时,所处的居室跟我们是不一样的。现在我们悬挂字画,一定会把它挂在与我们视线相协调的地方,但对汉代人来说,一切都要放低。这是非常实际的问题,我们往往很容易就把它忽略过去了。

再比如,我们在常识上很清楚,蔡伦造纸之前,人们主要的书写、阅读工具是竹简,可是以往的古代文学研究对这一点并不是特别的重视。竹简这个东西很笨重,是要一捆一捆地捆起来的,这跟我们今天很容易获得的又轻又薄、容易携带,还可以随便卷折的纸是完全不一样的。我们今天写东西、读东西都太容易了,所以就忽略了古人用的是怎样一种笨重不便的书写工具,而且古人需要书写的笔画比我们今天要繁难许多,大家可以想象一下这样的写作速度快慢如何。古代诗人在创作中产生的激情,跟今天的我们是没有什么区别的,可是激情需要速度保证,很多东西在一瞬间就会溜过去,激情流动的速度那么快,而古人的书写速度又那么慢,我们今天躺着都可以写东西,古人却要在成捆的竹简上刻画繁难的文字,我们怎么可以轻易地去以今度古呢?物质书写材料与文学情感表达之间的关系是非常复杂的。

我讲这些是想要提醒大家,我们在面对古人的生活、思想和情感时,是需要用一点想象力去做复原工作的,我所说的"复原"并不是抽象意义上的,而是很具体的,我们要从细节上复原那些生活场景,以此为基础解读古代作品。

在中国古代,尤其是上古时代,那时所说的"文学"与我们今天的差别非常大。"文学"这个词很早就有了,《论语》中孔子教学的"孔门四科"其中一科就是"文学",但是我们今天只是借用了古人"文学"这个词,用它来指代那种形象地、艺术性地表达思想感情的文学艺术。这是在上世纪初期,经由日本,从西方传入的概念,这个概念跟上古时代的"文学",甚至跟整个中国文学传统都有很大的区别,现在有很多学者也已经注意到了这个问题。

比如说《诗经》,它其实是一部歌词集。我们现在的流行歌曲也非常发达,其中那些写得好的歌词如果能够流传后世,不知道它们会不会也有今天《诗经》这样的地位。今天我们是如何看待《诗经》的呢?我们只能把它当作纯粹的、书面化的文本来阅读了,这其实是一种无奈之举,因为《诗经》的曲调在很早很早之前就已经失传了。此外,在某种意义上这也和我们的诗歌观念有关,现在我们说到"诗",指的都是表达个人情感的书面写作,这跟《诗经》是很不一样的。

总之,我觉得我们在面对古代作品,尤其是上古作品的时候,需要将一些今人习以为常的思维方式做一些调整。

下面我们就开始讲《九歌》中的《少司命》。大多数人都认定它的作者是屈原,不过也有异议。实际上先秦时代的几乎所有作品都有这样的问题。通常认为,《少司命》是屈原对楚国传统祭祀歌曲进行加工修改之后写成的。《九歌》是一种综合性的艺术形式,但是我们现在所能看到的也同样只有歌词部分了,所以虽然知道它歌、乐、舞三位一体,人们在阅读《九歌》,尤其是其中的优美篇章时,往往还是会把它当作书面化的纯粹抒情诗来看待。

我们来看一下这篇作品:

秋兰兮蘪芜,罗生兮堂下。绿叶兮素枝,芳菲菲兮袭予。夫人自有兮美子,荪何以兮愁苦?秋兰兮青青,绿叶兮紫茎;满堂兮美人,忽独与余兮目成。入不言兮出不辞,乘回风兮载云旗。悲莫悲兮生别离,乐莫乐兮新相知。荷衣兮蕙带，儵而来兮忽而逝。夕宿兮帝郊，君谁须兮云之际？与女沐兮咸池，晞女发兮阳之阿；望美人兮未来，临风怳兮浩歌。孔盖兮翠旌，登九天兮抚彗星。竦长剑兮拥幼艾，荪独宜兮为民正。

这首诗和屈原最有名的那篇《离骚》相比，篇幅是比较短小的。

我刚才说过，人们通常会把《少司命》这篇作品作为书面性的纯粹抒情诗来阅读，可事实上它是用来祭祀神灵的，有歌又有舞，那么我想这次我们就用另一种比较立体的方式来解读它吧。《九歌》里面的每一首诗都祭祀了一位神灵，这首祭祀的是少司命。少司命是什么样的一位神灵呢？他是主管人类子嗣的，有一点儿像后来的送子娘娘，但还是不太一样，因为他同时也是儿童的保护神。在这篇前面还有一首《大司命》，那是主管人类寿命的。大家在读这篇作品的时候可以体会一下，你觉得少司命是男还是女。关于这一点，其实是有一些争议的。

"秋兰兮麋芜，罗生兮堂下。"祭祀的厅堂都已经布置好了，堂下罗列着秋兰和麋芜。这个"秋兰"自然是兰草了，而"麋芜"也是一种有香气的植物，据说在农历四五月份的时候麋芜叶子会长出来，七八月份的时候会开放白色花朵，麋芜叶子的香气非常浓郁，它在《楚辞》里面经常出现。"绿叶兮素枝，芳菲菲兮袭予"，"菲菲"是形容这种香气的，"袭"是说这种香气飘到了"我"的身上。那么这个"我"是什么人呢？这是非常关键的一点，我们通常会把"我"解释为巫师，"我"负责请神、主持典礼，并且娱乐神，最后再把神送走。那么这是一个男性巫师还是女性巫师呢？大家也可以自己体会一

下。此外,我们可以再进一步来解释这几句话,"秋兰"和"蘼芜"都是传说中与生孩子有关的,如果妇女不能再生孩子了,可以用蘼芜的根部来治疗,秋兰也一样,兰是得子的吉祥象征。所以其实这里暗含的是少司命的职责,他是主管人类子嗣的。"秋兰兮蘼芜,罗生兮堂下",祭神的厅堂已经布置好了,就等天神少司命的降临了。

"夫人自有兮美子,荪何以兮愁苦?"这个"夫"是一个发语词,用在句子的开头引发议论,这个字在古汉语中常常可以看到。"荪"在楚方言里面是表示香草的,在《楚辞》中有一个非常常见的表达习惯,就是用一些美丽的香草鲜花来指代神灵和君主,或者是象征人的高洁品格,在这里,"荪"这种香草指的就是少司命。这句话的意思是说,人们都有自己美好的子嗣,神灵您为什么还这么愁苦呢?言外之意自然是希望少司命开心了,因为楚人认为只有通过祭祀的仪式让神灵愉悦,神灵才会保佑他们。

"秋兰兮青青,绿叶兮紫茎;满堂兮美人,忽独与余兮目成",这个意思比较清楚,是在继续描写祭神的环境、表现祭祀现场的情形。关键是"满堂兮美人,忽独与余兮目成"一句,"目成"是什么意思呢?是说用眼神来传递感情,通过这种默契加深关系,大概就是眉目传情的意思,不过比"眉目传情"还要再深一步。这里的问题是,"美人"指的是谁呢?通常的理解认为,"美人"是祭神典礼上那些漂亮的女子们,忽然间少司命从天而降了,他独独钟情于"我"一个人,与"我""目成"了,也就是说这里其实表达的是男女爱恋的情感。但是这种说法也遭到了一些学者的强烈反对,认为联系到后文,这样未免对神灵有些不够恭敬。这些问题我们先留在这里,继续往下看。

第四讲 楚辞——《九歌》

"入不言兮出不辞,乘回风兮驾云旗。悲莫悲兮生别离,乐莫乐兮新相知",这是说少司命的,他进来的时候不说话,出去的时候也没有什么言辞,他就是这样无声地来去。"回风"是表示一种回旋的旋风,"驾云旗"是说他车上装着用云彩做的旗子,这些都是为了表示天神的特点,他们一定会有一些和凡人不一样的地方。下边的两句非常有名,被认为是最早的情诗,"悲莫悲兮生别离,乐莫乐兮新相知",这是什么意思呢?人间最悲痛的事情莫过于两个活生生的人永久地分别了,而最快乐的事情呢,则是两个人刚刚相知。

"荷衣兮蕙带,儵而来兮忽而逝。夕宿兮帝郊,君谁须兮云之际?"这也是形容少司命的,说他穿着用荷叶做成的衣服,系着用蕙草做成的腰带,其实这样的装扮在《离骚》中我们也能够看到,在那时候诗人们,尤其是楚国的诗人们,常常会用这样的装扮来表现自己高洁的品格。"儵而来兮忽而逝","儵"和"忽"一样,都表示速度非常快,这跟前面的"入不言兮出不辞,乘回风兮驾云旗"表达的意思是类似的,是说这个神灵很让人捉摸不定。"夕宿兮帝郊",这个"帝"是天帝的意思,"郊"是郊野,神灵在晚上的时候是停留在天国的郊野的。"君谁须兮云之际","须"是等待的意思,诗里有一个抒情主人公"我",这个"我"就发问了,神灵你这样忽来忽往,晚上宿在天国的郊野里,现在又到云间等待着谁呢?

下面是"与女沐兮咸池,晞女发兮阳之阿;望美人兮未来,临风怳兮浩歌",这里的"女"同"汝",表示你或你们的意思。这句话是说,"我"希望能够跟少司命神一起在咸池里沐浴。"咸池"就是所谓的天池,在中国的神话传说中它指的是太阳沐浴的地方。太阳在天上转了一圈,从东到西落下去,太阳也会变脏,需要在咸池洗干净,接着停到扶桑树上,然后

从东边升起,再经历又一遍的东升西落。下面的"晞"是晾干的意思,"我"希望能够跟您在咸池里沐浴,然后再到阳之阿那个地方去把头发晾干。"阳之阿"是指山朝阳的弯曲处,"阿"就是山弯曲的地方,那里的阳光比较充足。"望美人兮未来"这里的"美人"跟前面"满堂兮美人"是不一样的,这里指的是少司命。"我"在这里等待和少司命神一起做这些事情,也就是要和他一起厮守,但这是一个不可能实现的愿望,少司命并没有来,所以"我"非常失望,迎着风大声地高歌。"怳"是怳惚的意思,也就是人不得志的样子。

最后四句又回到了对神灵的赞美上,"孔盖兮翠旌,登九天兮抚彗星。竦长剑兮拥幼艾,荪独宜兮为民正。"这个"孔盖"和"翠旌"都是少司命的车骑,"孔"是孔雀的羽毛,他的车盖是用孔雀的羽毛做成的,"翠"是一种翠鸟,他的旌旗是用翠鸟的羽毛做成的,"登九天兮抚彗星"是说少司命到九天之上去"抚彗星"了。不过这个"抚彗星"有不同的说法,一种参考了民间的传说,彗星是非常不吉祥的,会给人们带来灾难,所以少司命是到天上去降伏它了。还有一种说法,认为这个彗星就像一个大扫帚一样,少司命到了天上去,拿这个大扫帚来扫除人间的邪恶污秽,保护人类。不过不管怎么样解释,它反正都是清除邪恶的意思。"竦长剑兮拥幼艾,荪独宜兮为民正","竦"是手举着的意思,他一手拿着长剑,一手抱着"幼艾",也就是幼小的孩子,他是孩子的保护神嘛。"荪"还是指少司命,他是为百姓主持公平的,有着无私的品格。有不止一位学者提议过,应该为少司命塑一个像,把这个神做成一位女性的样子,像这句诗一样让她一手拿着长剑,一手怀抱婴儿。

以上是这首诗的基本意思,把它当作一首纯粹的抒情诗

第四讲 楚辞——《九歌》

来阅读的话就是这个样子了。不过,从本质上来讲《少司命》是首巫歌,它是一位巫者在祭祀少司命的活动中,用他的口唱出自己眼中所见的场景,以此表达对少司命的赞美,以及他与少司命之间来往的关系。不只《少司命》一篇如此,整个《九歌》的情况都是这样的。

《九歌》是古曲的名称,是一种规模比较大的成套的祭祀乐歌,一共有十一篇。相传《九歌》是天帝的音乐,是夏朝的君主启把它从天上偷下来了。我们来看一下这十一篇作品,它们分别是:《东皇太一》、《云中君》、《湘君》、《湘夫人》、《大司命》、《少司命》、《东君》、《河伯》、《山鬼》、《国殇》、《礼魂》。最容易确定的就是《礼魂》了,它是祭祀完神灵,表示典礼终结的送神曲,剩下的作品基本上都是每首祭祀一位神灵的。一般认为,《东皇太一》是祭祀天上至尊神的,是主祭,其他的都是陪祭。《云中君》是云神,《湘君》和《湘夫人》是湘水神,《大司命》刚刚我们讲过,是主管人类寿命的,《少司命》则是主管人类子嗣的,《东君》是太阳神。《河伯》是河神,有人认为这位河神掌管所有的河流,有人则认为这只是特指黄河,我觉得对于楚国人来说黄河好像远了一点儿。《山鬼》是山神,《国殇》是祭祀楚国阵亡将士魂灵的,其实是人鬼,在先秦时代鬼和神是差不多的概念,不像我们现在,认为鬼都是不好的,神则是保护人类的。

在屈原时代,楚国比较特殊,它和讲究礼乐文化的中原有很不一样的风俗。按照《史记》的记载,这个地方是非常崇信巫鬼的,而且祭祀非常泛滥,有各种各样的祭祀活动。在祭祀中,通常由巫来主持,巫边唱边舞,那些歌词其实是很不文雅的。屈原对这些巫歌进行了非常全面、系统地整理,我们今天看到的《九歌》,它的文字风格、表达习惯都是非常统一的。在楚人对神灵的信仰中，凡人和神是不能够直接沟通的，需要以巫作为中介。其实在商朝，中原地区的巫的地位也是很高的，在周朝以后人们才更重视人间的道德了，认为这才是获得神灵保护最关键的因素，于是渐渐地巫的地位降低了，神的信仰也减弱了。但是在楚国并没有发生这样的变化，巫仍是一个专职沟通人神的职业，他在祭祀现场要一边唱一边舞，这就令祭祀活动有了明显的表演性。而且巫是分男女的，他们会扮演不一样的角色。巫代表世俗的人，以人间的方式来表示对神灵的欢迎和赞颂，最后再把神灵送走，在这个过程中他还要让神灵愉悦。可天神是凡人看不见的，在祭祀中怎么样才能让人们感知到神灵确实存在呢？这就需要有专门的巫来扮演神，他们穿戴着人们想象中的神灵的服饰，比如说少司命，就是荷衣蕙带的，而且还要做出合乎这位神的身份的表情、动作来，甚至可能还会有一些舞台背景，比如神怎样驾着车子、插着旗子什么的。所以也有人认为《九歌》是中国最早的戏剧萌芽。

所以，我们可以尝试采用另外一种方式来解读《少司命》，把它还原为一首巫歌。《少司命》是分角色的戏剧化表演，有些诗句是扮成神灵的巫所唱，有些则是代表世俗人间的巫所唱，我们来看一看用这种解读方式能不能理清之前一些不太能说得通的地方。

我们先把这首诗分一下段，一方面是根据内容划分段落，另一方面也要考虑到它的押韵情况，然后再把它按照角色进行划分。以下都是我的个人理解，希望能为大家再提供一种解读《少司命》的可能性。当然，还要请大家帮我看一下这样是否合理，因为可能仍然会存在一些问题，比如角色的转换就很不容易判断，它里面并没有很明确地出现"少司命说"、"巫说"这类提示语,再比如角色的性别问题,少司命和巫究竟是男是女?还有,与少司命"目成"的巫,是特指一位巫,还是有一群巫都和少司命关系亲密呢?以及他们这种亲密的关系,是同性之间的友情,还是异性之间的恋情?这些都没有固定的说法,需要我们在阅读中去自己体会。

我们再来看这篇作品,第一段是群巫合唱的迎神曲,"秋兰兮麋芜,罗生兮堂下。绿叶兮素枝,芳菲菲兮袭予。夫人自有兮美子,荪何以兮愁苦?"这是所有的巫都已经集合在一起了,厅堂也已经布置停当,这里芳香又洁净,神灵啊,你高高兴兴地来接受我们的祭祀吧。

下面神灵就出现了,当然,这里的少司命其实是一位巫装扮的,"秋兰兮青青,绿叶兮紫茎;满堂兮美人,忽独与余兮目成。"这是神灵的独唱,表示他来到现场了,也看到了现场的布置。如果我们不按角色划分来理解的话,这里就解释不通了,上文已经说过有秋兰和麋芜了,这里就不应该再啰嗦"秋兰兮青青,绿叶兮紫茎"了呀?这是把它当作纯粹的诗来对待的时候很难解决的一个疑问,但是现在我们就比较容易理解了,前边是群巫欢迎少司命,描述了一下祭祀的现场,后边神灵降临了,这是从他眼中看到的现场的情况。还有一句比较有意思的是"满堂兮美人,忽独与余兮目成",这满堂的"美人"当然都是来祭祀他的巫了,但是要注意,我们并不能凭借"美人"两个字做出判断,认为这里指的一定是女巫。因为在我们中国诗歌里边,从很早以前就形成了一个传统,比如说《离骚》,诗人会把自己比作美人,还会用美人来指代楚王,以男女比附君臣是很常见的情况。总之就是有一位"美人",不论男女吧,"忽独与余兮目成",和"我"眉目传情了。其实,如果这里说的是满堂的美人,这许多位巫都愿意取悦

神灵,都以"目成"向神灵表示好感,也是可以说得通的,只不过今人通常更愿意把这句诗理解为有那么一个特定的巫,他爱上了这位神灵。

然后是"入不言兮出不辞,乘回风兮载云旗。悲莫悲兮生别离,乐莫乐兮新相知",这句诗可以有两种解释,我也不能确定哪一种更准确,就把这两种都分享给大家吧,这里有可能是群巫的合唱,也有可能是神的独唱。其实有一些学者很明确地表示,他们认为这里应该是少司命神的独唱,是接着"满堂兮美人,忽独与余兮目成"而来的。但是我觉得,要写一个人的状貌仪仗时,通常会通过别人去描述,而不是这样自己把自己的样子讲出来吧。比如,古希腊的悲剧里面是有一个歌队的,类似于合唱队,他们就会通过合唱来渲染气氛、提示剧情、交代细节,或者为观众把某些哲理性的内涵点拨出来。那么"入不言兮出不辞,乘回风兮载云旗"就应该是群巫眼中的少司命神了,"悲莫悲兮生别离,乐莫乐兮新相知"则是群巫作为旁观者看到了美人与神灵"目成"这些事情,把它上升到了哲理的层次。

下面是群巫们用合唱的方式向神灵发问,你穿着这荷叶做的衣服,系着这蕙草编的带子,说来就来了,说走就无影无踪了,晚上的时候,你停留在天国的郊野,是在等待着谁呢?少司命对此的回应是通过独唱展现出来的,神灵说出了自己的愿望,他想要跟刚才和自己"目成"的那位美人一起在咸池沐浴,然后到阳之阿去把头发晾干。可是神灵的愿望落空了,他继续唱着"望美人兮未来,临风怳兮浩歌",这句诗就跟前面的"满堂兮美人"对应起来了。顺便说一下,在《九歌》里面,除了《礼魂》是送神曲外,其他祭祀神灵的十篇作品在内容上可以分为两大类,一类是赞颂天神的,比如东皇太一、云

第四讲 楚辞——《九歌》

神、太阳神这些，一类是表现恋情的，比如《大司命》、《少司命》、《湘君》、《湘夫人》、《山鬼》这些，无论这些恋情诗的具体情况怎么样，它们里面总归是有一种情意在的，这也是人们最爱读的。但是这些恋情诗中的感情往往落了空，结局并不美满，神灵们都带着不得志的哀愁。在人们心目中，这些天神是具有超自然的能力的，既然他们无所不能，为什么还需要这样一种友情或是恋情呢？即使是天神也没有办法征服对方，没有办法超越这种感情么？这是一个很有意思，又很难回答的问题。我们只是通过这篇作品，看到了神灵也会失意，也会在云彩间等待着什么人，还会对着风大声地唱起歌来。其实到了"望美人兮未来，临风怳兮浩歌"这一句，整个故事就算是结束了，最后四句是送神曲，又回到了少司命本身的职责上，大家对她歌唱赞美。

既然《九歌》是祭祀神灵的乐曲，那么它是用在国家祭典上的，还是用在民间祭祀上的呢？关于这个问题争议非常多。屈原起初很受楚王重用，后来遭到排挤被放逐了，我们知道《离骚》就是他在不得志之后写的，那么《九歌》呢？是在得志时写的，还是在失意后写的呢？有些学者认为，《九歌》中神灵恋情的失意，实际上就是他与君主无法合作的苦闷情感的投射。不过这似乎略嫌穿凿附会了一些，我们还是把它看作巫歌吧。我觉得在文学史的研究中，很多东西没有确切的证据，而且很可能永远都不会有证据，所以就需要引进一种历史的想象力。在没有扎实证据的时候，我们要老老实实地承认自己的认识不够、理解不清，要承认仍然有很多疑问存在，同时，还要使用历史想象力去扩展出一些可能性，尽量从更多的角度去认识问题。我个人猜想，在这些祭祀神灵的庄严典礼中，或许也存在有一定程度上的娱乐性成分。在民间活动中,我们经常能看到人们以某种名义去郑重地做一件事情,而在实际上,它早已经变成属于民众的狂欢节了。即使是祭祀超现实的神灵的活动,世俗中的人们也能够把它变成发泄或表达情感的一个机会。而人们喜欢看到的,往往正是一种哀愁、缠绵的情调,略带一点悲剧性有时候更能打动人。在《九歌》这一整套乐歌里,有内容差别那么大的两类作品,一类是纯粹的祭祀神灵,处处紧扣神灵的身份、职能,另一类则表现了很多缠绵悱恻的情感,那么后一类作品中所体现的,有没有可能就是世俗人们自己的娱乐呢?

当然,我们今天提出的只是一种可能性,它并不完美。无论把它看作一首纯粹的、书面化的抒情诗来阅读,还是为它分角色,把它看作歌舞剧,都会存在一些无法回避的问题,我们缺少切实的证据去建立明确的结论。不过,至少我们从另一种角度做出了尝试,通过对历史细节的考察,动摇了大家一些习以为常的认识。如果我们把《九歌》看作是书面化的诗,自以为能够把问题都讲通,只会得到越来越多的疑惑;如果把它放在历史情境中考察,反而有机会离真实的历史更近一点。不止是《九歌》,我们还应该把这种历史想象力带入文学史,使整个文学史变成一个开放的系统。

第五讲　楚辞——《九辩》

于迎春

今天讲宋玉的《九辩》。无论是文学史家，还是一般读者，大家对它的评价都比较高，但是由于种种原因，就连大学中文系的课堂上对它的讲授都很少。这首诗有一些长，我为大家介绍的只是它的一部分，今天我们先来一起看一下它的大致特点和所取得的成就。

首先要介绍的是宋玉，这是一个在中国文学史上大大有名的人物，但是他的形象并不是很清晰。在屈原以楚国民歌为基础创造出一种新诗体"楚辞"之后，宋玉就是最著名的一位"楚辞"作家了，这是我们都知道的。而他的生平情况，可靠的史料就非常有限了，我们对他的了解并不多。

比较早的记载了宋玉情况的是《史记》，它只是在屈原和贾谊的合传中提了一句，说屈原死后，楚国还有宋玉、唐勒、景差（chāi）这些人还在继续创作辞赋，他们都很擅长文辞，但是没有人敢再像屈原一样对楚王进行政治批评了。这里的"景差"是个人名，关于"差"字的读音有一些不同的说法，我们不用太在意这一点。除《史记》之外，我们还可以通过《九辩》这篇有自传色彩的诗歌中来观察一下宋玉的情况。

宋玉和屈原不一样，屈原是楚国的贵族，有王族血统，而宋玉只是一个出身贫寒的读书人。他在文学、音乐上很有才

能,口才也很出众,并且因此得到了楚王的赏识,获取了一定的官职,但是一直没有得到重用。关于宋玉的生卒年,我们没有确切的材料,总的来讲,他比屈原是要晚一些的,他在屈原死了之后才在楚国的文坛或者是政坛上开始活动。有的研究者认为他是屈原的学生,这种说法流传很广,比如郭沫若有一个关于屈原的话剧就是这样讲的,但在事实上并没有任何资料可以证明这一点。所以我们保守一些,宋玉可能并没有直接受学于屈原,不过他对屈原很敬仰,而且在文学上受到了屈原的直接影响,这从他的《九辩》中就可以看出来,里面有一些句子直接就是从屈原的《离骚》等作品中借用过来的。

宋玉一直处在漂泊和贫愁之中,晚景可能也是十分凄凉的,他没有屈原那样显赫的身世,宋玉出身贫寒,在政治上也就孤立无援,所以不像屈原那样有远大的政治理想,并没有怀着拯救楚国的强烈愿望。屈原的《离骚》中有激烈慷慨的情怀,有九死不悔的坚持,而宋玉的政治抗争意识则显得比较弱。但是宋玉在这种批评君主已经变得比较困难的情况下,以实际创作提高了人们对文学作用的认识,而且以文学创作的方式参与政治取得了一些实际的成果。

在唐代以及唐代以前的时候,人们对宋玉的评价还是比较高的,那时候往往屈宋并称,把他和屈原并列在一起,对他的文学才能和清高人格都比较肯定。比如李白的《感遇》就说:"宋玉事楚王,立身本高洁。"杜甫也有诗称:"摇落深知宋玉悲,风流儒雅亦吾师。"杜甫这一句中的"摇落"就出自我们今天要讲的《九辩》。但是宋代以后宋玉的形象发生了非常大的变化,尤其是在明清小说中,宋玉渐渐变成了一个风流多才、多愁善感的美男子,有时候甚至还是一个窃玉偷香、风

第五讲　楚辞——《九辩》

流多情的轻薄文人。宋玉在其他作品中提到过自己长得好看、口才很好,人们更多地关注了这些方面,反而把他在《九辩》里表现出来的忧虑国家、感怀身世这些都忽略掉了。到了20世纪中期的时候,宋玉的形象又发生了一次大的变化。这和郭沫若有关,他在1942年写了一部历史剧《屈原》,当时有抗战的大背景,所以郭沫若作了一些个人的发挥,他把宋玉塑造成了一个和屈原对立,而且忘恩负义的帮闲文人,并且借婵娟之口骂他是没有骨气、无耻的人。这部话剧的影响非常大,宋玉的形象也由此深入人心,大家都觉得宋玉是这样一个在政治上极其软弱又没有骨气的文人了。关于这一点,在我们读了《九辩》之后,大家可能会获得一些不一样的感受。

《九辩》是宋玉的代表作。作为"楚辞"的重要作者,《汉书·艺文志》中记载的宋玉辞赋有十六篇,但是没有写出具体的作品名称。《九辩》历来是研究者们没什么异议、公认是宋玉所作的,其他大致可以给予肯定的作品还有《风赋》、《高唐赋》、《神女赋》、《登徒子好色赋》、《对楚王问》,不过这些和《九辩》不同,它们都是赋,并且对汉代的赋有很直接的影响。《九辩》其实是古代乐曲的名字,这部乐曲是一个很长的套曲,由一系列作品组成。相传它是天帝的音乐,是夏代的君主从天上偷下来的。宋玉取了《九辩》这个名称,重新进行了创造性的写作。

《九辩》的主要内容是什么呢?它写了一个贫寒的文士,因为不肯苟合流俗,所以受到了谗害,被君主疏远了。这个文士感到怀才不遇,被迫远离了家乡,失去了官职,失去了居所。这里面主要表达的是宋玉感受到的一种人生的悲哀,以及对楚国现实政治,包括对楚王本人的一些委婉批评,他也

有对君主的忠诚和对国家兴亡的忧虑,但是并不像屈原表达的那么直接、强烈,他是以一个穷愁潦倒的文人的个人悲叹作为抒情基础的。但是《九辩》写得非常感人,"宋玉悲秋"还成了中国文学史、中国诗歌史上的一个传统主题,后世文人们在面对秋天的时候时常产生的悲叹和哀愁,就是从宋玉这里开端的。

下面我们就具体来看一下这篇作品。《九辩》一共有九章,我们主要讲前面几章。

第一章:

> 悲哉!秋之为气也。萧瑟兮,草木摇落而变衰。憭栗兮,若在远行。登山临水兮,送将归。泬寥兮,天高而气清;寂寥兮,收潦而水清。憯悽增欷兮,薄寒之中人;怆怳懭悢兮,去故而就新;坎廪兮,贫士失职而志不平;廓落兮,羁旅而无友生;惆怅兮,而私自怜。燕翩翩其辞归兮,蝉寂漠而无声。雁廱廱而南游兮,鹍鸡啁哳而悲鸣。独申旦而不寐兮,哀蟋蟀之宵征。时亹亹而过中兮,蹇淹留而无成。

这是整首诗最动人,也最具有代表性的一段,宋玉用大段的文字做了一个悲秋的描写,这种整段整段的景物描写在先秦时代的任何一篇作品中都没有出现过,所以这是非常有特色的。而且在一开头,他就用"悲"字把整首诗的情感基调都奠定了。在我们在通读全诗之后就会认识到,他如此强烈地感到秋天可悲是有原因的。这一方面与当时的时代背景有关,因为在屈原的时候我们就知道楚国的改革已经无望了,那么屈原之后的政治当然就更加黑暗了,楚国衰亡的趋势也无可挽回了,这种时代背景很容易就可以和秋天草木枯

第五讲　楚辞——《九辩》

萎的感觉联系起来，时代的黯淡无光和秋天的萧瑟凋零是相通的。另一方面，这和诗人本身的命运也是有关联的。当时宋玉已经到了中年，甚至可能已经过了中年了，他在功业上毫无建树，现在更是失去了职位，被迫远走他乡，这就像秋风中的落叶一样，不知最后会漂泊到何处去。

我再为大家把这一段的内容具体介绍一下。"悲哉！秋之为气也"，悲哀啊，秋天所呈现出的这种景象。"气"中国哲学或文学里边的含义很复杂，非常难解释，它在这里跟景象，以及这个景象所呈现出来的气氛都是有关系的。"萧瑟"是指树木被风吹动所发出的声音，也可以用来形容寂寞凄凉。"草木摇落而变衰"，秋风吹动着树木，树叶落下来，草木也都干枯了，这就是秋天的景象。

再下面就写到了诗人自己的心情了。这首诗里诗人的心情和景象其实是经常糅合在一起的，很难绝对地分开。"憭栗"是指凄凉，宋玉在这样一个季节里，面对着这样的景象，他的心情是非常凄凉的，而且他还用了比喻的手法来表达自己的情绪，"若在远行"，"登山临水兮，送将归"。意思是说他面对着秋天时的心情，内心的凄凉仿佛和在远行的途中，或者是登山临水送别将要归乡的亲友时是一样的。然后他继续写风景，"泬寥兮，天高而气清"，"泬寥"是指空旷的样子，秋天天高气清所以显得非常空旷。"寂寥兮，收潦而水清"，"寂寥"是形容寂静，"潦"是指在低洼的地方积下来的雨水，是说秋天的时候这些积攒下来的雨水慢慢减少了，河水变得很清澈。"憯悽增欷兮"，"憯悽"是指悲痛或哀伤，"欷"是叹息，"增"是指这种叹息一遍一遍地重复，因为悲痛，诗人一遍遍地发出了哀伤的叹息。"薄寒之中人"，"中"在这里做动词，是寒气逼人的意思。"怆怳懭悢兮"，这里的"怆怳"和

"懙恨"是一个意思,都表示失意和不得志的样子,诗人为什么不得志呢,因为他被迫要"去故而就新"了,要到一个新的地方去。"坎廪兮,贫士失职而志不平","坎廪"是坎坷的意思,"贫士失职而志不平"则说出了诗人自己的身世,他不是贵族,是一个出生就很贫寒的士人,而且还丢掉了自己的职位,在这样的境况下,他的心里是愤慨不平的。"廓落兮,羁旅而无友生","廓落"是空虚寂寞的样子,"羁旅"是客居他乡,"友生"是朋友的意思,诗人远在他乡,没有一个朋友,空虚又寂寞。"惆怅兮,而私自怜",于是诗人感到了哀伤苦恼,私下里为自己感到哀伤。这一段是写他的心情的。

接下来又进入对秋天景象的描写了。"燕翩翩其辞归兮","翩翩"形容鸟轻快地飞,在寒冷即将降临的秋天,燕子很轻快地就向南方飞去了。"蝉寂漠而无声",到了秋天,连蝉也不再鸣叫了。"雁廱廱而南游兮",这个"廱廱"是大雁的叫声,大雁一边这样叫着,一边也往南方飞去了。"鹍鸡啁哳而悲鸣","鹍鸡"是一种很像鹤的鸟,"啁哳"是形容这种鸟细碎而急促的鸣叫的,这种声音听起来很像是在悲鸣。"独申旦而不寐兮,哀蟋蟀之宵征","宵征"的意思是在晚上行走,就是说诗人独自一个,到了天亮也没有办法入睡,整夜里听着蟋蟀在屋子里爬来爬去的声音,心里感到悲哀。"时亹亹而过中兮,蹇淹留而无成","亹亹"指不断前行,"蹇"是楚国的方言,用在句首作为语气词,"淹留"就是久留的意思,这句话是说时光不断地流逝,诗人已经年过中年了,可仍然毫无建树。这里的"建树"当然指的是在政治上建功立业了,因为对于他们来说文学上的成绩是算不得什么的。

以上这一段写了一个贫寒的士人,本来还有个一官半职,后来由于种种的原因把职位也丢掉了,他远离家乡,到一

第五讲　楚辞——《九辩》

个没有朋友的地方去了,想到自己年纪一天天地老去,在政治上又毫无作为,心情凄凉又哀伤,这些都是他在秋天这种令人伤感的景象和气氛中所感受到的。诗人选取的都是给人以凄凉之感的意象,像草木枯萎,秋风衰飒,蝉不再鸣唱,大雁次第南归,鹍鸡悲鸣,蟋蟀宵征等等,这些组成了一个悲秋系列,把它们单独拿一个出来并不一定会让人感到悲哀凄凉,但是当它们组合在一起,就把秋天那种悲哀集中而全面的展示出来了。究竟是这些可悲的景物感染了诗人的心情,还是诗人因为自己心情凄凉所以把景物主观化了呢?这是很难分清楚的。在第一章中,诗人奠定了"悲哉秋之为气也"的情感基调,并且将它贯穿了全诗,使得整首《九辩》都笼罩在秋天的凄凉和衰落中,诗人感叹的生不逢时、年华流逝、孤独无友、不受重用,这些都和秋天结合在一起了。

从第一章我们还能看到,宋玉极大地开拓了抒情诗。他的艺术表现手法并不是直接倾泻内心的激情,尽管他孤独寂寞的情绪是非常强烈的,他仍旧选择了一种婉转抒情的方式,也就是我们通常所说的"情景交融",把主观情感和客观景象融合在一起,景中有情,情中也有景,二者浑然一体。这种手法后来成了中国古典诗歌的一个艺术标准,人们衡量一首诗写得好不好,情感表达得出不出色,经常就是以此来判断的。我们看到,宋玉就是从秋天环境的萧瑟、空旷写起的,然后写到了自己身世的孤独和寥落,秋天的气氛与诗人的心情是交织在一起的。

下面是第二章。第二章延续了他悲秋的主题,写诗人漂泊异乡时郁闷不平的心情,同时又表达了他对君主的忠诚,甚至还有怨恨。

> 悲忧穷戚兮独处廓,有美一人兮心不绎;去乡离家兮徕远客,超逍遥兮今焉薄!专思君兮不可化,君不知兮可奈何!蓄怨兮积思,心烦憺兮忘食事。愿一见兮道余意,君之心兮与余异。车既驾兮揭而归,不得见兮心伤悲。倚结軨兮长太息,涕潺湲兮下霑轼。慷慨绝兮不得,中瞀乱兮迷惑。私自怜兮何极?心怦怦兮谅直。

"悲忧穷戚",这里的"戚"应该是"蹙",在古书的传抄中经常会把字形相近的字抄错,"蹙"的意思是说走投无路了。"独处廓"的"廓"是空虚,是说独自处在一个很空旷或者很空虚的境地里。总之,这里是说自己没有出路,而且又很穷困,感到非常的哀伤。"有美一人"并不是说有一个长得很漂亮的人,而是说这个人的品行很好,但是这个德行美好的人心情却很不愉快。"去乡离家兮徕远客",离开了自己的家乡,来到这个遥远的地方做客。"超逍遥兮今焉薄","超"是遥远,"逍遥"本来是无拘无束的样子,这里是说漂泊而没有依靠,"焉"是指何处,"薄"是停止,整句的意思是说诗人现在在远方漂泊,他要停留在何处呢?在什么地方才能够停下来呢?"专思君兮不可化",是说他是专一的,对君主非常忠诚,这一点不会发生变化,但是"君不知兮可奈何",这种忠诚不被君主所知,我又能怎么办呢?"蓄怨兮积思,心烦憺兮忘食事",这里的"蓄"和"积"是同一个意思,都是指积累,"烦憺"则是指烦闷和忧愁。这是说因为君主不了解他的忠诚,所以他心里堆积了越来越多的哀怨,既抱怨君主,同时又很思念君主,以至于烦闷地忘记了吃饭。

"愿一见兮道余意,君之心兮与余异。"诗人盼望着能够跟君主见上一面,来谈谈自己的心意,可是君主的心情跟我并不相同,君主并不想见他。"车既驾兮揭而归,不得见兮心伤悲","驾"是指马已经套在了车上,做好起行的准备了,"揭"是去的意思。这是说已经把马车准备好了,就要出发去见君主了,可是见不到君主,只得又回来。其实并不一定真的有驾车出发这么一回事,诗人是用一种比较生动的方式在表达自己的心情。下面的几句也跟这个"车既驾兮揭而归"有关,都是和马车有联系的内容。"倚结軨兮长太息,涕潺湲兮下霑轼","结軨"指的是车厢周围栏杆交会的地方,诗人就依靠在那里发出了深长的叹息。"潺湲"本来是形容小溪缓缓流动的,这里是说他的泪水长流不止。"涕"在先秦的时候就是指眼泪的,后来才有了鼻涕的意思。诗人的泪水这样不断地流下来,沾湿了车上的"轼",这个"轼"指的是车厢前面那一块横着的木头,可以把手臂放在上边的那个地方。"慷慨绝兮不得,中瞀乱兮迷惑。""中"是心中,"瞀乱"是指烦乱或纷乱,"迷惑"是说心神无主,没有主意了。这句是说他的不平如此慷慨激昂,所以就想要和君主断绝关系,但是又做不到,他根本无法毅然决然地把一切政治理想都抛开,诗人的心情非常的矛盾混乱,不知道该怎么做才好。"私自怜兮何极?心怦怦兮谅直","谅"是忠诚的意思,"直"是正直的意思,"怦怦"有两种说法,一种说它表示人的忠诚,另一种说它形容人的心跳。总之这一句是说,诗人的心情非常糟糕,他感叹这种令人难过哀伤的心情什么时候才是个头儿啊。可即使是在这样的情况下,他还是强调自己对君王所持的仍然是一种忠诚正直的态度。

从这一段我们就可以看到,尽管宋玉和屈原在政治态度上所表现出来的勇气和理想是不一样的,但是他们希望被楚王重用的心情是一致的。这也是中国两千年来的传统,是读书人一贯的态度,他们没有其他的职业可以选择,有文学上的才能也没有用处,那时候没有职业作家,他们的出路主要就是在政治上,他们的成功就是建功立业。对古代的士人来说,官职越大就意味着越成功,同时责任也就越大,他们把自己的人生和政治结合得非常紧密,这是中国文化和西方文化的一个本质性不同。中国文化的核心就在政治,古人心目中的这个"政治"跟现代对政治的定义不同,他们认为政治不但不是丑恶的,而且是非常美好的,儒家所赞赏的理想政治就是要以道德来端正人心。而在西方社会中,宗教的地位更高,他们和宗教的关系更密切,宗教可以支配思想、学术以及文化。了解了政治在中国文化中的核心位置,我们就能更好地理解中国文人的文学表达了。在文学作品中,他们总是以或积极或消极的态度来表达自己治国平天下的理想,积极自不必说,即使是消极地表示要做一个远离政治的隐士,其实也正表现了政治在他们人生中的重要地位。在他们心中,文学是政治的工具,但同时也可以影响政治,可以改变风俗,端正人心,其实一直到今天这种观念仍在产生着巨大的影响,我们很难评判这究竟是好还是不好,但它确是我们一个源远流长的重要传统。

再往下是第三章:

> 皇天平分四时兮,窃独悲此廪秋。白露既下百草兮,奄离披此梧楸。去白日之昭昭兮,袭长夜之悠悠。离芳蔼之方壮兮,余萎约而悲愁。秋既先戒以白露兮,冬又申之以严霜。收恢台之孟夏兮,然欿傺而沈藏。叶菸邑而无色兮,枝烦挐而交横;颜淫溢而将罢兮,柯彷佛而萎黄;萷櫹椮之可哀兮,形销铄而瘀伤。惟其纷糅而

将落兮,恨其失时而无当。揽騑辔而下节兮,聊逍遥以相伴。岁忽忽而遒尽兮,恐余寿之弗将。悼余生之不时兮,逢此世之俇攘。澹容与而独倚兮,蟋蟀鸣此西堂。心怵惕而震荡兮,何所忧之多方!卬明月而太息兮,步列星而极明。

这一章略长一点,诗人以秋天的草木凋零来比喻自己,不但抒发了自己生不逢时的愤慨,而且表达了自己生命可能不会长久的悲叹。

"皇天平分四时兮,窃独悲此廪秋","皇天"的"皇"是大的意思,"皇天"是对上天一种非常恭敬的称呼,"窃"是说自己,"廪秋"是指寒冷的秋天。这是说皇天把一年平分成了四个季节,而自己独独为这个寒冷的秋天而悲伤。"白露既下百草兮,奄离披此梧楸","白"在这里是清澈的意思,"白露"就是清澈的露水,古人认为露水和雨雪一样,都是从天上降下来的,"奄"是忽然的意思,"离披"是形容凋零、凋落。这句是说清澈的露水已经落到各种草木上面了,忽然间梧桐树和楸树的叶子就都凋零了,而在这两种树木之后,其他的草木也将逐渐枯萎。"去白日之昭昭兮,袭长夜之悠悠","去"是逝去的意思,"白日"是白天,"昭昭"是光明,"袭"是承接的意思。这是说白天的光明消逝了,紧接而来的就是慢慢长夜,这种时光的流逝引发了诗人对自己年华老去又生不逢时的哀叹。"离芳蔼之方壮兮,余萎约而悲愁",这一句稍微难理解一些。"离"是离别的意思,"芳"是芬芳,"蔼"是茂盛,"方壮"是说正当壮年,"萎"是病的意思,"约"指贫困。这里是用芳蔼这种植物来形容自己壮年时的美好岁月,可那已经是过去了,自己现在贫病交加,心中非常悲苦。"秋既先戒以白露兮,冬又申之以严霜",这是说秋天已经用清澈的露水发来了警告,冬天又加上了寒冷的霜冻。"收恢台之孟夏兮,然欲傺而沈藏","收"是收敛的意思,"恢台"解释起来稍微麻烦一点,"恢"是大的意思,"台"则有几种不同的解释,其中一种说法认为它相当于"胎",就是胎儿的意思。"孟夏"中的"孟"就是平常人们说的"孟仲叔季"的"孟",是老大的意思,那么就是指初夏了,可是现在有更多人认为这里出现了传抄错误,"孟"字其实是"盛"字之误,古人认为盛夏草木茂盛,是最生机蓬勃的季节。"收恢台之孟夏兮"这一句的意思就是进入秋天,盛夏那种像怀着胎儿,孕育着生命的巨大生机就收缩了。"然欲傺而沈藏","然"是乃的意思,"欲"的意思是低洼,"傺"是停止,"沈"同"沉"。这一句是说秋天一到,盛夏的巨大生机都收敛、低落了,一切都深藏了起来。"叶菸邑而无色兮,枝烦挐而交横。""菸(yū)邑"是枯萎的意思,"无色"是说在秋天,植物原来很鲜亮的颜色消失了,变得枯萎了,"烦挐"是纷乱的意思,"交横"是纵横交错的样子。这一句是说秋天时,植物失去了原有的鲜亮颜色,变得干枯萎黄了,而树枝也因纵横交错而显得纷乱。"颜淫溢而将罢兮,柯仿佛而萎黄","淫溢"是过度的意思,"柯"是树枝,"仿佛"是模糊。这句话的意思是,经过了一个夏天,草木的生长已经到了顶点,树枝的色彩如今暗淡萎黄,已经变得衰败了。"萷櫹槮之可哀兮,形销铄而瘀伤","萷"是形容树木的花叶都落尽了,只剩下一个光秃秃的树干,"櫹槮"是形容树木高耸的样子,"销铄"本来是指金属熔化,这里是消减的意思,"瘀伤"是指树木受到损伤。这一句说的是秋天树木的花叶凋零,树干光秃秃的,高高的耸立着,看起来再不是春夏那种风貌繁盛的样子了,而是显得很消瘦。这是以秋天的萧瑟枯索来写自己内心的哀伤寂寞。"惟其纷糅而将落兮,恨其失时而无当","惟"是动词,是想的意思,"纷糅"形容繁多杂乱,"无当"是说没有遇到好时候。这一句是说,想到那些草木因为即将凋零而杂乱的样子,"我"为它们失去了美好的时光而悔恨。这里实际是诗人在感叹自己的生不逢时。

"揽骍辔而下节兮,聊逍遥以相佯","揽"是拿着的意思,"骍辔"指马的缰绳,"下节"是说要控制马跑的节奏,让它慢一点,"聊"是暂且的意思,"逍遥"在这里指的是自由自在地徜徉。这一句是说,握住马缰绳,让马跑得不要太快,暂且在这里自由自在地徜徉一会儿吧。"岁忽忽而遒尽兮,恐余寿之弗将","忽忽"是形容迅速,"遒"是迫近的意思。这一句是说岁月很快就要全都过完了,我的寿命恐怕也不长久了。"悼余生之不时兮,逢此世之俇攘","俇攘"是纷扰不安的样子。这是说我的人生没有赶上好时候,碰上的是这么一个纷扰不安的时代。下面又是情与景的结合,"澹容与而独倚兮,蟋蟀鸣此西堂","澹"形容淡漠,"容与"是闲散的样子。诗人很可能是在院子里走来走去的,他的心情闲散又很淡漠,独自倚靠在什么地方,这个时候蟋蟀的鸣叫声又从西边的屋子里传来。"心怵惕而震荡兮,何所忧之多方","怵惕"是忧惧的意思,"震荡"是说心里不安,诗人感叹自己,为什么我忧虑的事情有这么多呢。"卬明月而太息兮,步列星而极明","卬"是抬头仰望的意思,"极"是到的意思,"极明"是到天明的意思,这是说诗人仰望明月发出叹息,他在群星下走来走去,一直走到了天亮。诗人在这里抒发了自己强烈的孤独感,他被一种不得志的情绪折磨着,夜不能寐。

下面是第四章。

文苑英华(上)

> 窃悲夫蕙华之曾敷兮,纷旖旎乎都房;何曾华之无实兮,从风雨而飞扬?以为君独服此蕙兮,羌无以异于众芳。闵奇思之不通兮,将去君而高翔。心闵怜之惨凄兮,愿一见而有明。重无怨而生离兮,中结轸而增伤。岂不郁陶而思君兮?君之门以九重。猛犬狺狺而迎吠兮,关梁闭而不通。皇天淫溢而秋霖兮,后土何时而得漧!块独守此无泽兮,仰浮云而永叹。

首先我们看到的是一个很散文化的句子,"窃悲夫蕙华之曾敷兮"。《九辩》里面句子的长短是不太一样的,宋玉根据自己需要会进行调整,有的时候句式非常整齐,有的时候又是这样长长短短的。其实在第一章最开始的部分,"悲哉,秋之为气也",这就很像是散文里面的句子,它很自然,甚至很口语化,这是宋玉的一个特色。

我们来看"窃悲夫蕙华之曾敷兮"这一句,"窃"是暗自的意思,"蕙"是指蕙草,这在《楚辞》里面经常出现,"华"字在先秦时代就是指的"花","曾"读作 céng,是层层叠叠的意思,"敷"是开放的意思。这句话是说我看到这些层层叠叠开放的花而暗自悲伤。诗人为什么会感到悲伤呢?因为它们曾经"纷旖旎乎都房"。"纷"是形容繁盛的样子,"旖旎"是柔美的样子,"都房"的"都"是大而且美的意思,这里"都房"就是指王宫。这是说那些美丽的蕙草都曾经很美丽地开放在华美的楚国王宫里。"何曾华之无实兮,从风雨而飞飏",可是为什么这些层层叠叠开放的花最终没有结出果实,反而被风雨吹落了呢?诗人是用蕙草来比喻自己的,自己曾经被任用过,做到了大夫这样的官职,但是楚王只是赏识他的文采,并没有打算在政治上重用他,后来更因为群小的谗害失去了职

90

位,再没有建功立业的可能了,如今还过着这样漂泊的生活。

"以为君独服此蕙兮,羌无以异于众芳",这个"服"是佩戴的意思,"羌"是楚方言中的词汇,放在句首作为助词。这是说"我"起初以为君主只肯佩戴这枚蕙草,谁知在他的心里这蕙草和其他普通的香草并无区别。实际上诗人是在说,原来以为君王是特别赏识自己的,后来才发现他对"我"和其他人一样,并没有打算特别重用。"闵奇思之不通兮,将去君而高翔",诗人可怜自己那些奇特的、了不起的思想不能够通达到楚王那里去,所以想要离开君王远走高飞了。"心闵怜之惨悽兮,原一见而有明",是说诗人为自己感到悲怜,觉得非常凄惨,他希望再见君王一次表明自己的心意。大家看他的心情是不断反复的,一方面想要远走高飞,另一方面又一再地表达自己的忠诚。"重无怨而生离兮,中结轸而增伤","重"在这里表达的是难于做某件事的意思,"结轸"是形容心情的矛盾纠结。这句话是说,毫无怨言地活着离开太难了,这是不容易做到的,诗人的心情矛盾纠结,更因此加重了悲伤。"岂不郁陶而思君兮?君之门以九重","郁陶"的"郁"是郁结的意思,"陶"是忧伤,因为思念君主,使得"我"的心思都郁结在一起了,而"我"根本无法接近君主。这里的"君之门以九重"并不是真的在说楚王的门有九层,它只是形容楚王离自己很远,而且很难接近。"猛犬狺狺而迎吠兮,关梁闭而不通","猛犬"在这里是指谗害自己的群小,"狺狺"是形容狗的叫声,"关梁"是指关口和桥梁。这句话是说群小像狗一样对"我"发出吠声,阻碍"我"去见君主,就是这些小人的妨碍使得"我"被疏远,流离他乡。

"皇天淫溢而秋霖兮,后土何时而得漧",这是说老天爷下的雨太多了,秋雨绵绵不止,大地什么时候才能干呢?这

种雨天的确也是很容易让人产生悲愁的情绪的。"块独守此无泽兮,仰浮云而永叹","块"是孤独的样子,"无"在这里表示的是荒芜,诗人身处在一个荒芜的沼泽里,仰望着天上的浮云发出了深长地叹息。"浮云"在中国古代的诗文中有特别的含义,因为浮云会遮蔽太阳,所以经常用它指蒙蔽君主的小人。古人通常不会说是由于君主不英明,他们会把指责的矛头对准君主身边那些道德上面很糟糕的小人。

接下来还有第五、六、七、八、九章,后面的意思其实跟这里差不多,还是在反复地感叹自己的身世、穷苦和孤独,以及老而无成,同时表达他效忠君主的愿望和对小人们的愤慨。在最后的时候他表示希望离开,希望退隐,但是看这首诗前面的部分我们就知道这对他不是一件容易的事情,他的心情是犹豫而矛盾的。

总的来讲,《九辩》塑造的是一个怀才不遇、老而无成的贫士形象,他悲秋的实质是贫士的失意和哀怨。这篇作品的确没有《离骚》立意高远,宋玉也比不了屈原人格的峻洁,但是作为诗歌来讲,宋玉的表现其实是更加感性、更加自然的。因为他的情感和环境融为一体,他的悲哀和秋色浑然天成,宋玉成功地使无知无识的大自然变成了自己情感的绝佳载体。

其实任何事物都是有多面性的,我们完全可以换一个角度去赞美秋天,说秋天是金黄的、丰收的季节,可是经过宋玉的剪裁和强调之后,在中国古代诗文中,秋天就变成一个凄凉寂寞的季节了,人们在写到秋天时几乎全都会不假思索地从宋玉的角度去表现它。所以,虽然季节变化不过是大自然的客观规律,但是它又何尝不是人的创造物呢?我们可以说秋天是宋玉创造出来的,他塑造了一个人文的、诗意的秋天,使秋天进入了诗人的心灵，进入了文学的世界，宋玉开创的悲秋主题对中国文学的影响是直接的。

在这里我想顺便说一下，其实对于一个有着丰厚积淀的文学国度来说，纯粹客观的风景几乎是不存在的。比如我们看到明月，很容易就会想到团圆，想到远方的亲人；看到菊花，就会想到隐士，想到清高，想到陶渊明；来到庐山，人们也会想到这个瀑布是李白吟咏过的。我们脚下的土地，很多都是前辈文人到过的，我们所面对的明月、杨柳、春风，也都是他们曾面对过的，我们有着太多的文化经验，从前人的歌唱中就可以获得太多美妙而丰富的联想，但同时我们也得看到，它们也或多或少地限制了我们的想象力，看到天上的月亮，看到秋风下的落叶，我们首先想到的往往就是过去诗人们的那些表达。

第六讲 汉赋

于迎春

今天咱们开始讲赋。赋非常特别，在现代汉语的写作中，人们几乎已经不再使用这种文体了。赋是中国特有的，我们的戏剧、散文、诗歌在英文中都有对应的词汇，唯独"赋"没有办法翻译，只好用汉语拼音表示。我们在学校里讲课的时候，发现很多学生并不明白为什么这种文体在古时候会有这么多人写作，而且还能获得这么高的社会评价、文学地位，那么我就希望通过这次课，能够使大家对赋多一些了解。今天，我以宋玉的《风赋》和司马相如的《子虚赋》为例，给大家介绍一下赋的特点。

战国晚期，也就是公元前三世纪，距离秦始皇统一中国还有几十年，中国的南方和北方先后出现了赋这种新的文学写作形式。在北方，是荀子的《赋篇》，学术界一般认为这是最早的赋；在南方的楚国则有一位宋玉，我们都知道宋玉的《九辩》，他还写下了《风赋》《高唐赋》《神女赋》《登徒子好色赋》《对楚王问》等一些作品，不过其中有些真伪不好判断，学术界的意见还不一致。我们今天简单介绍一下他的这篇《风赋》。

《风赋》，顾名思义是写风的。可是宋玉写风非常特别，他并不是简单地介绍或客观地描写自然界中的这种大气运动,他选择了一个非常出人意料的角度来描写,并且他的写风的时候别有用意,我们可以看到他在赋中寄托了一些社会批评。本来,风只是一种自然现象,但是宋玉把它分成了截然不同的两种,一种是雄风,一种是雌风。雄风对应着当时的楚王,或者是上层贵族人物,雌风则对应着一般的普通百姓,是穷人们的风。大王之雄风,是清凉的、有香气的,对人身体是有益处的;庶人之雌风,则是混浊的、污秽的,吹到人身上是会让人生病的。

我们来看一下这篇作品:

楚襄王游于兰台之宫,宋玉景差侍。有风飒然而至,王乃披襟而当之,曰:"快哉此风!寡人所与庶人共者邪?"宋玉对曰:"此独大王之风耳,庶人安得而共之!"

王曰:"夫风者,天地之气,溥畅而至,不择贵贱高下而加焉。今子独以为寡人之风,岂有说乎?"宋玉对曰:"臣闻于师:枳句来巢,空穴来风。其所托者然,则风气殊焉。"

王曰:"夫风始安生哉?"宋玉对曰:"夫风生于地,起于青𬞟之末。侵淫溪谷,盛怒于土囊之口。缘泰山之阿,舞于松柏之下,飘忽淜滂,激飏熛怒。耾耾雷声,回穴错迕。蹶石伐木,梢杀林莽。至其将衰也,被丽披离,冲孔动楗,眴焕粲烂,离散转移。故其清凉雄风,则飘举升降。乘凌高城,入于深宫。抵华叶而振气,徘徊于桂椒之间,翱翔于激水之上。将击芙蓉之精。猎蕙草,离秦蘅,概新夷,被荑杨,回穴冲陵,萧条众芳。然后徜徉中庭,北上玉堂,跻于罗帏,经于洞房,乃得为大王之风也。故其风中人,状直憯凄惏栗,清凉增欷。清清泠泠,

愈病析酲,发明耳目,宁体便人。此所谓大王之雄风也。"

王曰:"善哉论事!夫庶人之风,岂可闻乎?"宋玉对曰:"夫庶人之风,塕然起于穷巷之间,堀堁扬尘,勃郁烦冤,冲孔袭门。动沙堁,吹死灰,骇溷浊,扬腐馀,邪薄入瓮牖,至于室庐。故其风中人,状直憞溷郁邑,驱温致湿,中心惨怛,生病造热。中唇为胗,得目为蔑,啗齰嗽获,死生不卒。此所谓庶人之雌风也。"

楚襄王带着宋玉还有其他一些人来到了兰台这个地方,楚襄王和宋玉之间展开了一场对话。兰台是楚国一个有名的宫殿,有非常大的花园,可以养一些动物、植物,让统治者在里边寻找乐趣。就在这个地方,他们谈论了一些关于风的事情。下面我们就来看一下,宋玉是怎样描述他所谓的雄风和雌风的。这篇作品里边有两套语言,一种是散文性的,前面的介绍性文字都是;另一套语言则有些特别,一会儿我们再详细地讲它。

这篇赋我不再为大家一字一句地解释了,因为赋这种作品一字一句地介绍时间是不够的,所以我把大概的意思给大家讲一下:

有一天,楚襄王在兰台这个地方游览,宋玉、景差等人作为随从陪伴着楚王,有风吹过来,楚王就"披襟而当之"了。"披襟"就是风把他的衣服敞开了,"当",是对着的意思,也就是说楚王是面对着风的。他说"快哉",风来得真痛快,"寡人所与庶人共者邪?"这个风是我跟老百姓们同享的吗?大家所享受到的都是这样快哉的好风吗?宋玉回答他说,不是,这只是大王的风,庶人他们怎么能够跟您一样享受到这样的

风呢?

然后楚王就说了,风是天地之气,"溥畅而至",这个"溥"即"普遍"的"普","畅"则是畅通的意思,楚王说这个风在天地之间到处都是,畅通无阻,它不会主动去选择贵贱高下,然后再吹到某些特定的人身上去的。不过,既然你认为这阵好风只属于我,难道你有什么道理吗?

宋玉回答道,我听我的老师说,"枳句来巢,空穴来风",这两句是在当时十分流行的套话。"枳句来巢"一句,"枳"指的是枳树,"句"读"gōu",是弯曲的意思。"枳句"是说枳树弯曲,弯曲的树枝上会有小鸟做巢,而"空穴"则能够产生风,不同的事物有不同的形状、不同的依托,这就会产生不同的情况。所以宋玉又说:"其所托者然,则风气殊焉"。

那么楚王又问了,最初的时候风是怎么产生的呢,"夫风始安生哉?"

宋玉用下面这一段话回答了楚王的问题。这是一段对风的具体描述,在赋体里面这一部分最为关键。此前往往是介绍性的内容,他要具体描述一下这个对象是怎么产生的,所以通常使用的是散文性的语言,之后产生突变,变成了赋体,也就是全文的核心,是最具文学性的部分。我们一起来看下文,大家注意,它的句式是比较整齐的,有些地方还押韵,当然,由于古今音的变化,我们要体会它的押韵是有一点困难的。

宋玉说,"夫风生于地,起于青蘋之末",风是从大地上产生的,"青蘋"是长在水边的一种植物,风就是从这个青蘋的末梢上吹起来的。然后"侵淫溪谷,盛怒于土囊之口",风渐渐地进入到了山谷里边,继而变得很大,像盛怒一样,在"囊"也就是洞穴的洞口边怒吼。"缘泰山之阿","缘"是沿着的意

思,"泰山"指的是大山,并不一定是现在山东的那座山,因为宋玉是楚国人,他所写的主要是以现在湖北为中心的那样一个区域,"阿"是山凹进去的那一部分,风逐渐就变大了,沿着大山凹进去的那个地方继续前进。"舞于松柏之下","舞"是形容风在不断地回旋、飘扬,风在松柏之下狂奔乱舞。然后"飘忽淜滂,激飏熛怒",这都是形容风势的,"飘"是说风飘忽来回,"淜滂"是乒乒乓乓的风的声音,"淜滂"和后面的"激飏"一样,都是说风很迅速地就飞升起来,像"熛怒",也就是扬沸的火焰一样,这样就把风的声势写足了。"耾耾雷声,回穴错迕","耾耾"形容风的声音,说它刮起来像打雷一样,"回穴"是说风在回旋着,"错迕"是说风来来回回,吹来吹去的。这样的风非常厉害,"蹶石伐木,梢杀林莽",前半句是说吹翻了石头,吹折了大树,后半句的"梢"本来是指用竹竿来打东西,这里是说风吹过把"林莽"都打翻了,"林"是指树林,"莽"则是指野草。

通过刚才这一段,我们看到宋玉写风的时候既从风吹动的样子来写,又从风产生的声音来写。风是无形的,是看不见的,于是他就转而去写风吹过东西,比如树木、野草,以及风造成的后果,以此来显示动态的风。

然后风慢慢地小了,"至其将衰也,被丽披离,冲孔动楗",风不再凝聚在一起,风越来越小时它就散开了,"冲孔"的"孔"是指山洞,"动楗"的"楗"是门闩,风吹进了山洞,吹动了门闩。下一句说的这个"眴焕粲烂",我觉得居住在北京的人是能够有所体会的,风把那些可吸入颗粒物都吹散之后,空气非常干净,景物的色彩就会变得鲜明起来,阳光也更灿烂地照耀着,这就是"眴焕粲烂"了。"离散转移"说的也是风力越来越弱,分散开了,转移到别的地方去了的意思。

第六讲 汉赋

以上是从整体上描述风从兴起到衰落的情形。

接下来一句说"故其清凉雄风",这里面有一个需要说明的概念。在中国古代文化中,有"阴阳""雌雄"的说法,在这个系统之上可以产生许多概念的组合,比如夫妻、君臣这些。通常来说,"阳"的要胜于"阴"的,"雄"的要胜于"雌"的,这是男权社会里的典型思维。所以这里说的"雄风"是一定会优于下面的"雌风"的。这一句说"清凉雄风",我们并不知道这篇赋写作于什么季节,但是我想应该是夏天,在炎热的夏天给人带来清凉之感,才更能表现出"雄风"的好处来。

这个清凉之风飘飞起来,上升了,越过高高的城墙,"飘举升降,入于深宫"了。在宫廷里面,它"抵华叶而振气,徘徊于桂椒之间,翱翔于激水之上,将击芙蓉之精",这一段语言有点不大生活化,但是写得很美,文学性很强。"抵"是触动的意思,风振动了植物的花叶,散发出香气,之后又来来回回地吹拂于"桂椒之间"。"桂"是指桂树,"椒"是指花椒一类的植物,这两者都是有香气的。然后又"翱翔于激水之上",这个"翱翔"通常是形容鸟的,它这里是说风像鸟一样在流得很急的水面上飞翔着。"将击芙蓉之精"是说这个风经过了有香气的草木花朵,经过了清澈的水面,如今将要冲击荷花的花朵了。

"猎蕙草,离秦衡,概新夷,被荑杨",这里说到的都是一些很美好的植物。蕙草是我们讲楚辞时出现过的,秦衡也是一种香草的名字,新夷是中国古人很喜欢的植物,王维的诗歌中就几次提到过它,有趣的是,新夷在中国长得比较小,后来被带到了美国它就长得特别高大了,而荑杨则是指刚长出不久,还很柔弱的杨树。那么这句话就是说,风掠过蕙草,经过秦衡,又吹过了新夷和荑杨。"回穴冲陵,萧条众芳","回

99

穴"是回旋,"冲陵"是冲击,这个风很厉害,它经过了这些芳香美好的植物后,把它们都吹得凋零了,"然后徜徉中庭,北上玉堂,跻于罗帷,经于洞房"。"徜徉中庭,北上玉堂"是说风在庭院中来来回回地吹动,然后向北进入了玉堂,这里宋玉把宫殿比作了玉堂,而且风吹入玉堂一定是要往北吹的,因为中国古代建的房子往往是坐北朝南的。"跻于罗帷"的"跻"是登上的意思,"罗帷"是一种丝织品,是说风又吹到了这样一个挂着重重罗幕,有许多丝织品作装饰的房子里。"经于洞房"的"洞房"并不是我们现在说的意思,"洞"是幽深的意思,是指宫殿里非常幽深的内室。经过了上面这么长的历程,要吹过芳香的花草树木、清澈的水面,经过庭院、宫殿,吹过罗帷,才能到达幽深的内室中去,"乃得为大王之风也"。于是,这个风就不再是普通的风了,接下来宋玉写的就是它不同寻常的效果。

"故其风中人"的"中"字在这里要念第四声(zhòng),这是词性活用,我们之前讲过,在古汉语中无论是形容词还是名词,它们的词性都是可以活用的,变成动词的时候通常要念作第四声,比如衣服的"衣"指穿衣的时候就是这样。当风吹到人的身上时,"状直憯悽惏栗,清凉增欷","直"是"只"的意思,"憯"是凄凉的意思,"惏栗"是寒冷,这都是在说风很清凉,吹到人的身上会让人有一种寒凉的感觉。"增"字在这里念"céng",这是楚辞里边常见的用法,在屈原、宋玉的其他作品中也经常出现,是一层一层积累起来的意思,"欷"是叹气,风清凉得一遍遍让人发出叹气的声音,一遍遍地感叹。并且这个风不得了,"愈病析酲","愈病"是让人的病痊愈了,"析酲"的"酲"是酒醉,还能令酒醉的人也解了醉,"发明耳目",让人的变得耳聪目明,"宁体便人"中的"宁"和"便"都是动词,让人的身体变得安宁舒服,"此所谓大王之雄风也",这是一种高贵的风。

"善哉论事!夫庶人之风,岂可闻乎?"楚王说你说得好啊,那么可以再给我讲讲老百姓的风吗?下面这一段写的就是与"雄风"相对的另一种风了,用到的都是与前面截然不同的形容词,即使我们看不懂,不知道它的确切意思,也会产生一些不太好的联想。

宋玉说:"夫庶人之风,塕然起于穷巷之间。""塕然"是说风一下子就刮起来了,"穷巷"则是很偏僻的小巷。"堀堁扬尘,勃郁烦冤,冲孔袭门","堀"是冲起的意思,"堁"是尘土的意思,"堀堁扬尘"说的是一个意思,都是指尘土飞扬,像沙尘暴一样。"勃郁烦冤"是说这种风让人觉得不舒服不愉快,"勃郁"是抑郁不平,"烦冤"是烦躁又愤愤不平。"冲孔袭门","孔"是大大小小的洞,风冲击这些孔穴,发出了呼啸的声音。"动沙堁,吹死灰",是说吹动了沙尘,又吹起了"死灰",烧草木烧出的灰冷却了之后就叫做"死灰"。"骇溷浊,扬腐余","骇"是惊骇,"溷浊"是污秽肮脏的东西,"腐余"是变质腐烂的东西,风把这些都吹起来了。"邪薄入瓮牖,至于室庐","薄"是迫近的意思,"瓮牖"是贫穷人家里简陋的窗户,它和"室庐"跟前面那些宫殿、玉堂显然不一样。那么这样的"雌风"吹到人身上会是什么效果呢?

"故其风中人,状直憞溷郁邑,驱温致湿","憞溷"是人的心情烦躁不安,"郁邑"是说人的心情非常郁闷,"驱温致湿"一句人们对它的解释不太一致,有一种解释是说风把热气、湿气全给吹跑了,另一种解释说把温暖的气给吹散了,而把潮湿的气带来了,总之就是让人身体不舒服。"中心惨怛,生病造热","中"还是要念第四声,是说风吹到人心口窝的时

候,就会让人觉得悲惨痛苦,还会生病发热。"中唇为胗,得目为篾","中"在这里还是作动词,"胗"是嘴唇上生的疮,"篾"是眼病,风吹到人的嘴唇上,人的嘴唇就会生疮,吹到人的眼睛上,人的眼睛就会害病。"啗齰嗽获,死生不卒","啗齰嗽获"四个字都是在形容嘴中风后的症状,"啗"是吃,"齰"是咬,"嗽"是吮吸,"获"是喊叫,风吹到人身上,人不能控制自己的嘴唇了,导致"死生不卒",要死不会一下子死掉,要活也不能很快好起来,不死不活的非常痛苦,"此所谓庶人之雌风也"。

　　风本来是没有什么雌雄贵贱之分的,但是我们可以想象得到,在现实生活中,王宫里的空气会格外湿润清新,环境优美舒适,而在贫民窟里则会污臭混浊,环境非常恶劣。作者宋玉就从风带给人的听觉、视觉、嗅觉、味觉几个方面出发,生动形象地描述了雄风和雌风这两种截然不同的情形。他这么写的用意就是为了反映出帝王生活和贫民生活的天壤之别。宋玉用雄风与雌风作对比是为了不去得罪楚王,如果直接说楚王生活骄奢,百姓却住在糟糕恶劣的地方,过着贫穷肮脏的生活,楚王可能会很不喜欢听的。所以他采取了委婉的方式,借着写雌雄两种风的不同情形来暗示贵贱贫富两类人的不同生活状况,说明楚王和庶民之间有着巨大悬殊。这是以一种文学的、委婉的方式来向楚王提出批评,同时也表现出宋玉对普通百姓的同情。

　　《风赋》是早期赋作中的名篇,它体现了这种新兴文体的基本特点:

　　首先,在这篇赋里,采用的是主客问答的形式,也就是一问一答,用两个人或更多人的对话作为一个作品的基本结构。当然,并不是所有的赋都有主客问答,但这是赋里常见

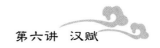

的手法。

其次,它用的是韵散相间的句式。"韵"是整齐的、押韵的句式,这个比较容易理解,我们看这篇赋中有许多的四字句、三字句,比如写清凉雄风时所用的"猎蕙草、离秦衡,概新夷,被荑杨"是三字句,而"倘佯中庭,北上玉堂,跻于罗幢,经于洞房"就是四字句,即使现代汉语中这些字词的读音已经改变了,我们念起来仍觉得朗朗上口,有一种音乐的美感。不过这篇赋里押韵是比较自由的,跟在诗歌不太一样。而"散"就是指长短不齐又不押韵的句子了,像开头处楚王和宋玉的对话就是散体的。

上面这两点是在其他文学形式中也会出现的,骈文也会有整齐又押韵的句子,散文也会用主客问答来结构篇章,而赋之所以为赋,必须有一些独特的地方。这篇赋的语言很有文采,我们看他写清凉之风和庶人之风的时候,都用了一些很文学性的语言去表达,也就是"铺陈体",这是其他文体中没有的。这也被称为"铺陈",也就是把事物从几个方面铺展开,对它进行全面的、丰富的、详细的罗列。比如宋玉写风,从风的初起写到停息,用了各种不同的形容和描写,从风的声音,风的形态,风的效果等等不同的方面入手,来写风的发生过程和各种态势。所谓"铺陈写物",并不是简单地概括一下就完了,在赋里边写物要抓住它的特点,从各个不同的方面,全面的、详细的来描述它,这样的话就能够给人一个特别深刻的印象,让人对这个风的印象非常充分。

我们再来看一个有意思的作品。宋玉写美女写得好极了,他的《高唐赋》《神女赋》里面都有美女,不过我们今天来看的是《登徒子好色赋》这一篇。

这篇赋写的是宋玉和登徒子在楚王面前的一场辩论。

宋玉的容貌非常英俊，所以老是有人造他的谣，比如这里的登徒子就说他私生活不检点。宋玉说我的"东家之子"，在古时候"子"既可以指男又可以指女，这里指的是东邻的那位女子，她长得非常漂亮，"增之一分则太长，减之一分则太短，著粉则太白，施朱则太赤"，她的身材恰到好处，皮肤也无可挑剔，"眉如翠羽，肌如白雪"，她的眉毛像翡翠鸟的羽毛一样是青黑色的，这在古人心目中是一种比乌黑更好的黑色，而皮肤呢，是像白雪一样的，他可以用很多白色的东西来形容美人的肤色，但他选择了白雪，因为雪给人的感觉就是干净纯洁的，这样一下子冰肌玉骨的形象就出来了。"腰如束素，齿如含贝"，"束"是白色的丝织品，这里说她的腰很细，而且像这种轻柔的丝织品给人带来的感觉一样，纤细又柔软，牙齿则是又白又整齐，像含着白色的贝壳一样。"嫣然一笑，惑阳城，迷下蔡"，"嫣然"是笑起来很美好的样子，阳城和下蔡在当时住着许多的楚国贵族，这个东邻美女笑起来很好看，她把这些公子少爷们都给吸引了。大家看，他写美人的时候也和写风一样，从不同的方面去极力呈现她的美好，这就是赋的表达方式。

宋玉的赋奠定了后代散体赋的体制，是楚辞向汉赋过渡的桥梁。赋在战国后期出现之后，在汉代获得了很大的发展，成了"一代之文学"。我们说唐诗宋词元曲明清小说，这都是各自时代最发达的文学形式，而在汉代，最有代表性的文体就是赋了。赋在汉代的流行使得这种新兴文体的特色变得更加突出，它的铺陈写物在汉代时登峰造极。总的来讲，赋是一种特别的文体，介于诗歌和散文之间。它有诗歌的韵律和整齐，但是没有那么严格的规定，有些散体的句式又很像散文。赋最根本的特点就是铺陈写物，用美丽的韵

第六讲 汉赋

语、整齐的句式来描写外部客观事物而不是人的内心情感。我们可以这么说,赋就是一种专事铺叙的韵律散文。

赋的内部可以分成若干不同的种类,散体大赋是其中最具有代表性的。这是散文意味更浓的一种赋,它最能够体现汉代的精神特质,所以汉代的散体大赋又叫做汉大赋。汉大赋是在汉武帝的时候兴盛起来的,那是中国历史上的一个盛世,是一个空前繁荣昌盛的统一的强大帝国。士人们充满信心,他们为这个时代而自豪,热情洋溢地要把他们对这个时代的理解和认识表达出来,于是他们选择了这种篇幅很大又很铺张的文体,在汉大赋里面呈现出的是一种过去的文学从来没有过的丰富和广阔,他们要描写的是一个宏伟壮丽的世界,这是《诗经》和《楚辞》里所不曾出现过的。这就是典型的汉大赋,它的内容就是写大汉帝国威震四方的声势和新兴城市的富庶,比如京城的繁华,山川的雄伟,地域的辽阔,水陆物产的丰饶,宫廷园林的富丽,甚至写皇室贵族们打猎歌舞的壮观浩大场面,所以汉大赋非常有气势,它的气势形成了一种美感,跟宋词那种精致的优美不同,它有一种巨丽之美。

我们要讲汉大赋,就必须提到一个人,汉大赋就是在他手中成熟的,他的作品对汉大赋有范式意思。这个人就是司马相如,也叫司马长卿,想必各位对他都有所耳闻。司马相如是今天四川成都那个地方的人,写过《子虚赋》和《上林赋》。他是一个很有意思的人,很多小说、戏剧都以他为原型编排过一些故事,有些的确发生过,有些则不见得是真的。

司马相如在他的青少年时期很爱读书,不过他并不是一个柔弱的文人,他还练习击剑,后来在汉景帝的朝廷里做了一个小小的武骑常侍,职位不高,但是离皇帝很近。司马相如并不喜欢这个官职,这是一个陪天子出去打猎的官,并不

怎么尊贵,更没有什么实际的政治权利,所以他借口有病,辞职不干了。他离开朝廷之后就投奔了梁孝王,这是一个在当时很有名的诸侯国,梁孝王很喜欢辞赋和其他的文学形式,经常召集一些擅长写作的人,大家一起逍遥自在地写文章,司马相如就是在梁孝王那里写下了我们要讲的这篇《子虚赋》。后来,梁孝王死了,这些文人就各自散开,寻找出路去了。司马相如回到四川,他"琴挑卓文君",凭借自己的音乐才华,赢得了一位富家女子卓文君的爱慕,他们两个人情意投合,就私奔了。卓文君的父亲是一个当地有名的大商人,公开表示一分钱都不会给女儿,更不会承认司马相如这个女婿,于是司马相如夫妻两个人就"当垆卖酒"去了。卓文君的哥哥们就劝父亲,当初是县令带着司马相如到我们家来做客的,县令都很尊重他,说明他是个人才呢,况且现在任由他俩在外面卖酒不是更丢人么。卓文君的父亲没有办法,给了女儿一大笔钱,司马相如后来的生活状况一直都不差。因为他在经济上没有什么压力,而且身体又不好,有"消渴疾",也就是糖尿病,再加上口吃,所以对做官不怎么有兴趣,后来对官场并不太眷恋。

汉武帝即位时很年轻,只有十几岁,他是一个很爱好辞赋的皇帝,有一天读到了《子虚赋》,觉得非常喜欢,说:"朕独不得与此人同时哉!"当时信息的隔绝是很严重的,他并不知道《子虚赋》的作者是谁,以为作者早就去世了。他身边有一个宦官,是专管宫廷里面的狗的"狗监",叫做杨得意,他和司马相如是同乡,他告诉汉武帝,我有个老乡司马相如说这是他写的赋,他还活着呢。汉武帝马上召见了司马相如,为了回报汉武帝的赏识,他又做了一篇《上林赋》。《上林赋》和《子虚赋》的内容和结构是相关联的,我们可以把它们看作是

第六讲 汉赋

一组作品。这两篇赋是司马相如的代表作，也是整个汉赋的典范。我们现在常说某件事是子虚乌有的，这话是怎么来的呢？就出自我们接下来要看的《子虚赋》。

《子虚赋》中有三个人物，他们都是虚构的，这一点我们从他们的名字就能看出来。"子虚"的"虚"是不真实，"乌有"就是没有，"亡是公"的"亡"是否定的意思，"是"是这的意思，连起来就是说没有这个人。子虚是楚人，楚王派他到齐国去出使，乌有先生接待了他，在《上林赋》中又加进了一个亡是公来代表汉朝皇帝，这三个人展开了一场谈话，这个谈话就构成了《子虚赋》和《上林赋》的基本结构。

《子虚赋》讲的是齐王要出去打猎，子虚先生作为楚国的使者也跟着一块儿去了，齐王就趁机向他夸耀自己打猎时的盛大场面，子虚十分不服气，也向齐王讲述了楚王在云梦打猎时的场景，借此展示楚国的广大和富饶。打猎回来以后，子虚把这件事讲给了乌有先生和亡是公。乌有先生对子虚提出了批评，他认为地域的辽阔、物产的丰富、享乐的奢华这都不算什么，只有君主的道德修养才是最重要的。可是他说完之后，又反过来夸耀自己齐国了，当时的齐国是今天山东半岛的一部分，以泰山为界，泰山的南边是鲁国，泰山北边一直向东都是齐国，齐国既有大山又有大海，物产丰富，八九个云梦装在我这里不过像一些小山小草一样，他的目的就是要把楚国的子虚比下去。

接下来就是《上林赋》了，代表汉天子的亡是公听了子虚和乌有两人对自己国家的夸耀，把他们两个人全都给批评了。亡是公认为楚国不算什么，齐国也不怎么样，你们的谈话不过显示了地方诸侯王的浅陋罢了，真正令人叹为观止的是那种大一统的伟大国家和至高无上的汉天子。然后亡是

公就极力描写了天子的上林苑。上林是在汉朝真实存在过的著名园林,在汉武帝之前就有,但是汉武帝把它重修得更加富丽堂皇了。亡是公把天子林苑的广大、打猎的气势、宫殿的华美、享乐的奢侈等等,都做了极其夸张的描绘,这种写法非常有艺术感染力,一下子就把大汉帝国的声威和繁荣表现出来了,让人觉得这真是当时世界上最大、最了不起的一个帝国。

《子虚赋》跟《风赋》一样,仍然是主客问答的结构,一段对话中有几个人,其中有提问的,也有回答的,这篇赋里主要是子虚在讲,后来是乌有在讲,而在《上林赋》里主要就是亡是公在讲了。我们来看一下《子虚赋》。

楚国使者子虚到齐国去,齐王派了很多车马带着他一起去打猎,这里的"畋"就是打猎的意思。打猎结束后,"子虚过姹乌有先生","过"是拜访的意思,"姹"是夸耀的意思,就是说子虚去拜访乌有先生,并且打算到他那里去夸耀一番。齐国的乌有先生就问子虚,"今日畋乐乎?"今天打猎快乐吗?子虚说快乐,乌有就问,那么打猎的收获很多吗?子虚说:"少。"乌有说,那么有什么快乐的呢?子虚"对曰",他回答说,今天打猎时齐王向我夸耀齐国的车马众多,我以楚国云梦之事应答,我觉得这件事很有意思。乌有先生就说,"可得闻乎?"能说给我听听吗?子虚说:"可",他就讲了下面这一段。

齐王派了上千的车子,上万的兵马在海边打猎,又用网来捉兔子,又用车轮来压路,然后又用箭来射麋,又用绳索系住了麟的脚,然后在海滨的盐滩赶着车、骑着马往来奔跑,割取猎物的鲜肉而血染车轮。因为射中的猎物很多,齐王"矜而自功",就是很得意,觉得自己很有功劳,于是回过头来对我子虚说,你们楚国有这样"平原广泽、游猎之地饶乐若此者乎?""饶"是多的意思,就是你们也有我们齐国这样可以游玩打猎的地方吗?楚王打猎和我齐王相比,"孰与寡人乎?",谁更高一筹呢?

子虚就下车回答说,我在楚国是一个浅陋的人,只是有幸在楚王的宫廷里边值班守卫了十多年,有时候会跟随楚王到后花园去,"览于有无",我只是在后花园里大概看过它有什么,没有什么罢了,就连这么个后花园还没有遍览呢,哪里有本事来谈整个楚国?齐王说,虽然是这样,你也把自己知道的东西大概讲给我听听吧。子虚说,"唯唯"。"唯"是当地位高的人提出问题,地位低的人表示从命的时候用来应答的话。

子虚说,我听说楚国有七个大泽,"泽"就是低洼的那种水地,并不是河,比较近似于我们今天说的湿地,在这七个大泽中,我只见过其中最小的云梦泽。接下来,我们就通过子虚对云梦的描述,感受一下汉大赋是怎么把铺陈发展到登峰造极的地步的,它会把云梦的山、谷、甚至是石头,东边、南边、西边、北边,这些分别是什么样子的全都做出详细的罗列。

云梦方圆九百里,其中有一座山,"其山则盘纡弗郁,隆崇崒崪,岑崟参差,日月蔽亏。交错纠纷,上干青云。罢池陂陀,下属江河。"这说的是什么呢?"盘纡弗郁"是说山的曲折,"隆崇崒崪"是说山很高,"岑崟参差"是说山高低不平,"日月蔽亏"是说山高的把太阳和月亮都挡住了。"交错纠纷,上干青云"是说山势错乱不整齐,高峻得都伸到云彩里面去了,"干"就是接触的意思。"罢池陂陀,下属江河",是说这个是云梦大泽里面的山,山坡向下延伸一直伸到江河里面去了。"其土则丹青赭垩,雌黄白坿,锡碧金银。众色炫耀,照烂龙鳞",它的土有各种各样的颜色,"丹"是红色,"青"是绿色,"赭"是红色,"垩"是白色,"雌黄"是黄色,"白坿"是石灰一样的白色,"锡碧金银"各种颜色闪耀着光芒。"其石则赤玉玫瑰,琳珉昆吾,瑊玏玄厉,碝石碔砆","赤玉"是红色,"玫瑰"是紫色的石头,"琳珉"是美玉,"昆吾"是仅次于玉的美好的石头,"瑊玏"是似玉的美石,"玄厉"是一种黑颜色的石头,而"碝石碔砆"这些都是石头的名字。

"其东则有蕙圃,衡兰芷若,芎䓖菖蒲,江蓠蘪芜,诸柘巴苴。"东边是种着蕙草的一个园子,里面有各种美好的植物,这一段是押韵的,"蒲""芜""苴"都是一个韵的。"其南则有平原广泽,登降陁靡,案衍坛曼,缘以大江,限以巫山",南边是平原广泽的景象,"登降陁靡"的"登"是说从低处往高处走,"降"是从高处往低处走,"陁靡"是大的斜坡,就是说那个斜坡就这么上上下下的,"案衍坛曼"是指地势广大,一边是长江,一边是巫山,在这里,"曼"和"山"也是押韵的。"其高燥则生葴菥苞荔,薛莎青薠",这是在高处生长的植物,"其埤湿则生藏莨蒹葭,东蘠雕胡,莲藕觚卢,菴闾轩于",在潮湿低洼的地方生长的又是另一些植物了,这里"胡""卢""于"也都是押韵的。"众物居之,不可胜图","图"是计算的意思,是说这里长了许多的植物,没有办法把它全都给数出来。"其西则有涌泉清池,激水推移,外发芙蓉菱华,内隐钜石白沙",西边都是有水的,水面上有荷花,水里头又藏着"钜石白沙"。不止如此,这里面还有别的,"其中则有神龟蛟鼍,瑇瑁鳖鼋",都是水中的爬行动物。"其北则有阴林巨树,楩楠豫章,桂椒木兰,檗离朱杨,樝梨楟栗,橘柚芬芬","阴林"就是指靠山北面的树林,里面有各式各样的树,这里面大家看,也是押韵的。"其上则有鹓䲦孔鸾,腾远射干;其下则有白虎玄豹,曼蜒貙犴",这里同样押韵,前面说的是树上的各种鸟类,后面说的是树下许多虎豹的名字。

  我给大家总结一下,我们今天看到的赋里边这种铺陈写物的方式就是汉大赋最突出的特点。它会把同类的事物排列起来,比如说土的颜色,在上林苑一处地方怎么会有这么多不同颜色的土呢?他其实是把自己知识范围里所有相关的东西都集合起来了。还有树也是一样,他也是把南方、北方,各种不同的树的名字都给集合在一起了。为什么要这样做呢?因为像这样把物质的丰富性展示出来就会造成一种气势,显示出这个帝国和时代的盛大。汉大赋就是通过想象、夸张、比喻等等的修辞手段,用美丽的文字,整齐的句式把要表达的东西给罗列出来的。他们才不管这些是不是真实的呢,真实性并不重要,要紧的就是那种气势,那种伟大的感觉。所以散体大赋的篇幅比较长,散文句式占的比重也比较大,中间那些用来铺陈写物的地方则会使用押韵又整齐的句式。在这篇《子虚赋》里面,它的开头部分用的就是散文,结尾部分用的也是散文,但是中间铺陈写物的主体部分呢,用的就是韵文了。而且汉大赋的写作对作者才学的要求是非常高的。写赋要有很高的才气,要有想象力,还要有渊博的知识,像历史、地理、神话传说、动物、植物等等都要有所了解,一般人是写不来的。汉代那些有名的赋家,往往是一些非常有学问的人,像司马相如,他懂"小学",会编字典,是一个研究字词方面学问的专家,这样他才能有能力在赋里运用许多一般人根本不认识的冷僻字词。

第七讲　汉代五言诗与《古诗十九首》（一）

于迎春

今天我们先来讲一下汉代的五言诗,然后给"古诗十九首"开一个头,下一次课我们再重点讲它。

首先,我想讲一下汉代诗歌的形式变化,也就是说它是如何从四言体转化为五言体的。

中国的诗歌形式在不同的时代会有些不同,《诗经》的时候是以四言为主的,后来发展出了五言诗,到了唐代又有七言诗,20世纪开始又有了自由体诗歌,它是历史的变化的。很有意思的一点是,在我们这个诗的国度里,每个时代的诗歌发展情况又是不平衡的。在先秦时代出现了《诗经》和《楚辞》这些卓越伟大的作品,但是紧接着到了汉代的时候并没有能够再出现一个新的诗歌高潮。汉代流行的文体是赋,当时的诗坛是颇为冷清的,文人写诗主要沿袭《诗经》以来的四言体,或者屈原开创的楚辞体,他们在思想上和艺术上都没有什么新的开拓,成就非常有限。

但是在民间,诗体有了新的创造。汉代有一个官方设置的管理音乐的机构,它叫做乐府,这个"乐"指的就是音乐,"府"是衙门的意思,它是一个跟音乐有关的政府机构。中国古代对于音乐的使用,特别是在上层社会中,比我们今天所能想象到的要广泛得多。比如朝廷和皇帝在祭祀、在典礼、

第七讲 汉代五言诗与《古诗十九首》（一）

在出征或者凯旋，以及举办宴会、日常娱乐、与其他国家往来的活动等等，都是有大量的音乐需求的。乐府就是一个负责为宫廷提供乐曲，满足朝廷和皇帝音乐需求的政府机构。

汉代与宫廷相关的还有其他的音乐机构，以乐府来说，它的音乐来源基本有两种，一种是乐师为社会上层人物的诗歌作配乐，像汉高祖刘邦的《大风歌》，还有司马相如，他也为乐府创作过诗歌。这些作品的内容通常是歌功颂德的，风格华丽典雅，歌词都比较难懂，当时一般的人是看不明白的。还有一种是到全国各地去采集民间歌谣和乐曲，乐府会把这些采风得来的乐曲进行整理加工，然后在朝廷或皇帝的日常娱乐生活中使用。这些都是比较通俗的俗乐，有一点像今天的流行歌曲，它并不典雅，也不一定是歌颂性的，甚至不知道作者是谁，我们只能猜测大概是社会的下层民众或下层读书人。乐府机构搜集、编制、保存的歌诗就叫做乐府诗，简称乐府。人们在提到"乐府"时，有的时候指的是这个管理音乐的政府机构，有的时候指的是它的那些诗歌，二者在意思上是有些区别的。

在这里我还想稍微说一下，乐府的情况和《诗经》很像。《诗经》实际上是一部歌词集，它里面的作品是用来歌唱的，甚至有一部分还要配合着舞蹈进行表演，不过它的音乐在汉代的时候就失传了。汉乐府也是这样，我们今天看到的只是歌词，没有音乐。

汉乐府有两种不同的来源，它的作者是来自社会上下各个不同阶层的。既有皇帝，有著名文人，也有不知名的百姓和下层读书人。我们把乐府称作乐府民歌，是因为它有一个很突出的特点，这就是古人所概括的"感于哀乐，缘事而发"，它不是凭空想象的，或者是为了作诗而作诗的，它是受到了

一些事情的激发,有感于生活中的悲哀或欢乐,具有浓厚的生活气息,生动而真实地反映着人生。

我选了两首作品,它们的题目分别是《艳歌行》和《饮马长城窟行》。这些题目跟我们现在表示作品意义、概括作品思想的题目是不同的,其实它们都是曲调的名称。我刚才讲过这些作品是可以歌唱的,它在民间会慢慢形成一种比较固定的调式,可以把很多不同的唱词套进去。

《艳歌行》是怎么样的一首诗呢?它表达了一个游子对家乡的思念,这首诗写得很有意思,一户人家的几个兄弟为生活所迫在他乡生活,他们遇到了很多困难,事事不如意,还被别人的猜疑,心里很委屈,最后觉得还是回去家乡的好。

我们来看这首诗:

> 翩翩堂前燕,冬藏夏来见。兄弟两三人,流荡在他县。故衣谁当补,新衣谁当绽。赖得贤主人,览取为吾绽。夫婿从门来,斜柯西北眄。语卿且勿眄,水清石自见。石见何累累,远行不如归。

我把大概的意思为大家串讲一下。"翩翩"形容鸟飞,就是说屋前面的燕子飞来飞去,到了冬天就看不见了,到了夏天它们就又回来了,有两三个兄弟他们流落在外地,过着漂泊的生活。他们的旧衣服破了谁来补呢?新衣服又有谁来缝制呢?"绽"的本意是指衣服的裂缝,后来引申为缝补或缝制。这几个兄弟可能寄宿在一户人家里面,那家有一位好心的女主人,她把衣服拿去为他们缝补,"览"相当于"揽",就是拿取的意思。这个时候女主人的丈夫从门外边回来了,他倚靠着一棵树,朝着西北边斜着眼睛打量他们,这写得非常传神,男主人心里是很不舒服的,实际上他是在猜疑这几个兄

第七讲　汉代五言诗与《古诗十九首》(一)

弟和自己妻子是否有不清白的关系。"语卿且勿眄,水清石自见",这个"卿"是古代对人的一种尊称,相当于我们现在说的"您",就是我跟您说,您先别这么斜着眼睛看,就像清澈的水流下面的石头终有一天会显露出来一样,我们的清白您也总有一天会明白过来的。"石见何累累"是说水落石出了,这么多的石块都清清楚楚地显示出来了,可还是"远行不如归",即使嫌疑都被洗刷,事情真相大白了,他们的心里还是已经变得很不愉快了,这种在外边漂泊的生活是非常不容易的,在外远行始终不如回到自己的家乡去啊。

这首诗有很浓厚的民歌风味,它的戏剧性很强,对人物关系的描述很简略,但是我们仍然可以感受到女主人的贤惠善良,她丈夫的猜疑不信任,尤其是"斜柯西北眄"这一句是非常有漫画效果的。

下面一篇是《饮马长城窟行》,这是一首妻子思念离家远行的丈夫的诗:

> 青青河畔草,绵绵思远道。远道不可思,宿昔梦见之。梦见在我傍,忽觉在他乡。他乡各异县,展转不相见。枯桑知天风,海水知天寒。入门各自媚,谁肯相为言! 客从远方来,遗我双鲤鱼,呼儿烹鲤鱼,中有尺素书。长跪读素书,其中意何如? 上言加餐饭,下言长相忆。

这首诗写得非常好,而且非常朴素,它安慰人就说"加餐饭",就是要多吃饭,保重身体的意思。这首诗和前面一篇作品相比较,它是有一定的文人趣味在内的,这可能是一个身份低微的下层读书人创作的。

"青青河畔草"这一句似乎是写实的,这位诗人真的看到了河边上一片碧绿的青草,可其实也不一定。因为下一句"绵绵思远道"的"绵绵"是双关语,它一方面承接上句的青草,形容青草是成片成片、绵延不绝的,另一方面又指思念亲人的那种心情是缠绵不尽的,这种心情恰好和青草的绵延不绝相似,这里既是在写青草,也是在写心情。"远道不可思",远方的那个人是不可思念的,为什么"不可思"呢?因为思念也是白思念。这实际上是一种反语,她是太思念那个人了才会这么说。"宿昔梦见之","宿昔"是昨晚的意思,你看她前面说"不可思",可是其实昨天晚上还梦见了丈夫。

"梦见在我傍",梦里觉得丈夫就在自己身边,可是一觉醒来"忽觉在他乡",才发现那个人哪里会回来呢,他还远在他乡。"他乡各异县,展转不可见",这里的"展转"可以从两个角度来理解,一方面可以把"展"看作"辗",像车轮翻来覆去的,丈夫始终在外,他的行踪是不确定的,一会儿在这里,一会儿又到了那里,所以"不可见";另一方面可以把它理解成女子的心情,她反复地思念丈夫,这种思念辗转反复,可是再思念也见不到,所以说是"不可见"。

"枯桑知天风,海水知天寒",这是一个比喻,表面的意思是说桑树枯萎的叶子知道风什么时候起,因为风起时它就被吹落了,海水也知道什么时候天开始冷了,因为天寒的时候海水也就变冷了。它的言外之意是说每个人的心事只有自己才能知道,这位女子并没有表现出什么来,相思的痛苦只有她自己才知道。"入门各自媚,谁肯相为言","媚"在这里是爱的意思,人们都有各自爱恋的人,他们回到家里都有家人在等待着,可是谁能来安慰我一声呢?这是女子在极力地描写自己的孤独,她对远行亲人的思念是没有办法排解的,甚至觉得连一个能安慰自己的人都没有。

第七讲　汉代五言诗与《古诗十九首》（一）

下面几句她的情绪发生了一点变化，甚至有一点欢快了，因为"客从远方来，遗我双鲤鱼"。"遗（wèi）"是赠送的意思，是说有客人从远方到了这里，送给"我"一双鲤鱼。鲤鱼其实说的是书信，汉代人寄信和我们现在是大大不同的，他们用两片木片夹在一起，中间做成一个小盒子，有一个底、一个盖子，把信夹在中间。这两个木片会刻成鱼的形状，所以"双鲤鱼"就是指的书信。接下来她继续从鲤鱼形状这个角度下笔去写："呼儿烹鲤鱼"，看起来是在说叫个孩子来把鲤鱼给煮了，实际上是让家里人把那个鲤鱼形状的木函给打开，把信取出来。"中有尺素书"，鲤鱼形的木板间有一封信，这封信是写在绢帛上的，汉代的书信叫做尺素书，他们是用一尺左右的绢帛来写信的。

"长跪读素书"，她对丈夫的感情是很强烈的，而且对自己的丈夫非常尊重。为什么这么说呢？我们知道从唐代中晚期开始才出现垂腿而坐的家具，到了宋代这种家具才流行起来，汉代的时候人们都是跪坐在地上的，这一点在韩剧、日剧中我们还能看得到。人们平时跪在一个席子上，重心后移，把臀部放在脚后跟上，需要"长跪"的时候就把上半身挺直起来，这是为了表示对人或事的尊重态度。像《史记》中就经常会写到，一个人听谋士出主意，如果觉得主意非常好，需要特别注意地去听，他就会一下子从放松跪坐的姿态调整为长跪。"其中意何如"，女子长跪起来读丈夫的书信，里面写了什么呢？"上言加餐饭，下言长相忆"，这里的"忆"并不是回忆，而是指思念，丈夫在这封信的前边写道希望妻子能够保重身体，多吃饭，后边则是说自己在外边非常地思念妻子，对妻子的思念绵绵不绝。

这首诗把一个妻子对丈夫的思念表达得非常朴素，同时

又非常动人。

在汉代的乐府民歌里,出现了相当一部分的叙事诗,这和《诗经》是很不一样的,《诗经》里大部分都是抒情诗,所以这是诗歌发展的新阶段。像前面的《艳歌行》,它是有故事情节的,里面还有一些的人物形象。叙事性更加突出的作品还有《孔雀东南飞》,这首诗非常有名,写的是刘兰芝和焦仲卿的爱情故事,情节曲折复杂,里面还有对话,人物个性也都非常完整。

更重要的一点是,如果我们从诗歌发展的历史上来考察,就会注意到它里面出现了很多的五言体,这是汉代出现的一种崭新的诗歌形式。虽然汉乐府是有五言、七言,甚至杂言的,但是它表现出了一种向五言诗过渡的趋势,五言诗的分量已经在慢慢地增加了。当汉代的文人们还在沿袭数百年来的四言休传统时,民间已经逐渐产生了新的诗歌形式。这是很有意思的一件事,在中国古代新的文学形式经常是从民间出现的,相对来说文人往往更保守,他们对传统的坚持更强烈、更顽固,当文学走向僵化,需要加入更多的新鲜感时,他们就会从民间不断地吸取营养。在周朝衰礼崩乐坏之后,孔子就曾说过"礼失求诸野",受过良好教育的上层人士都不遵守的东西,可能在民间反而还会有所保留。其实不只是汉代的诗,像词这种文体最早在唐代出现时也是先从民间兴起的,它是一种民间的小调,不能登大雅之堂,后来渐渐有文人把它拿过来写,写得人越来越多,就逐渐脱离了音乐,完全变成一种文人化的书面表达了。后来的元曲也是在民间出现的,文人学习它、模仿它、提高它,后来将它过分文雅化,使这种文学形式又走向了僵化。

为什么我们要这样去强调五言诗呢?看起来它只比四

第七讲　汉代五言诗与《古诗十九首》（一）

言多了一个字，但是这一个字的变化是非常重要的，五言体比起四言来有很大的优越性。

四言诗是两字一拍，四字一句的，句子很短，节奏非常鲜明，但是会有些单调，因为它都是两个字两个字的，单音节词和双音节词的配合受到限制。比如《诗经》的《关雎》，它是《诗经》之始，"关关雎鸠，在河之洲，窈窕淑女，君子好逑"，读得少会觉得节奏紧凑鲜明，可是读得多了就会觉得它的韵律过于死板了，它对内容的自由充分表达是有限制的，也没有办法体现汉语言文字里边的那种抑扬顿挫的美感。

而五言诗与四言最大的不同就在于它可以很方便地容纳单音词、双音词，甚至是三音词。五言诗最基本的句式是二三结构，类似于"枯桑知天风，海水知天寒"，前面是两个字，后面是三个字，再进一步切分，就可以把它看作是"二一二"结构，这一句里面既有单音词又有双音词，是有变化的。如果换成四言，就只好说是"枯桑知风，海水知寒"了，这样太单调死板，内容表达也不够充分。五言可以把单音节和双音节配合起来，更符合人们的语言习惯，也更适应当时双音节词变得越来越多的语言发展，读起来非常自然上口，表达意义也丰富充分。就是因为五言有这样的优势，所以慢慢地就成为了汉代民间歌谣里最流行的一种形式。

在乐府民歌的影响下，文人们也开始创作五言诗了。我们现在看到的材料表明，最晚在东汉初期，就已经有班固等文人在尝试五言诗的创作了。最开始他们不太能驾驭这种新的诗歌形式，掌握还不太熟练，所以没有什么好的作品出现。后来写作五言诗的文人越来越多，逐渐取得了进步，到东汉末年时就出现了具有较高艺术水准的成熟的文人五言诗，比如"古诗十九首"。

"古诗十九首"不是某一个人的作品,也不是在某一个具体的年代中创作的,它是由不同的诗人在不同的时间里写成的一组作品。关于"古诗十九首"的作者和创作年代现在都难以考定,而且学术界对此颇有争论,不过一般认为它产生于东汉末期,也就是公元二世纪后半叶,是由无名文人创作的五言抒情短诗。在这里我给它加了一些连串的界定,它是五言的,不是四言的;是抒情的,不是叙事的;是短小的,不是长篇的。这些作品本来都是单篇存在的,因为它的风格和内容十分接近,而且都没有作者姓名,所以南朝梁昭明太子萧统在编辑《文选》的时候就把它们编辑在一起了,还给它们起了一个总的题目,叫"古诗十九首"。

在正式讲"古诗十九首"的内容和艺术成就之前,我想先为大家介绍一下它出现的时代背景,这可以帮助我们理解为什么在这时会出现这样的一组作品,为什么会有这么多人在集中地表达这样的情感。

在东汉后期,随着教育的发展,社会上有文化的读书人越来越多了,在当时读书是可以做官的,而且选拔标准除了具有较高的道德修养之外,就是熟悉儒家经典。这样就吸引了许多人去读书求学,在当时都城的太学,这大概类似于我们现在的北京大学。太学里学生最多的时候有三万人,这即使放在今天也不是一个小数目。国家要出钱来养活这些人,供他们读书,而他们在读书之后也不可能回到土地上像他们的父亲一样再去种地了,他们读了书是要做官的,但是官职的数量又是有限的,根本容纳不了那么多的人,得不到官职的读书人就变得越来越多。本来按照公平竞争的原则来进行选拔,大家也都比较能够接受,可是东汉后期的政治非常混乱,皇帝幼小而无能,外戚和宦官把持朝政,他们为了巩固

第七讲　汉代五言诗与《古诗十九首》（一）

自己的势力就会扶植亲信，他们的亲信占据了很多的职位，读书人对这种腐败黑暗的局面已经无法忍受了。有一些明智通达的人干脆就认为朝政已经无法挽救了，就这样让它烂下去算了，这是上天要让它完蛋的，"大树将颠，非一绳所为"，大树要倒掉了，一根绳子怎么可能支持的住呢。这些很理性、又很识时务的人就选择不做官了，他们做了隐士。不过这是少部分的人，因为读书求仕是有一些很现实的需求的，做官不只是为了功业、为了名誉，读书人还需要凭借官职取得俸禄去养家糊口。

此外，还有一批慷慨激昂的人物，他们是具有强烈政治责任感的士大夫，非常有勇气，经常评议朝政，试图挽救政治的衰败。这些人在东汉末年接连遭到杀害和禁锢，这就是中国历史上很有名的党锢之祸。在中国的古代是不允许结党的，有一个词就叫作"结党营私"，皇帝认为一群人聚在一起就意味着他们要谋取私利了，这一定会对集权政治造成危害。"禁锢"的含义是不许这些人出来做官，把他们废在家里，而且不许他们的子孙后代，甚至整个宗族出来做官，对其中更活跃的一部分人干脆就抓起来杀掉。党锢之祸前后延续了大概二十年的时间，解除党锢是因为黄巾起义爆发了，需要一些人出来帮助皇帝保卫政权。

党锢之祸对汉代的政治影响很坏，对汉代的士大夫打击也非常大，牵连其中的都是当时最著名的士林领袖，这里面有许多许多很让人心酸的故事。比如有一位范滂，他是当时很受尊重的士大夫，虽然只活了三十三岁，但是他的名声非常大。这个范滂非常有勇气，党锢之祸发生时他本来是可以逃生的，因为有仰慕他的县令跑来为他送信，甚至这个县令已经打算好了陪同他一起逃亡了，可是范滂没有选择逃走，

他决定留下来等着被捕。范滂同时还是一位父亲,在生死诀别的关头,他对自己一双年幼的儿女说,"吾欲使汝为恶,则恶不可为。使汝为善,则我不为恶",让你们作恶是不可以的,因为这不符合人的基本价值准则,让你们为善呢,我如今落得个什么下场。恶是不可以做的,善也没办法做,拯救天下,拯救国家的危亡这本来是绝大的善事,可是现在这个时代一切都颠倒了,人们心中的价值准则甚至都发生了动摇。

对于这样的社会现实,有政治抱负士大夫心中是愤慨的,同时也产生了一些困惑,而对于一般的读书人来讲,他们就觉得更加彷徨了。普通的读书人是没有出路的,他们的理想变得越来越渺茫,治国平天下没有可能了,谋取一个官职养家糊口也不能够了,再加上天下大乱,老百姓生活没有保障,人民流离失所,社会秩序混乱不堪,读书人对现实是失望,甚至绝望的,他们是由儒家经典培养教育起来的,儒家圣人一直教他们要修身齐家治国平天下,可是现在治国平天下不要去想,没有官职俸禄谈不上齐家,连修身都不知道该为善还是为恶了,这是非常痛苦的。我们可以想象,这么多年轻的读书人,受了良好的教育,本来是充满了理想和热情的,现在毫无出路,苦闷和不满之外该到哪儿去释放他们的生命能量呢?他们流露出了浓重的感伤和颓废情绪,他们觉得生命是短暂的,人生是无常的,没有什么是可靠的、是永恒的、是值得追求的,活着还有什么意义呢?他们选出了一种解脱的方式,就是及时行乐,纵情享受,至少可以拥有眼前的欢乐,可以享受当下的人生。这些心思历来是不可告人的,只能自己在心里头想一想,因为公开的社会意识形态一直是儒家学说,但是现在,人们已经不再像以前那样虔诚的信仰儒家学术了,儒家普遍的约束力渐渐失掉了,士人们在这个时

第七讲　汉代五言诗与《古诗十九首》（一）

期没有太多的思想负担，他们可以坦率而真诚地表达出自己在现实生活中的困惑和忧伤，可以毫无掩饰地把自己及时行乐的低俗思想暴露出来，这样就有了《古诗十九首》。

我们先来看一下这里面的第十三首：

> 驱车上东门，遥望郭北墓。白杨何萧萧，松柏夹广路。下有陈死人，杳杳即长暮。潜寐黄泉下，千载永不寤。浩浩阴阳移，年命如朝露。人生忽如寄，寿无金石固。万岁更相迭，贤圣莫能度。服食求神仙，多为药所误。不如饮美酒，被服纨与素。

这写的是一个游荡在东汉都城洛阳的读书人，望到城北北邙山的坟墓后触景生情，发出了对生命的感慨。

"驱车上东门"，上东门在洛阳城的东面，当时的洛阳城东有三座门，其中最靠北的一个就叫上东门，在那里可以远远地望见城北的墓地。"遥望郭北墓"，在洛阳城的北边有一个北邙山，在汉代人们提起北邙山往往就是指的那个地方的坟墓，这个山现在还在，据说成了一个古墓博物馆，那里面有大量的汉墓，也有明清各时代的墓。"白杨何萧萧，松柏夹广路"，"萧萧"是树叶被风吹动发出的声音，这种声音通常被认为是比较悲哀的，而"广路"指的是很宽广的墓道，因为北邙山多是富贵人家的墓地，所以墓道都很宽，两旁种满了松柏。在中国古代是提倡在坟墓周围多种树的，这一方面可以坚固土壤，避免水土流失，起到保护坟墓的作用，另一方面还可以作为一个标志，一代代的子孙再找回来的时候都能够认得出来。"下有陈死人"，"陈"是说时间很久了，坟墓下面埋着已经死了很久的人。"杳杳即长暮"，"杳杳"是昏暗不见光，那些死了很久的人被埋在昏暗的地下，就像处在长夜中一样。

"潜寐黄泉下,千载永不寤","寐"是睡觉,"寤"是醒,这是说他们在人看不到的黄泉之下睡着了,一千年也不会再醒过来了。

"浩浩阴阳移,年命如朝露",前边几句说的都是他看到的北邙山墓地的情景,这以下是他触景生情的感慨。这里的"阴阳"指四时的时光,"浩浩"原本指水流很大、无边无际的样子,这里形容时光流逝。时间这样浩浩荡荡,一年一年地流逝了,而人的寿命呢,就像早晨的露水一样短暂,太阳一出来就把它晒干了。"人生忽如寄"是古人经常用的一个比喻,他们认为人只是在这个天地之间寄居了一段时间,这句诗形容人生过得很快,有多快呢,就像是个过客暂时住在旅舍里一样,很快就离开了。"寿无金石固",人生的寿命是没有办法像金石那样坚固的,它很脆弱,很快就会消失不见。"万岁更相迭,贤圣莫能度",这里的"万岁"是虚指,并不是一万年,而是说自古以来,一代又一代的人们生死更迭,无论是多么了不起的圣贤,也都无法超越这样一个自然规律。"服食求神仙,多为药所误",在这个时候道教已经开始兴盛了,人们为了追求长生会去炼丹,吃长生不死药,结果大多数都反被这种药给害了,因为那里面汞的含量是特别高的。生命这样短暂,肉体很快就会消亡,人们战胜不了时间,又没有办法求得长生,该怎么办呢?"不如饮美酒,被服纨与素",那么就喝一喝美酒,穿一穿好衣服,吃好穿好享受眼前的生活吧。这是当时人们对人生的一种感慨。

下面我们来看第十五首诗,它的情感基调跟着上面这首是相似的:

生年不满百,常怀千岁忧。昼短苦夜长,何不秉烛

第七讲　汉代五言诗与《古诗十九首》（一）

游！为乐当及时，何能待来兹？愚者爱惜费，但为后世嗤。仙人王子乔，难可与等期。

"生年不满百，常怀千岁忧"，人活一世无论如何是超不过一百岁的，却常常为一些比我们生命更长远的事情担忧。"昼短苦夜长，何不秉烛游"，白天让人觉得简直太短了，夜晚反而那么长。即使按照昼夜对半来看待，人也有一半的时间要在睡觉中度过，更何况在诗人眼中白天比夜晚还要更短一些呢。在这里，他极力强调的是人生的短暂，本来时间就短，还要再除去漫漫长夜，那还去担心什么长远的事情呢，什么国家，什么政治，就不要去想了，抓紧时间享受吧。而且诗人说白天享受了还不够，晚上还要接着玩儿，夜以继日地尽情享乐。这里的"烛"指火烛，即那些能够照明的东西，比如说火把。"为乐当及时，何能待来兹"，享受快乐要及时，怎么能等待到明年呢，到时候说不定你都已经不在了。这里的"兹"本意是指草，草通常一年生长一次，枯萎了来年会再变绿，所以后来就把它引申为年了。"愚者爱惜费，但为后世嗤"，那些愚蠢的人舍不得花钱，白白成了后人的笑柄。"仙人王子乔，难可与等期"，这个王子乔在古代传说中很有名，他是一个得道成仙的人，汉代的人很喜欢用他来指代神仙。像王子乔这样的神仙可不是一般人想学就学得了的，普通人哪里能够成仙不老呢，几十年后就会归于黄土，长眠不醒了，所以肉眼凡胎的人就放下那些求仙的幻想吧，也不要舍不得身外的财物，把一切顾虑和担忧都打消掉，尽情地去及时享乐吧。这就是整首诗的意思。

这里面的"何不秉烛游"一句后来被李白拿去用过，李白有些思想和这里面是有些类似的，他甚至还会直接袭用这里的词句。这首诗的主题其实是文人在放达时常会产生的想法，当然，在更多的时间里他们还是会好好计算人生的。这些都是下层文人表达出来的想法，他们在政治上没有什么高远的理想，也不会有屈原那些思虑深远，他们绝不会为了君主献出生命，甚至会觉得君主在位与否跟自己毫不相干。这些人对现实的不满往往是从个人遭遇出发的，他们对生活不满，心中郁闷不平，所以表现出来的及时行乐的思想是有些颓废消极的。但是，他们这种对生命的忧伤触及到了人生的根本，这些及时行乐的思想正是由于对生命的强烈眷恋引发的，他们太留恋生命了，以至于感受到了人生的悲哀，想要用尽一切办法从这里解脱出去。这是中国文学史上第一次有人用这种方式把自己对生命消逝的体会表达出来，关于人生像朝露一样的比喻，过去也曾片段式的出现过，但是这样强烈而集中地表达出对人生短暂与脆弱、有限与无奈的感慨，是头一回，他们的这种感慨渐渐成为了人生的一条基本经验，被后人接受下来，并且发展成了后世文人诗中的一个重要主题。

第八讲　汉代五言诗与《古诗十九首》（二）

于迎春

上一讲我们讲了汉代的五言诗，最后又简单地介绍了一下《古诗十九首》的基本情况，今天就来重点讲一下《古诗十九首》的具体内容和艺术特色。

这十九首是咏叹人生的抒情诗，它反映的是处在动乱社会中的中下层士人的生活和情感，而它的基本情绪就是这些失意之士的哀愁和苦闷。这些诗本来都是独自成篇的，后来才有人把它们编辑在一起。它们表达的是每一位诗人不同的人生遭遇和感慨，但是把它们集合在一起，我们也能看到一点共同的时代主题，因为这些诗的作者绝大多数都是漂泊在外的游子，远别亲人，有家难回，心中充满了离愁忧思和对家乡的怀恋。这种思乡情绪并不是抽象的，他们是通过对家乡亲人的思念来表达思乡之情的，而对家乡亲人的思念又集中地体现在对妻子的思念上面。

我们先来看第一篇作品。这首"明月何皎皎"写得非常美，我们一起来看一下：

> 明月何皎皎，照我罗床帏。忧愁不能寐，揽衣起徘徊。客行虽云乐，不如早旋归，出户独彷徨，愁思当告谁？引领还入房，泪下沾裳衣。

　　这首诗写的主要是主人公在一个月光非常明亮的夜晚独自徘徊，因为思念家乡和家乡的亲人，所以夜不成寐，心中满怀忧伤。其实关于这首诗，大家对主人公的看法是有一点分歧的，有人认为这是一位男性，是远游在外的游子在思念家中的妻子，也有人认为这是游子的妻子在思念远在异乡的丈夫。不过更多的人，也包括我在内，都倾向于认为这是游子思念妻子的诗。

　　"明月何皎皎，照我罗床帏"，"皎皎"是形容月光洁白的，洁白的月光照到了"我"的床帐上。这里的"罗"是什么呢？是一种质地非常轻薄柔软的丝织品。古代中国的丝绸业是非常发达的，关于丝织品的字就有很多，人们会根据不同的纺织工艺、不同的颜色来用不同的名词去称呼它们，比如绢、帛、锦这些都是。"罗"轻薄柔软，透光性非常好，所以月光很容易地就照进来，引发了游子思乡的忧愁。"忧愁不能寐，揽衣起徘徊"，"寐"是睡的意思，游子心中充满了忧愁，所以没办法睡觉，只好"揽"着衣服来来回回地走。这里的"揽"是拿的意思，为什么要拿着衣服呢？因为他在睡觉的时候穿的衣服比较长，为了避免把衣服拖在地上，所以要提起衣服的下摆在屋里面走。我们这里说的是在屋里面走，为什么会有这样的判断呢，我们看了下面就知道。"客行虽云乐，不如早旋归"，客居他乡有时可能是有一些乐趣的，但是哪里比得上早早回家呢。这里的"旋"就是归的意思。"出户独彷徨，愁思当告谁"，这时候他离开屋子到外面去了，所以我们知道前面的"揽衣起徘徊"是在室内。这里的"彷徨"和"徘徊"是一个意思，都是来来回回地走。在这样一个月光皎洁的夜晚，别人都睡去了，他一个人在屋子外面走来走去，我们可以看出来他的心中是非常痛苦的。可是"愁思当告谁"？这些矛盾

第八讲 汉代五言诗与《古诗十九首》(二)

和痛苦,这些有家难回的忧愁如果可以有所倾诉,或许他心中会变得轻松一点儿,可是他又无人可说,只能一个人独自承担这样的思乡痛苦。"引领还入房,泪下沾裳衣",这个"领"是脖子的意思,我们现在说的"首领","首"就是头,"领"是脖子,合起来就代指那种大人物了。那么在这里他为什么会是"引领"呢?"引领"是伸长脖子的意思,伸长脖子是为了远望,所以这里又有远望的含义,游子遥望着故乡,最后还是回到了自己的房间,思乡的泪水流到衣服上面,把衣服都沾湿了。

这首诗的内容其实是很简单的,可是作者把一个因思念家乡而痛苦忧伤的游子形象写得非常生动,让整首诗都变得非常感人了。

类似的诗在《古诗十九首》中还有一些,比如《涉江采芙蓉》这一首,也是表现对家乡亲人的思念的:

> 涉江采芙蓉,兰泽多芳草。采之欲遗谁,所思在远道。还顾望旧乡,长路漫浩浩。同心而离居,忧伤以终老。

"涉江采芙蓉,兰泽多芳草。"这是说渡过江水采摘荷花,在长满了兰草的沼泽中有许多芳香的草木。这里的"泽"指的是比较低湿的地方,类似于沼泽或者是湿地,古代写到"泽"的地方非常多,那时候的生态和植被跟我们现在应该是不太一样的。他前一句说在江中采荷花,为什么下一句就说到了沼泽中的芳草呢?其实他强调的重点并不是江和泽,他想突出的是荷花和芳草,而且用了《楚辞》中的一些典故。我们曾经讲过《楚辞》,像屈原的《离骚》里边就大量的写到过香草,并且用它们来指代美好的人格或者是美好的理想。而且

屈原有一篇作品,题目就叫作《涉江》,那是他在流放途中写作的,当时他正处于远离故土、居无定所的生活中,所以"涉江"也并不只是说渡过江水,它还有一个暗含的意思,就是说自己的生活是飘忽不定的。"采之欲遗谁,所思在远道","遗"读作wèi,是赠送的意思,他采了这些荷花和兰草,是要送给谁呢?那个他所思念的人正在遥远的地方。在这里,那个遥远的地方其实就是主人公的家乡。采芳草送人,其实也是与《楚辞》有关联的,这是《楚辞》中多次出现过的写法,所以并不一定是主人公真的采了荷花、兰草想去送给自己远在家乡的妻子,它很有可能并不是实写,只是一种象征,来表达自己的思念之情。"还顾望旧乡,长路漫浩浩","还顾"是回顾的意思,诗人回过头去遥望故乡,已经离得非常远了,远得"漫浩浩",是望不到边,看不到尽头的。"同心而离居,忧伤以终老","同心"是古人常用的词语,《易经》里面说"二人同心,其利断金",原来是说两个人同心协力会产生非常大的力量,到了后来就渐渐地用来形容男女感情的融洽了。可就是感情这么好的两个人却要分居两地,这对于主人公来讲实在是无法忍受的,他说自己一定会忧伤下去,直到生命的尽头的。为什么这两个人不能在一起呢?这首诗里面并没有讲,它只是写出了不能和所爱的人一起生活的那种忧伤。

我们可以发现这首诗受《楚辞》的影响是非常大的,无论是具体字词的袭用,还是采芳草赠人的象征,都与《楚辞》密切相关。

上面的两篇作品写的都是游子对故乡的思念。思乡是人的普遍情感,是古典诗歌中的永恒主题。我为什么要特别强调它是属于古典诗歌的呢,因为现在的情况就有一些不一样了。现代人说的是"地球村",无论在哪里都不会有过去那

第八讲　汉代五言诗与《古诗十九首》（二）

种程度的陌生感和距离感了，但是对古人来说不一样，我们过去是一个农业社会，有安土重迁的传统，老百姓们对于迁徙这件事看得非常重，他们希望能够世世代代居住在祖先居住过的地方，有祖坟、有祖屋、有一切亲戚关系，这是农业民族的特点，跟逐水草而居的游牧民族是不同的。生于斯、长于斯、终老于斯，他们对于乡土的情感如此深厚，却还是不断地被迫离开家乡、到处漂泊。在中国古代，这些背井离乡的人大概有两类，一类是商人，贱买贵卖、逐利往来，另外一类就是《古诗十九首》中的那些游子了。他们都是读书人，要离开自己世世代代生活的小村庄，到更大、更繁荣的地方去，去拜师游学，增加见识，结交关系，寻找出仕的机会。他们会不停地从一个地方到另一个地方去，为了游学，为了游宦。游学的话，这一处可能有一位有名的老师，那一处则集中了许多的书籍，再下一处又有另一位擅长另一种学问的老师，他要不断地访师求学。而为了游宦的话，就要到处寻找各种关系的支持，寻找那些有力人士来提拔自己，四处奔走，结交朋友。这是秦朝之后，中国历史上读书人很重要的生活状态。比如唐朝的李白，他也是四处漫游来寻求名声、结交达官贵人的，如果他一直待在自己的家乡，那名声就大不起来了，而四处漫游有了很高的知名度以后，就会有人推荐他做官了。当然，像李白这样的人，他随便到哪一处去都是不愁吃喝的，都会有人主动招待他，还会送他盘缠，可是《古诗十九首》的作者都是下层读书人，他们的日子是没有这么好过的。这些人的生活充满了艰辛，旅途非常艰难。当时交通落后，也没有今天车船便利，一路上需要跋山涉水。又是贫寒士人，没有什么轿马代步，再遇上风霜雨雪、盗匪强贼，可能还会因为辛苦劳顿，水土不服，遭受到疾病的折磨。这些情况即使是

我们想象起来也会觉得是很不容易的。所以这些游子远离故土,远别亲人,他们辛酸寂寞,内心是非常煎熬的。他们付出了如此大的代价,如果人生目标能够实现,求得个一官半职倒也能够获得一点安慰了,可是仕途成功的机会又是相当有限的,这些《十九首》中的游子们就尽情地表现了他们因为这些失败而产生的悲哀和不满。

下面我们看这一首诗:

> 今日良宴会,欢乐难具陈。弹筝奋逸响,新声妙入神。令德唱高言,识曲听其真。齐心同所愿,含意俱未申。人生寄一世,奄忽若飙尘。何不策高足,先据要路津。无为守穷贱,轗轲长苦辛。

诗人写在了一场宴会上的场景,借此抒发了自己的人生感慨。

"今日良宴会,欢乐难具陈",是说今天有一个很热闹的宴会,这个宴会上的欢乐简直没有办法全部告诉你们。"弹筝奋逸响,新声妙入神",这里就讲到音乐了,我们之前说过汉代音乐在人们生活中的重要,这个宴会上弹的是筝,是一种慷慨悲凉的乐调。"逸响"是指奔放的音响,这个音乐很好听,而且不同凡俗。"新声"是当时流行的一种音乐,汉代受到了西北少数民族的影响,有些音乐传进来,形成了新的乐调。"令德唱高言,识曲听其真",这个"令德"指的是有美好的道德名声的人,也就是德高望重的人,表面上看这一句是说这个德高望重的人歌唱了,但实际上他只是高谈阔论了一番,因为上文在谈音乐,所以这里是接着用音乐来打比方。这个德高望重的人一番高谈阔论后,有知音的人,也就是能理解他的人,听出了他话中的深意。这个深意是什么呢?诗

第八讲　汉代五言诗与《古诗十九首》（二）

中并没有说出来。"齐心同所愿，含意俱未申"，这是说那番深意中包含了很多人的共同心愿，大家心里都是这么想的，只是没有把它的含义明白说出来罢了。接下来的六句就转而抒发人生感慨了，这也是"令德唱高言，识曲听其真"中的深意。"人生寄一世"，人活这一辈子就好像是寄居在天地间一样，只不过是个过客，"奄忽若飙尘"，"奄忽"是形容急速，"飙"是暴风的意思，突然间刮了很大的风，扬起了尘土，你看人多可怜，人活着很快就会消失的，就像是被大风刮起的尘土一样，又小、又微不足道、又转瞬即逝，对于永恒的宇宙来说，人不过就是一个瞬间罢了。既然人生这样短暂，那么"何不策高足，先据要路津。""策"是用鞭子鞭打的意思，"高足"是说马腿很长，指跑得很快的好马，"津"是渡口。这句话是说为什么不扬起鞭子，快快地鞭打这匹好马向前奔驰呢，快抓紧时间捷足先登，把那个关键的渡口，那个重要的政治位置给占下呢？就是说快去夺取一个重要官职的意思。为什么一定要这样做呢？因为"无为守穷贱，轗轲长苦辛"。不这样做的话你可能就要一辈子过着穷愁潦倒的生活了，这种贫贱生活会让你一生都在不得志的辛苦劳顿度过中的。"轗轲"即"坎坷"，指的就是不得志的意思。

这首诗的重点是在后边，前面写宴会的欢乐都只是一个铺垫、一个引子。人们在那么热闹的宴会上，酒酣耳热，歌管繁弦，却被他最后引到了这么一个悲凉的结尾上。不过它在《十九首》当中属于情感表现的比较慷慨激昂的，诗人认为人生虚无、生命短暂，所以更加急于谋取富贵功名。

下面这一首表现的也是类似的情感：

　　回车驾言迈，悠悠涉长道。四顾何茫茫，东风摇百

草。所遇无故物,焉得不速老。盛衰各有时,立身苦不早。人生非金石,岂能长寿考。奄忽随物化,荣名以为宝。

"回车驾言迈,悠悠涉长道","回车"就是调转车子的意思,"言"是一个语助词,"迈"是远行的意思,"涉"字我们在"涉江采芙蓉"里面见过,是渡水的意思,但是在这里是泛指,就是说要经历很长的路。这句话是说调转车头,换了一个方向,赶着车子到一个遥远的地方去。诗人只是说要去远方,可是并没有说究竟是去哪儿,他的目的性并不是特别的强。有很多诗人都喜欢强调"远方",捷克有一位名叫米兰·昆德拉的作家,他也写过一本书,书名就叫《生活在别处》。对于很多人来说,在远方意味着很不容易,会有很多的艰辛,也很可能会伴随着不得志,但是对于另一些爱冒险的人来说,远方才是精彩的、浪漫的、充满机会的,守在家门口是不会有真正的生活的。这是一件事的两面性,对于不同经历的人来说,远方的含义是不同的。我们这首诗里的主人公,他现在就是要到远方去,他并不清楚要去哪里,只是强调要换个方向,要调转车头,要走很远很远的路,到很远很远的地方去。"四顾何茫茫",诗人抬起头来看,看到四面都是广大而无边的,自己该去哪里呢?"东风摇百草",对于中国来说,春天到来的时候是刮东风是比较多的,所以常会用东风来代替春风。这一句是说东风摇动了百草,在东风的吹拂下,各式各样的草都会变绿,这本应是一个很明媚的,充满了生机的春天场景,可是诗人给我们的感觉并不是这样。诗人潦倒又悲哀,他把自己的心情投射到了周围的景物身上,季节转换,枯草变绿,到处都是广大而无边的,诗人的心情没着没落,空虚

第八讲　汉代五言诗与《古诗十九首》（二）

又茫然。为什么对着欣欣向荣的春光，诗人会有这样的感受呢？"所遇无故物，焉得不速老"，因为在新旧节序的交替中，原来那些熟悉的东西现在自己都看不到了，事物如此，人怎么能不快速地变老呢？"盛衰各有时，立身苦不早"，草的荣枯是受自然规律支配的，人的生死也是不可抗拒的，孔子说"三十而立"，一定要尽早地建立自己的事业，成就自己的名声。这也很容易让人联想起张爱玲的话，"出名要趁早"。"人生非金石，岂能长寿考"，金属和石头都是形容坚固不可摧毁的，可是人的生命并不是这样的，它那么脆弱，怎么可能永远长寿呢。"奄忽随物化，荣名以为宝"，"奄忽"这个词我们在之前的《今日良宴会》一首中见过，是"急速"的意思，"随物化"表面上是说随着事物就变化了，其实就是指的死亡。人不是金石这样的东西，它很快就会衰老，就会死亡，只有那些光荣的名声才是最宝贵的，才是可以保留下来的。

　　这首诗是诗人看到自然节序的推移，草木的更新，联想到了人生短暂而发出的感慨。对于这些远离家乡，漂泊在外的游子来说，时间一天天地流逝，青春岁月一去不返，他们本来是为了谋取功名富贵才去忍受这些的，可是在当时的社会里，他们的人生目标已经变得非常渺茫了，他们苦闷又不平，所以经常会感叹人生短暂，要尽早地谋取富贵。《古诗十九首》的情感基调是悲叹人生的脆弱，强调要及时行乐的，实际上我们可以看到，诗人把对故乡和亲人的思念，对功业和名声的追逐，对人生短暂和孤独的体验，对现实富贵和快乐的获取，以及对社会的不满、现实的无奈都交织在了一起，传达出的是一些复杂又微妙的情绪。

　　以上我们讲的作品主要是从游子的角度创作的，是客游在外，思念家乡的男子的悲叹。有这些游子，自然也会有在家中思念丈夫,盼望远行者归来的妻子,所以在游子诗外,还有思妇诗。游子思妇诗是中国古代诗歌中一个相当大的类别,这是跟当时人们的生活状况联系在一起的。很有意思的一点是,中国古代女性受教育的机会非常少,即使是一些出身很高贵的女子文化水平也相当有限,她们是创作不出思妇诗的。所以在整个中国的诗歌史上,思妇诗的作者常常是男子,他们通过自身的感受来设想女子的心情,揣摩她的处境、她的心理,然后用合乎她身份的女子口吻来进行创作。比如唐代王昌龄的很多诗,比如宋代很多闺怨词,都是这种情况。《古诗十九首》中的思妇诗其实也是游子写的,他用自己潦倒他乡的客愁,反过去推想家中妻子的心情,从他的角度来写妻子对丈夫的思念,游子思妇诗角度不同,但反映的是同一个问题。

下面我们来看一首写得非常深情的诗:

> 行行重行行,与君生别离。相去万余里,各在天一涯。道路阻且长,会面安可知。胡马依北风,越鸟巢南枝。相去日已远,衣带日已缓。浮云蔽白日,游子不顾反。思君令人老,岁月忽已晚。弃捐勿复道,努力加餐饭。

"行行重行行,与君生别离","重"是又的意思,走啊走,还要再往前走,这是什么意思呢?诗人强调的其实是远行的丈夫在不停地走,越走离自己越远了。这个"生别离"我们在讲《少司命》的时候讲到过,"悲莫悲兮生别离",所以这里化用的是楚辞的句子,这是永不相聚的分离,以后很难再相见了。"相去万余里,各在天一涯",表面上是说两个人分开了一万多里,天各一方,一个在东,另一个在西,或者是一个在

第八讲 汉代五言诗与《古诗十九首》（二）

南，另一个在北，事实上他们并不是真的相隔了一万里，或者处在方位相对的两地，这里是在强调两人分隔的遥远。"道路阻且长，会面安可知"，字面的意思是说，道路很不便利，又长又难走，哪知道我们还能不能再见面呢。但是这个"道路阻且长"其实是从《诗经》的《蒹葭》里面化出来的。《蒹葭》是《秦风》中的一篇，当时的秦国是尚武之国，民风粗犷，文化水平相对来讲并不怎么高，不知道为什么会有《蒹葭》这样一首诗，它写得好极了，在整个《诗经》里都是艺术水平极高的作品。它写的是有一个男子，暗恋着一个姑娘，可是那人可望而不可即，自己仿佛离她很近，但怎么样都接近不了她，得不到她的芳心。诗里面有两句"溯洄从之，道阻且长"，他所爱的人仿佛是在水中的一个小岛上面，他顺着那个弯弯曲曲的水道往上游走，可是这条路充满了险阻又十分的遥远漫长，他始终到不了意中人的所在。所以"道路阻且长"一句是从《诗经》来的。《古诗十九首》的作者都是有非常高文化水平的人，《诗经》《楚辞》这样的作品他们是非常熟悉的，因为太熟悉，有时候就会不自觉地把里面的句子拿过来用了，而且用得非常自然。"胡马依北风，越鸟巢南枝"，这是汉代民间歌谣中常见的比喻，"胡"是北方的少数部族，那里是产马的，"越"是指南越，也就是现在的广西、广东一带，当时还有百越这样的部族。这里其实是用南和北来打个比方，北方的马无论到了哪里都会依恋北方吹来的风，南方的鸟无论飞到哪里也都会在朝南的树枝上面做窝筑巢，连动物们都如此依恋自己的故乡，何况是游子呢？这两句写的是她所爱的丈夫，下面就写到了自己。

"相去日已远，衣带日已缓。"古人衣服上没有纽扣，要靠带子束起来才能使它不掉下去。所以这一句是说丈夫离自

己一天比一天远了,她用来缠绕衣服的衣带越来越宽了,这是为什么呢?因为思念丈夫,自己已经变得消瘦了。"浮云蔽白日,游子不顾反","顾"是想或者念的意思,"不顾反"就是不想着回家,她这样地思念丈夫,可是丈夫却不能够回来。"浮云蔽白日"这一句是在解释游子不回家的原因,很显然这是比喻的手法,但具体指的是什么则有一些争议。字面上来看,这句是说漂浮的云彩遮蔽了太阳,其实它是汉代人常用的比喻,大多数情况是用来比喻奸邪小人谗害贤臣的,小人遮蔽了贤臣,皇帝不能发现他们的才能,使得贤臣废退不能得志。有一些人就是从这个角度来理解的,认为游子是被奸邪小人谗害,在政治上倒了霉,没有办法回家。还有一些人认为这个浮云是第三者,是丈夫的新欢,因为妻子太爱自己的丈夫了,她没有办法去指责自己的丈夫,于是就说是那个女子阻拦丈夫,使得丈夫没有办法回家,这种说法也很合情合理,丈夫常年在外,两个人要经受很多的考验。两种说法都说得通,诗的解释经常是很难固定的,因为诗歌经常会采用一些比喻手法,或者用很简练的语言来说明一件事情,它说得不明确,读者也就很容易产生不一样的理解。"思君令人老,岁月忽已晚",思念你是会让"我"加速变老的,时间一天天流逝,忽然之间才发现已经过去这么多年了。"弃捐勿复道,努力加餐饭","弃捐"是抛开、扔掉的意思,就算"我"每天如此地思念他,他也不会回来,这样说来说去有什么用呢,只是让自己更加痛苦罢了,所以干脆把思念丢开吧,自己已经变得这么消瘦了,还是多吃点饭,保重身体吧。汉代人是非常朴素的,他们安慰别人、安慰自己就是尽量多吃点饭,保重身体。

　　从内容上讲,我们可以看到《古诗十九首》主要写的就是

第八讲　汉代五言诗与《古诗十九首》（二）

游子思妇的相思离别之苦，而且游子们在外奔走，求取功名富贵，都是很不得志的，正是因为不得志，他们才会来写这些作品，抒发这种忧伤痛苦的情感。这些抒情诗有一个很突出的特点，就是非常真挚，即使是有一些不可告人的念头也毫无掩饰。王国维在《人间词话》里曾经说，按照儒家观念，"昔为倡家女，今为荡子妇。荡子行不归，空床难独守"和"何不策高足，先据要路津。无为守穷贱，轗轲长苦辛"这些话都是不能随便说出来的，儒家要求君子不言利，你追求功名富贵就算了，还这样赤裸裸地说出来，这是不妥当、不道德的。可是这些想法被诗人写出来后又变得非常动人了，为什么呢，"以其真也"，因为人们可以感受到他们的真诚和坦率。这也是《古诗十九首》生活气息浓厚的表现，诗人用丰富敏感的感受力体察到了生活中最能打动人的经验，他们的心里受到了触动，于是就不加遏制地倾诉了出来，而且他们的表达方式是非常自然的，所以特别具有感染力，也特别地容易引发共鸣。

　　《古诗十九首》的表达朴素自然，但是并不失于直接浅露，诗人们采取的是一些很艺术化的表达方式，尤其是情景、物我交融这样的手法，使要表达的情感形象化，构成浑然优美的艺术境界。景物本来是客观存在的，比如秋天无论是树叶凋落还是果实丰收，都是自然现象，跟人没有关系，更不具有情感色彩，但是人们会将自己的情绪投射到景物上，使景物染上了感情的色彩，这就是情景交融。而物我交融，比如花和草本来是没有什么美好丑恶分别的，它们也都是客观的，但是在《楚辞》里面就会说有些是恶草，有些芳草，恶草代表的是不道德的小人，而芳草就是代表君子。中国古代诗歌对情景、物我交融的强调，基本上是从汉代开始的。刚才我

们讲过的《行行重行行》,就是诗人把自己的内心情感附着在了客观事物上。再如"衣带日已缓""思君令人老"这些,都是从容貌的变化、岁月的变化中来写永别相思的痛苦,从而使抽象的情感变得具体形象,仿佛伸手可触了。我们讲过的《明月何皎皎》一首,就是典型的情景交融,它似乎是写实的,在一个月光洁白的安静夜晚,诗人不能入睡,月光照过他的床帷,他从床上起来,在屋内徘徊,又到室外彷徨,伸长脖子远望家乡,最后又回到房间里边独自伤感落泪。这一系列的动作和各种的景物都是在表现诗人的心情,通过这些呈现出了一个忧伤痛苦的诗人形象,诗中似乎并没有描述主人公具体是什么样子的,但是我们可以感觉到他的心情,可以看到他的神情。

《古诗十九首》中表现了高度的语言艺术技巧,浅近自然又工整细致。它的语言非常容易懂,明白浅近得像说话一样,"思君令人老"这种就是非常口语化的句子。同时它又是很工整细致的,它其实有非常讲究的一面在里面,这些诗句是文人之作,体现着文人的情调和素养,比如说它用的很多典故就化用了《诗经》和《楚辞》里的句子。比如《涉江采芙蓉》,我们如果单纯从字面上来看,也能理解它的意思,但是如果懂得它的典故出处,就能够对诗句的理解更加深入了,可以体会到其中的历史和文化,体会到更深的意味,获得更丰富的联想。《古诗十九首》和汉大赋同为汉代的作品,但是比起那些富丽堂皇的汉大赋来,《古诗十九首》是很不一样的,它没有那些冷僻生涩的语言,吸收了民间的质朴和自然,再加上文人的技巧和创造力,就融汇成了这样精炼工整,同时又明白如话的诗歌语言。

最后,我们再来看一下《青青河畔草》,这是写得很生动

第八讲　汉代五言诗与《古诗十九首》（二）

也很有特点的一首诗：

> 青青河畔草，郁郁园中柳。盈盈楼上女，皎皎当窗牖。娥娥红粉妆，纤纤出素手。昔为倡家女，今为荡子妇。荡子行不归，空床难独守。

我们之前引了王国维对《古诗十九首》的评价，他所说的过于直率的作品就包括这一篇。

我们先来看后面的四句。这是一个女子在思念远方的"荡子"，这里的"荡子"跟我们现在从道德角度说的浪荡子是不一样的，它相当于游子的意思。那个"倡家女"指的是什么呢？"倡"在汉代跟唱歌的"唱"是一个意思，其实就是歌妓，并不卖身，是靠唱歌谋生的。女子说她过去是一个歌妓，后来嫁给了一个长期客居在外，很少回家的人，她就说"空床难独守"，一个人在这样的寂寞孤独中根本活不下去。这几句诗写得非常直率，这是很少见的。因为在中国的传统中，思妇们情感地表达往往是很含蓄曲折的，像这样直白坦率，毫不掩饰的几乎没有。我们接着来看她是在什么样的情况下发出了这样的感慨。

诗的前六句中有很突出的语言特点，一个是它用叠字组成了形容词，另一个是它的动词极少，只有两处动词出现，采用的是一个很静态的描写方式。"青青河畔草，郁郁园中柳"，这是没有动词的，只是说河边的青草都绿了，这是春天了，草木都已经很茂盛了，因为园中的柳树已经郁郁葱葱。"盈盈楼上女，皎皎当窗牖"，这里面的"当"是一个动词，"盈盈"是形容女子仪态美好的，"皎皎"我们讲过，本来是形容月光洁白的，这里形容女子在春光照耀下风采的明艳，就是这样一个女子在楼上，对着窗户站着。"娥娥红粉妆，纤纤出素

手","娥娥"是形容女子容貌的美好,"红粉妆"是说妆饰非常艳丽,"纤纤"是说手很细,"素"则是说手很白,中国古代的美女第一是要白的,这样就写出了一个在烂漫春光中明艳美丽的女子形象。它的写法非常有意思,很像一个电影镜头,先是从比较远、比较大的空间开始,从河边绿草推移过来,到了园子里,园子里有柳树、还有楼,在楼上有一个美丽的女子,刚写到女子的时候还是从整体上写的,然后就集中到她的脸、她的手了,是越来越细致的一种描写方式。那么这个女子为什么要到窗口去呢?她是来远望的,她望见的是什么呢?其实就是诗最前面写到的园中柳树和河畔青草。这样美好的景色,这样明丽的春光反而触发了女子对远行游子的思念。春天本来是一个欢愉的季节,生机勃发,但是对于闺中寂寞的女子,尤其是年轻美丽的女子来说,恰恰相反,这是最容易使她伤感的季节。所以女子凭窗远望之后就发出了四句感慨,"昔为倡家女,今为荡子妇。荡子行不归,空床难独守"。

  这首诗的语言非常简单,它用了民歌里常见的叠字,其实叠字是很难用的,用不好的话就会显得非常单调呆板,而且用两个字才能表示一个意思也会影响到内容传递的丰富性,可是这首诗用得非常好,不但不单调呆板,反而显得质朴明畅,朗朗上口。所以我们可以看出,这首诗既有文人高度的语言技巧,同时又具备民歌的天然朴素,明白如话。我们可以通过一个比较来加深对《古诗十九首》特点的认识,在南朝的时候有个叫萧绎的人,他仿作了一篇《荡妇秋思赋》,这里的"荡妇"跟我们刚才说的"荡子"一样,是不带有道德指责意味的,他也是写一位女子在秋天的时候因为思念丈夫而变得形容消瘦,但是你看他是什么写的呢,"坐视带长,转看腰

第八讲　汉代五言诗与《古诗十九首》（二）

细",这和"衣带日已缓"的自然质朴就不一样了,而是显得精致雕琢。

最后我们来看一下前人对《古诗十九首》的评价,前人的评价是非常高的。明代有学者说它是"深衷浅貌,短语长情",就是说它的内心情感非常深厚,外在表现又是简明浅显的,它的语言很短,但是余韵悠长。钟嵘写的《诗品》是中国诗歌史上很著名的一部作品,它说这十九首诗是"惊心动魄,可谓几乎一字千金",我觉得这样可能稍显得有些过分了,不过钟嵘其实是在强调它们的艺术成就之高,他在《诗品序》里面还把《古诗十九首》列为"五言之冠冕",认为它们是五言诗的最高水平,这组诗也的确体现了汉代五言诗的最高成就。

第九讲　六朝诗——陶渊明

程郁缀

汉朝以后就是三国，三国魏蜀吴从公元220年到公元265年。吴的首都在南京。三国归晋，晋分西晋东晋。西晋从公元265年到公元316年，五十年，首都在洛阳；东晋从公元317年到420年，一百年，首都在南京。然后南北朝，北朝就不说了，就说南朝。南朝是宋、齐、梁、陈，首都都在南京。一共几个朝代啊？六朝。所以六朝一词，空间上指古都南京，时间上则是指这一个历史时期。

然后是隋朝，隋朝581年在北方就夺取政权了，但南方的陈朝还苟延残喘了八年，到589年，隋朝统一了南方。隋朝很短暂，只有38年时间，然后是唐朝，618年开始。朋友们，我们中华民族第一个强大的封建王朝汉朝，公元220年无可奈何花落去，流水落花春去也，落下了它壮丽的帷幕。后面又有一个强大的封建王朝唐朝，公元620年左右拉开了它灿烂的帷幕。朋友们记住这四百年，这是汉和唐两个高峰之间的四百年。这四百年是非常重要的四百年，是我们中国思想史上，是第二个灿烂辉煌的时期，文学、艺术、绘画等等，都取得了灿烂的成果，这些我们都不讲，我们主要只讲一个诗人——陶渊明。

陶渊明生在东晋中期公元365年，去世在公元427年，这时候东晋已经灭亡了,陶渊明还活了七年,活在哪里呢?活在这个宋王朝。这个宋王朝皇帝姓刘,叫做刘裕,所以我们称这个王朝为刘宋王朝。我们中国正史一共有 25 部。25 史中有一部历史叫《晋书》,《晋书》有《陶渊明传》;有一部史叫做《南史》,在《南史》中也有《陶渊明传》;还有一部史叫做《宋书》,在《宋书》中亦有《陶渊明传》。陶渊明一人入三史,中国一共 25 部历史,有三部历史中都有他的本传,多么了不起啊。在座的朋友们,让我们一起努力努力再努力,争取一人入一史。

陶渊明 29 岁以前主要是读书,他自己说自己"好读书不求甚解","不求甚解"这个词现在也不好了,批评你怎么这么马马虎虎,不求甚解啊!不求甚解成了贬义词了。但是陶渊明用的时候没有贬义,那是他的读书方法。意思就是读书要抓住文章的大意,不钻到字句的牛角尖里去。所以他每有会意,一旦领会到某一种意思,便欣然忘食,便高兴的忘记了吃饭。"好读书,不求甚解。每有会意,欣然忘食。"陶渊明的这种读书法,我们就称之为不求甚解法。我们古人有很多不同的读书方法,像苏东坡的读书方法是"八面受敌法"。什么意思呢?比如说读《红楼梦》,第一遍读,主要关注它的主题思想是什么;读完了再从头读第二遍时,主要关注人物形象怎么样;第三遍主要关注情节、结构怎么样;第四遍主要关注语言风格怎么样。每读一遍关注某一个方面,这种读书方法叫做"八面受敌法"。

从 29 岁到 41 岁,是陶渊明第二个时期,即仕隐反复期。仕,就是出来做官;隐,就是回到田园隐居。他有一首诗叫《归园田居》(其一)中说"少无适俗韵,性本爱丘山。误落尘网中,一去三十年。""一去三十年",实际上是一去十三年,即

从29岁到41岁,首尾加起来正好是13年。这13年中,他仕隐反复了三四次。他为什么要出来做官呢?他自己说,因为他喜欢喝酒,做官有公田,公田里可以种秫,秫就是高粱,高粱可以酿酒。有酒可喝,所以出来做官。

但他"质本自然",喜欢自然。自然第一个意思是物质上的自然,即大自然。陶渊明"少无适俗韵,性本爱丘山",很喜欢。第二个是精神上的自然,即自然而然,不受束缚,自由自在。所以他一做官,就不自由,还要戴帽子、还要升堂,受不了他就回家了。可是你知道吗?到家里两个月没酒喝也受不了啊,所以只好又出来做官。反复了三四次,到了41岁那一年,他做彭泽县令,所以叫陶彭泽,一共做了81天。有一天上级领导来检查工作,手下人说,你赶紧把帽子戴好、衣服穿好,迎接吧。陶渊明喟然长叹曰,这句话是梁昭明太子萧统的《陶渊明传》中记载的,是最可信的。陶渊明叹道:"我岂能为五斗米折腰向乡里小儿!"我哪能为五斗米向那些小子们折腰呢,哪能为了生计向那些人卑躬屈膝呢?这种不肯为五斗米折腰的精神,就是我们中国知识分子的傲骨。

人是需要有点傲骨的,一个人一点傲骨都没有,那就是精神上软体动物,一辈子只能匍匐在别人的脚下,只能爬着走。我特别喜欢徐悲鸿先生一句名言,他说"人不可有傲气,但不可无傲骨。"这种不肯为五斗米折腰的精神,影响了一代又一代的中国知识分子。我们要激发孩子这样一种精神,要培养他一点傲骨,这是陶渊明对中国知识分子影响最深远的一个方面。陶渊明对后人的影响第一是精神,不肯为五斗米折腰的傲骨;第二是诗歌方面。

陶渊明从41岁到63岁是他人生第三个时期。第一个时期有一篇著名的散文,叫做《五柳先生传》;第二个时期有一

第九讲　六朝诗——陶渊明

篇著名的散文叫《归去来兮辞》；第三个时期一篇著名的散文叫做《桃花源记》。第三个时期他生活在田园中，再也没有出来做过官；他以满腔的热情来描绘和歌颂各种田园的美好，在中国诗歌上开创了一个崭新的领域——田园诗。

田园是什么？田园是我们最普通的劳动者生活的田野，他们走的乡间小路、他们住的茅屋、他们家养的鸡、养的狗，这就是田园。从古到陶渊明，没有人瞧得起我们劳动人民的生活。陶渊明第一次以满腔的热情来描绘和歌颂田园的美好。说：

> 方宅十余亩，草屋八九间。榆柳荫后檐，桃李罗堂前。暧暧远人村，依依墟里烟。狗吠深巷中，鸡鸣桑树颠。

你看他写得多好！一千多年过去了，我们每一个有农村生活经历的人，读这样的诗歌，就会立即唤起对那方纯朴天地的向往和怀念之情。

陶渊明他第一次以满腔热情来描绘和歌颂田园的美好，在中国诗歌史上展开了一个广阔的天地，把最下层劳动人民的生活写到文人的诗中，热情地进行讴歌。所以我认为，陶渊明在中国诗歌史上开此先河，功德无量！当然后来的杜甫，他不满足于对劳动人民生活的描绘，开始同情劳动人民的命运了，忧国忧民，那就更高了。我有一个观点，我认为到了唐朝，唐朝诗人用他们的聪明和智慧，把中国很多的诗歌比如说像山水诗、边塞诗、友情诗、送别诗、爱情诗、咏史诗、怀古诗等等，都写到了顶峰。请记住，唯独田园诗，陶渊明开创了田园诗派，一下子就把田园诗写上顶峰；唐宋元明清一直到今天，没有一个人田园诗的成就超过陶渊明的。

陶渊明之后,中国所有伟大的诗人,没有一个不受陶渊明影响的、没有一个不喜欢陶渊明的。李白喜欢陶渊明,说:"安能摧眉折腰事权贵,使我不得开心颜。"杜甫、白居易、陆游、辛弃疾都喜欢陶渊明。辛弃疾是宋代写词最多的词人,写了600多首词,其中将近30首是写陶渊明的。

特别是我最崇拜的大文豪苏东坡(1036—1101),才如江海,人家什么都行。人家的散文,跟欧阳修并称"欧苏",诗歌跟黄庭坚并称"苏黄",词跟辛弃疾并称"苏辛";书法也好,北宋书法四大家:米芾、蔡襄、黄庭坚、苏轼。苏东坡玩什么都玩到极致。而苏东坡晚年最最崇拜的一个诗人就是陶渊明。他把陶渊明120首诗,一首一首地和,和了100多首。他喜欢陶渊明什么呢?喜欢陶渊明自然率真的性格。陶渊明有诗句曰:"平畴交远风,良苗亦怀新。"春风吹过一望无际的平阔的田园,小苗也怀着新鲜喜悦的心情;这是将自然拟人化。另外有诗句曰:"众鸟欣有托,吾亦爱吾庐。"茅庐新建成,一群小鸟欣欣然有可以作窝安身之处,小鸟高兴,我因此更加爱我的茅庐;这是将诗人自然化。诗人与自然天人合一,物我相融。

此外,陶渊明这个人不以躬耕为耻——种田干体力劳动不是什么耻辱;不以无财为病——家里穷也没什么关系;饥则叩门而乞食,饱则鸡黍以迎客。自己家没吃的时候,就到邻居家敲门要吃的;自己家有东西吃的时候,就杀一只鸡,做点黄米饭,让老乡们都到我家来吃饭吧。陶渊明把人家请到他家来喝酒的时候,他自己先喝醉了,说:"我醉欲眠,卿可去!"我喝醉了,我要睡觉了,你们都走吧。朋友们,你看这多率真啊!从陶渊明到现在文明又进展了一千六百多年了,现在双休日要是一个朋友在你家里,你也不能说:你们走吧,我

第九讲 六朝诗——陶渊明

们家要睡觉了。话说回来,有一个人在你家里,如果你敢对他说:你们走吧,我们要睡觉了,这个人一定是你最最好的朋友,已经没有任何心灵隔阂的朋友才能这样。

这样一种自然率真的性格,浪漫主义诗人都非常喜欢。李白有一首诗歌,叫做《山中与幽人对酌》,幽人,就是隐士。李白在山里跟一个隐士对着喝酒,李白写道:"两人对酌山花开",两个人对着喝酒,周围山花盛开。下面说"一杯一杯复一杯"。朋友们,你看伟大的诗人写什么都是好诗,"一杯一杯复一杯"也是好诗。接下来李白用陶渊明的话,就改了一个字,把"可"字该成"且"。说"我醉欲眠卿且去",你暂且离去吧,最后一句"明朝有意抱琴来",明天早上你要是有意的话,请你抱琴再来。

说到琴,据说陶渊明这个人不会弹琴,但他自己家里经常保存一把无弦琴,没有琴弦的琴。今后你如果看到"无弦琴"三个字,或者人家画着无弦琴的画,我告诉你,95%以上说的是陶渊明。无弦琴成了陶渊明的化身了,陶渊明高兴起来的时候,就把琴拿起来拨拉一番,可是没有琴弦,有声音吗?没有声音。咱不要声音,咱只要自己有弹琴的快乐就行了。"但得琴中趣",只要能得到弹琴中的乐趣,"何劳弦上声",何必有劳弦上要有声音呢。所以朋友们!快乐是一种感觉,快乐是无尽的宝藏,快乐是最好的礼物。人生要豁达、要快乐。

第十讲　盛唐气象与少年精神
——李白及其诗歌艺术欣赏

杜晓勤

今天我和大家一起来学习和欣赏唐诗，唐诗可以说是我们中国古代诗歌中最精美的了。之前于迎春老师已经给大家讲过《诗经》了吧？我再为大家把中国古代诗歌的发展脉络简单地介绍一下。

《诗经》是中国最早的诗歌总集，其中主要是四言诗。《诗经》里面的第一首特别有名，我们许多同志都听说过，"关关雎鸠，在河之洲。窈窕淑女，君子好逑。"《诗经》分成风、雅、颂，今天我们认为艺术成就最高的就是十五国风了，这是由十五个不同诸侯国和地域的民歌组成的，反映的是普通百姓的生活。当然也有一些是比较有文化的人写的，比如我们说的"关关雎鸠"一首，据考证它就并不是劳动人民的爱情歌曲，因为劳动人民不会琴瑟，也没有钟鼓啊。不过我们通常还是用"风"代称《诗经》，说它反映了社会现实、民生疾苦。下面就要讲到"骚"了，因为"风骚"并称嘛。"骚"指的《楚辞》，《楚辞》是屈原创造、且以他为代表的一种具有南方楚地风格的诗歌。楚地就是湖北、湖南这一带，它们的风俗很相信鬼神，而且屈原曾担任的官职就是祭祀鬼神，搞人神沟通的，所以他就吸收了楚地民歌的艺术形式，用来表达自己的爱国情怀。当时屈原因奸臣谗害而被流放，后来投汨罗江而

第十讲　盛唐气象与少年精神——李白及其诗歌艺术欣赏

死,他有很多屈辱、愤懑和无可排遣的痛苦,于是就借用神话和人神沟通的形式表现出来了,这个就是"骚"。"骚"是文人诗的创作传统,表现了知识分子、仁人志士在理想得不到实现之后产生的痛苦和不变的坚持,"路漫漫其修远兮,吾将上下而求索"。

到了汉代,产生了新的诗歌艺术形式,就是汉乐府。乐府原来是一种音乐机构,汉武帝派人到全国各地去搜集民歌,搜集来了以后就把它弄到乐府里面去配乐演唱,作为朝廷在各种仪式典礼上使用的音乐,像我们国庆六十年,也会找一些适合的歌曲过来。那么在过去,这些歌曲是怎么搜集起来的呢?它是通过采风,官员拿着木铎,也就是一个反着的铃铛,里面有一个木头的舌头,叮当叮当的,老百姓听到就知道是朝廷来采风了。采风有两个作用,一个是作为朝廷典礼用乐的来源,另一种就是皇帝会借此了解各地风俗民情和官员政治好坏,是有观风俗的重要作用的,我们以后讲唐诗的时候也会提到这个反映社会现实的创作传统。这个时候有文人诗没有?有!文人诗已经开始发展了,不过当时的五言诗不太成熟,还需要向民间歌谣和乐府诗来学习。在汉代末年有许多年轻的知识分子要离家求仕,也就是去找工作,对当时的人来说就是去求官,那么当时的朝廷是什么制度呢?是察举和征辟。你这个人有才能,政府会来征召你,请你去朝廷做官的,可是要想被朝廷官员知道,你就必须有很好的名声,这分为才和德两个方面。德就是儒家的这套,尤其是要讲究孝,各地都出现了许多孝子,有的人父亲死了他在墓里守了十年,有的人妈妈生病了他把自己的肉割下来给妈妈吃,还有我们都知道的卧冰求鲤,《三字经》里就有很多,这些精神虽然是可嘉的,但是有些酷不入情,而且也出现了

许多的伪孝子。

后来到了魏晋时期,有"三曹七子"进行诗歌创作。最初诗歌和音乐是相配的,做诗是为了配乐演唱,就像我们哼的小曲儿一样,到了汉代诗歌和音乐分开了,诗歌从音乐中独立出来,变成了语言本身的艺术,就开始追求诗歌本身的美了。渐渐地开始有了人工声律,注重声音的美感,不能五个字全都是平声,也不能五个字全都是仄声,那太难听了,肯定不行,只有抑扬顿挫、平仄间隔,才能前后互补,诗也就比较好听了,读起来才会觉得美。

到了南北朝时期的时候,我们国家没有统一,南北两边是对峙的。北边是少数民族的政权,先是北魏,后来分裂成了西魏和东魏,再变成了北周和北齐。当然了,在少数民族之外,也有一些原来的汉族人还留在那儿,没有逃跑到南方去,但即使是汉族人,也鲜卑化的非常严重了,他们受到游牧民族质朴、豪爽、刚毅的性格影响,写出的诗歌并不像南方江南水乡的民歌那样婉转柔美。南方的苏州、无锡一带,女孩子说话跟唱歌一样,连吵架都跟唱戏差不多。但是你到了我们东北的长白山,或者是内蒙古,你一听那个地方说话,可就比较厉害了,那种豪爽气质跟南方是完全不同的,人家说话要是还跟江南一样,在大草原上根本就听不见。南北各有各的优点和缺点,南方的诗歌语言特别精美,而且喜欢写优美的风景,或者是一些小的物件,像一盏灯、一朵花这种,再就是写写江南的采莲女,写写闺房中的女孩子,甚至闺房中的门帘和镜子。这都是文人闲到不行了,南方的世家大族吃喝不愁,生下来就做了官,所以形成了这样一种普遍的趣味,他们的诗形式很精美,内容很羸弱,缺少追求,你说他还追求什么呢?像八旗子弟一样,没有什么理想,更没有追求理想受

第十讲 盛唐气象与少年精神——李白及其诗歌艺术欣赏

挫之后的情感体验。北方人不一样，汉族文人们在少数民族政权的压制下为了寻求政治出路费尽了辛苦，但是北方的文明程度比南方是要低一些的，它在语言艺术上就不如南方诗歌那么精美了。所以两边各有所长，到了唐朝就有很多人提出要把南方诗歌和北方诗歌的优点结合起来，这样就能达到"文质彬彬"了。"文"指的就是形式，"质"指的就是内容，就是既要形式精美又要情感充沛，二者得缺一不可。像北方太过于质朴，那不美，也不成诗歌了，像南方太讲究诗歌的形式美，风花雪月多了也不能感动人。

于是到了唐代，我们的诗歌开始繁荣了。为什么能够繁荣呢？有几个条件。最重要的就是南北的统一，隋文帝灭了南朝陈后主，统一了全国，南方的文化和北方文化就开始融合了。而且建立了大一统帝国之后人们的心情也不一样了，原来南方的文人躲在江南没有看到过祖国的壮丽山川，他们现在回到了黄河流域，发现原来祖国的疆域这么辽阔啊，大汉帝国的味道就又回来了。所以唐人特别喜欢汉代，经常以汉代唐，像"汉皇重色思倾国"说的可不是汉武帝，那是唐明皇，而且他们也经常用汉代的将军来比喻唐代。这样，唐诗一下子就繁荣起来了。首先是它的数量多，唐代诗歌保存下来的比以前的总和还要多，清代有人编了一个《全唐诗》，里面有将近五万首诗，20世纪90年代陈尚君教授辑校《全唐诗补编》，又加了六千多首，这是不到三百年的时间啊。当然我们不要和清代的皇帝比，康熙、乾隆也作诗，尤其是乾隆皇帝，一年一万首，一天三十首，我们在北京有很多乾隆皇帝的诗碑，可是那写得可不怎么样。所以单纯数量多还不能说明问题，还得有质量。唐代的诗人了不起，我们现在都知道中国古诗的代表是什么？就是唐诗，我们从小背的那些"床前

明月光,疑是地上霜"都是唐诗。唐代产生了许多大家,除了李白、杜甫,还有王维、孟浩然、韩愈、白居易、李商隐等等。每一位读者按照自己的偏好总能在唐代找到一首喜欢的诗歌,无论你是外向的还是内向的,是豪放的还是哀怨的,是喜欢精致还是喜欢粗犷的,全都能找到,唐诗把中国古代诗歌的艺术精华全都吸收了。而且唐诗的体裁非常丰富,有五绝、七绝、五律、七律、杂言、四言、六言,整个唐代就是诗的朝代。闻一多先生甚至说不要再叫"唐诗"了,应该叫"诗唐"。我觉得很有道理啊,唐代上至皇帝,下至普通百姓,全都能写诗,当然这不是说每一个人都一定会写诗啊,这是说我们可以很容易地罗列出很多不同身份的诗人来,像唐太宗、唐玄宗、武则天,和尚、道士、尼姑,都有很好的诗留下来。白居易就说,他的诗一写出来马上就有人来抄,抄好了赶着一大早就去卖了,说这是白学士的诗,谁想要看看,先拿钱来。甚至诗都可以当作货币流通了,有人就是拿诗去换酒、换茶喝的。而且唐诗还流传到日本、韩国、越南,产生了很大的影响。

整体来看,唐诗可以分为四个时期,这是著名的"四唐说",分别是初唐、盛唐、中唐、晚唐。初唐是从唐高祖武德元年一直到唐玄宗开元初年,可以说唐玄宗之前就是初唐,唐玄宗在位就是盛唐。这样来看盛唐就是开元天宝期间了,可能有人会说这个盛唐也太短了,是不是搞长一点?好,长一点的话我们就给它划到大历元年吧,可还是非常短的。这么一个为人所称道的盛唐就只有短短的三五十年,这个怎么解释呢?因为它是顶峰啊,一过了顶峰马上就是下坡路。大家都爬过山,山顶其实就那么一点,否则就不叫山顶了。在天宝十五载,也就是公元758年,安史之乱爆发了,它是唐朝由盛转衰的分水岭。不过诗歌是有自己内在的发展规律的,它

第十讲 盛唐气象与少年精神——李白及其诗歌艺术欣赏

的转变会往后再延迟一些,并不是安史之乱一发生,整个诗风就改变了。中唐是从大历元年到唐文宗即位,晚唐是从唐文宗即位到哀帝天祐四年。大家可以看到,初唐的时间是比较长的,它是准备期,准备期长也符合一般的规律,像我们大家也是这样,一般人恐怕也得长到三十岁左右才能比较成熟,三十岁之前还太小了,还得慢慢地长,长到我这个年纪才算是马马虎虎了。

接下来我们具体来看看这四个时期各自的特点。初唐时全国刚刚统一,想要融合南北诗风,使它和新时代相适应,还得经历很长的磨合期。所以高棅认为,"贞观永徽之时,虞魏诸公,稍离旧习",就是说在唐太宗贞观年间、唐高宗永徽年间的时候,诗风比起南北朝稍微有一点小的改变了。高棅还说,"王杨卢骆,因加美丽。刘希夷有闺帷之作,上官仪有宛媚之体",这里面的上官仪是位宫廷诗人,他的诗在内容上并不怎么充实,但是形式独树一帜,后来我们说起五律提到的那些"平平仄仄平,仄仄平平仄",就是上官仪这些人发明出来的。再后来陈子昂就起来了,他是一位从蜀地走出来的奇才,蜀地人的性格和中原人不大一样,他们比较狂放,不受传统的约束,往往能够突破旧有的定式,开拓出新的天地,像汉代的司马相如、扬雄,唐代的陈子昂和我们今天要讲的李白都是这样。陈子昂的贡献在于他把宫廷诗歌引向了边塞和大漠,引向了更为广阔的社会现实。在武则天朝的后期,陈子昂曾经跟着武攸宜的军队到过幽州,他带着怀才不遇的愤懑登上了幽州台,吟出了"前不见古人,后不见来者,念天地之悠悠,独怆然而涕下"的惊世名篇。秋风萧瑟,黄沙漫漫,陈子昂空怀报国之志却没有用武之地,独自一个人登上高台,抒发着自己的历史孤独感,这种事情是从前根本没有

过的。陈子昂的一声歌吟打破了南朝羸弱的风花雪月、浅唱低吟,唤醒了古往今来仁人志士共同经历过的挫折、共同感受过的愤懑,终于,唐诗的新面貌就要呈现出来了。

唐玄宗治下的大唐帝国,恢复了汉朝时期的广大疆域,人民的自豪感得到了空前提升,通过杜甫那首"忆昔开元全盛日"我们就可以了解到当时的安宁繁荣。生逢这样的太平盛世,文人们以为他们实现社会理想的机会终于来到了,尤其是张说、张九龄这样的贤相出现以后,一般的知识分子一看,哇!他们都能够凭借自己的才华辅佐皇帝建立这么大的功业,出将入相,那么我也能啊!有这样的榜样在,大家都纷纷追求功名了,当时文人的参政意识特别强,入仕热情特别高,这样就形成了盛唐诗歌的大合唱。李白在《古风》第一首里就说"群才属休明,乘运共跃鳞",我们这些人才躬逢盛世,遇到了这么好的机会,大家快来一起追求功业、施展才华吧!"文质相炳焕,众星罗秋旻",就是说要各显其能,像秋天夜空中闪烁的星星一样放出光芒!这个时候,人们都特别的兴奋、特别的热情。我想这就和我们的五十年代差不多,很多老同志那时候都是正当年少,充满了建设新中国的热情,对不对?整天饭都吃不下,觉都睡不着,一声召唤就去了祖国最需要的地方,"广阔天地大有作为"嘛。我的师爷林庚先生,他在五十年代的时候写过好几篇文章,都是论盛唐气象的,说那是一个解放的时代,自由的时代,进取的时代。而李白正是这个时代旺盛生命力的最典型代表,他身上有一种蓬勃的青春热情,是一种少年的精神。这个"少年"指的不是年龄,而是一种精神,李白有一颗少年的心灵,而且有一种"布衣感",这个跟南朝世家大族的感觉就又不一样了。

所以既有文又有质,既有声律又有词藻,既有优美的形

第十讲 盛唐气象与少年精神——李白及其诗歌艺术欣赏

式,又有充沛的内容,这样元气淋漓的诗歌就是盛唐之音,它大气浑成,体现着盛唐气象。而盛唐诗歌的代表是谁呢?就是李白。他和杜甫各显所长,用如椽巨笔写出了封建社会最鼎盛的时期,以及它的由盛转衰。关于中唐和晚唐我们下一次再说,这次只讲李白。

李白的名号特别多,为什么呢?因为他的特点特别多。这个人很有特点,我们现在都叫他诗仙李白,为什么呢?因为他的气质,包括长相、思想,都跟我们一般的凡人不一样。这是什么原因造成的呢?这和他独特的家世以及接触到的文化传统有关系。

首先,关于他的籍贯就有很多说法。有人说李白是陇西成纪人,李唐王朝的皇帝也是陇西的,不过他们发家在太原。对于李白这个陇西的籍贯,别人都说他是假的,是为了攀龙附凤,根本没有多少人承认,因为皇帝后来搞族谱,里面也没有他们家。甚至他是不是真的姓李也有问题,现有的史料已经确定了李白家是从西域搬回来的,那么他们是怎么到西域去的呢?可能是在隋末的时候他们家族犯事了,被谪贬到了西域。到西域的什么地方去了呢?通常认为是碎叶,也就是我们现在的新疆伊犁一带。但是后来郭沫若说不对,他说应该是在中亚的碎叶,相当于现在的吉尔吉斯斯坦,当时那里是唐王朝的附属国,在托克马克城旁边有一个碎叶川,那有一个碎叶河,还有一个碎叶城,李白他们家就是被流放到那个地方了。有的人觉得不可能,怎么跑到那个方外之地了呢?后来经人考证这也是有可能的,因为确实有一些中原人跑到那里去了,有逃债的,有打官司的,这个可能性是存在的。

大概到了神龙五年,他爸爸偷偷地逃回内地来了,而且并没有沿着丝绸之路的北路走,当时一般走的都是北路,从天山往东到甘肃,然后再往咸阳、长安这边过来。但是他们家可能是因为犯了事,怕别人找他们算账,所以不敢那么走?这种说法也有疑问,因为已经过了好多好多年了,什么事情都应该过去了,他们要回来也应该走正常的北路了,可是他们走的是南边,从南疆经西藏青海到了四川,也就是现在的北川,在江油落户了。他爸爸说我们家是外乡人,是客居在此的,就叫"客"吧,所以他爸爸就叫李客了。不过这个李客是真名还是别人对他的称呼就不知道了,就连他们家姓不姓李还搞不清楚呢,李白到底生在哪里也不知道,李白故里的官司这几天正在打呢,打得不可开交。

  不管怎么样吧,李白家族有西域背景这是肯定的。他孩子的名字都跟中原人不一样,他的儿子叫明月奴,大家听什么什么"奴",这就不是一般汉人会叫的名字,而且是明月奴啊,月亮出西方,西方才是月亮的家。他另一个儿子叫颇黎,颇黎是一种洁白的玉,也是西方来的,中原不产这个东西。而且李白的长相也跟一般人不太一样,凡是见过他的人都印象特别深。他有一个好朋友魏颢,就在文章中写李白"眸子迥然","眸子"就是眼珠的意思,说他的眼珠炯炯有神,我们汉人中双眼炯炯有神的也很多,但是李白的眼睛可能往里扣,这个就是西域人的特点了,他们眉骨很高,鼻梁也很高。魏颢还说李白"哆如饿虎",这个"哆"有两种说法,一种读duō,另一种读"chī",是说李白嘴巴很大,腮帮子可能也跟我们一般人不一样。贺知章看见他以后也说过,这个家伙是天上下凡的谪仙人。

  此外,李白从小就学习了许多内地的士子很少会学的东西。他学的是什么?剑术、气功。他的剑术确实很厉害,他

第十讲 盛唐气象与少年精神——李白及其诗歌艺术欣赏

说自己是"抽剑步霜月,夜行空庭遍",在月色当空的时候他一个人在庭院里舞剑,舞得出神入化,在皎洁的月光下熠熠生辉,身手敏捷,剑术高超。而且他还会气功,在他们老家旁边有一座山,叫大匡山,李白在里面跟一位气功大师学习,学到了什么程度?他能够跟周围山上的鸟兽相处得特别好,他把手伸出来,鸟就飞到他手上来了,他说声"走",那个鸟就飞了,厉害吧?这都是他自己写的。另外,他还学了许多奇门遁甲、阴阳五行,还有纵横术,这都是一般知识分子很少学的邪门歪道。李白在思想上是不受儒家束缚的,他是一个杂家,是一个纵横家,所以追求政治理想的方式也和一般人不一样。他不喜欢走科举考试的道路,像我们现在,说我不参加高考,但是我还要当大官,他就是这样的想法。他打算出一个奇策,写一个治国纲领,直接献给国家领导人,你这个工程搞得太糟糕了,我给你一个办法吧,你应该怎么怎么样。让李白先到基层锻炼,然后再慢慢升到中央,这个不行,这个太慢,没什么意思,太循规蹈矩了,杜甫可以接受这个,李白就做不来。

所以李白要去漫游和干谒,到处宣传自己。他二十五岁的时候,认为自己已经不错了,知识储备已经够了,就决定出山了。他沿江东下,从成都到重庆,沿着嘉陵江,过三峡,一路东下,而且写了许多诗。到湖北江陵一带时,李白碰到了当时的很有名的道士司马承祯,跟司马承祯一拍即合,两个人相见恨晚,司马承祯说你这个小伙子有仙风道骨,"可与神游八极之表",你已经可以跟我一起到天上去走走了。李白当时特别得意,司马承祯当时可是全国最有名的道士啊,于是他写了一篇《大鹏赋》,像庄子《逍遥游》里边的鲲鹏一样,李白是想像大鹏一样一飞冲天的。再后来李白来到了当时

最繁华的扬州,那时候有"扬一益二"的说法,扬州是第一,成都是第二。到了扬州以后,李白太高兴了,一年之中散金三十万,这个"三十万"是金子还是别的什么搞不清楚,反正有人需要救济了他立马就给钱。可能有人就会问了,李白怎么有这么多钱,他怎么回事?这也是李白研究的一个课题,关于他的经济来源有很多种说法。大家公认的一个来源是稿费,李白的稿费比较高,他已经很有名气了,连司马承祯都说他有仙风道骨啊,都介于人和仙之间了,而且写诗那么好,当时的官员都喜欢附庸风雅,见来了一个文人雅士,就喜欢找到家里去一起喝酒写诗,写了诗就有润笔,可能三十万是这么来的。但是郭沫若说不对。郭沫若先生经常有一些奇思妙想,他说李白他们家是做生意的,而且是盐铁生意,他们家不是四川的吗?他们把四川的盐弄出来沿江东下,卖到武汉,卖到南京,卖到扬州。李白有句诗叫"炉火照天地",这就是写李白自己家生意的。这是郭沫若的说法,我们一般认为这种说法不太可靠,没有事实根据,靠自己去想象去做推论,这是不合适的。

  不管怎么样吧,李白在扬州、金陵这一带大手笔挥霍,结交四方豪杰,却没搞出什么名堂来,大家也没有把他的名声向朝廷汇报,他觉得很失落。立业不成就先成家吧,好,他就往湖北这一带走,一走就找到一个好老婆,其实不是他那个老婆好,是他的老丈人好,那是一个前朝的宰相许圉师,不过他是武则天时期的奸相,不是好人,可是李白不管,只要你们家当过宰相就行。李白一生有四个老婆,两次结婚了,两次只是和人同居,那两个结婚的都是宰相家里的姑娘。按照唐朝的习俗,一般的知识分子不愿意到别人家去当上门女婿,而李白就去了,在安陆这个地方待了一年半,最后看这户人

第十讲　盛唐气象与少年精神——李白及其诗歌艺术欣赏

家也不行，以前的旧宰相在现在的朝廷上也没有什么影响力，许家的姑娘也死了，李白就又跑了，自己带着两个孩子离开了许家。

这次去哪呢？李白一个人到了长安，他想要"立抵卿相"嘛，所以就到许多达官贵人家去求见，可是大部分人都不理他，你李白算什么，我们都没听说过。没办法，李白就在市井上乱混，跟当时长安市中的一些地痞流氓还混到一块去了，差一点被人家给害了，最后败兴而归。这时也不能再回安陆了，就沿着黄河东下，从洛阳、宋州，宋州也就是现在商丘这一带，继续往东，到了山东，然后又来了襄阳。

李白在襄阳拜访了当时经常提拔人才的一个人，这个人就是韩朝宗，他在当时知识分子中非常有威望，"但愿一识韩荆州（朝宗）"嘛，只要认识他就有机会成功了。不过这次李白又没有成功。怎么办呢？这次他又到北方去了，到我们这一带转一圈儿，还到边塞上去找了找出路，还是没找着，然后再往前，再回到河南，到了河南的嵩山。在唐朝有两座山特别有名，一个是嵩山，一个是终南山，为什么这两个山有名呢？起初，唐代的皇帝大部分时间都在长安，后来就在洛阳和长安之间两头跑，就开始有一批人也跟着皇帝来回跑，他们叫做"随驾隐士"。皇帝在长安的时候，他们就隐居到钟南山，皇帝到洛阳的时候，他就隐居到嵩山。他为什么隐居在那儿呢？他就是在等机会。其中最有名的那个人叫卢藏用，有人就说他，你这个人我知道，你不是想正儿八经的科举入仕的，你就是想靠隐居，走一条"终南捷径"。什么是终南捷径？就是这样靠隐居出名而被皇帝任用。当时的皇帝道教立国，喜欢用一些世外高人，当然他也不是真用，就是用来粉饰门面的，你看，我们唐朝多么重视人才，这么多隐匿的、有

才能的人我们都把他们弄来了。不过弄来以后过两天又把他们就又弄回去了,因为那些人根本没有什么才能。李白他在那儿跟好朋友一起喝酒,写了首诗就是《将进酒》,这个我们待会儿再看。

  到了开元末年的时候,李白移居山东任城,和山东的一个姑娘,不过也不能叫姑娘了,可能是位少妇或者什么,他们"合"了,就是说并没有正式的结婚,按照我们现在的说法差不多就是同居。可能山东这个女的对他的孩子不太好,李白当时的心情也不太爽,这个时候他已经四十二岁了啊,这么大年纪还没有成功,他就跟这位女子产生了一些感情矛盾。后来因为他在道教中的一个好朋友,元丹丘或者是吴筠,举荐了他,再加上玉真公主在唐玄宗那里吹风,皇帝终于知道他了,把他弄进京来了。李白高兴得不得了,这下可以扬眉吐气了,他写了一首诗叫《南陵别儿童入京》,南陵是山东济宁那一带的地名,他出去的时候对着路边的小朋友洋洋得意,你说李白这个人,你要进城当官,人家小朋友哪知道呢,人家不理解,他也不管,"仰天大笑出门去,我辈岂是蓬蒿人"。可见他一直失意,时来运转时是多么的高兴。但是李白这个时机不好,因为唐玄宗已经不是励精图治那会儿了,他开始奢侈享受了,认为我这个国家已经治理得很好了,不需要再重用人才了,这和李白的愿望不是错位了吗?

  李白怀抱着这么美好的理想,来到了京城,最后唐玄宗给他安排的是什么呢?翰林供奉待诏。就是在翰林院帮忙,写写诏书什么的。有没有官职?没有,因为他没参加过科举考试,没有正式进入公务员系统,没法给你安排个处级待遇什么的,只是当了这么一个临时的官。后来,李白想要一个正式的官衔,也有人帮他说话,但是也有人捣他的蛋,谁?高

第十讲 盛唐气象与少年精神——李白及其诗歌艺术欣赏

力士。这是为什么呢？有一个传说，说有一次李白喝醉酒了，皇帝让他草诏，他借着酒疯，把脚一翘，说我鞋不舒服，高力士你帮我脱鞋吧。高力士哪能受得了，高力士是什么人？是唐玄宗最信任的心腹兼保姆，他当然不干了。再加上李白特别高傲，飞扬跋扈，人际关系搞得不好，同僚们成天一个个对他嘀嘀咕咕地打小报告，说把李白换掉吧，这种人不行，而且经常在后宫里乱窜，你让他待的时间长了后宫的秘密都被他知道了。唐玄宗说好吧，把他搞走吧，就"赐金放还"了，给了他一大笔钱，让他回去了。这下子完了，李白风光日子没过几天，天宝元年进去，天宝三年就出来了，待了不到两年，而且这两年成天就是陪着皇帝喝酒、玩，他所有的政治理想、施政方针皇帝根本听都不听，而且皇帝觉得他不是干这个实事的人，也不是为这个把他招来的，所以李白最后没有办法，怀着悲凉、愤懑又恋恋不舍的心情，写了一句"凤饥不啄粟，所食唯琅玕。焉能与群鸡，刺蹙争一餐"，我是一个凤凰，我哪跟你们这些土鸡在一起啄那个稻米呀，我走了，我去吃仙食去了，这个当然也是一种自我安慰。

出京之后到了洛阳，在这里李白和杜甫相遇了。李白在当时不算第一大诗人，因为当时公认的第一大诗人是王维，但他已经名满天下了。而杜甫此时还是一个二十几岁的小伙子，只在洛阳一带小有名气，所以杜甫其实并没有真正入李白的法眼。李白只觉得这个小伙子还不错，比较聊得来，再加上杜甫比较上进，经常跟李白探讨问题，李兄你在长安的时候朝廷怎么样啊，皇帝怎么样啊，可能就会像这个样子聊吧。李白对他还比较喜欢，所以也和他一块儿玩，再加上盛唐另一个大诗人高适，三人一起同游梁宋，结下了很深厚的友谊。杜甫一生中写下了很多怀念李白、赠给李白的诗，

但是李白写给杜甫的诗比较少。因为李白这个人啊,虽然他很重友情,但是来得快去得快,过一会儿他就又有了一种新的情感寄托了,有时就把杜甫给忘了,不光忘杜甫,他喜欢的女孩子也是一样,他对老婆也是一样,换来换去的,不像杜甫,杜甫特别忠贞。然后李白跟杜甫一起到了山东,到山东玩了一段时间后他一个人想去吴越了,就写了《梦游天姥吟留别》。

　　李白到了五十多岁的时候,深感求仕无望,就想干脆正儿八经地把文章搞好算了,像孔子一样,孔子也是周游列国不能实现理想,就退而研究学问,传授弟子。但是李白的政治热情并没有真正地消减下去,一直到安史之乱爆发了他还想实现自己的理想,可惜当时他又没有看准形势,本来在庐山上隐居挺好的,一不小心把又自己陷进去了。唐玄宗本来是希望自己的两个儿子,一个肃宗,一个永王,联合起来抗击安史叛军的,但是永王心怀异念,想把肃宗给拉下台,自己当皇帝。李白傻呵呵地什么都不懂,被永王从庐山请下来了,担任为他的书写文书的官职,最后永王最后被肃宗平叛,李白也遭殃了。幸好李白的很多朋友都帮助他求情,其中有一个就是郭子仪,说李白根本没搞懂这是什么性质的事情,这不能全怪他,他虽然有罪,但是也不至于被斩首。于是就把李白流放到夜郎了,也就是今天贵州那一带,沿着长江西上,他还写了《上三峡》,不过三峡还没走完呢,因为天下大旱,皇帝大赦,李白运气还不错,他遇赦回来了,回来的路上写下了"朝辞白帝彩云间"那首著名的《早发白帝城》。

　　李白回来以后到什么地方去了呢?他到了安徽当涂,就是现在的马鞍山。当时他的族叔李阳冰,在那儿当县令,李白就依靠他,最后病死在这个地方。可是后人觉得李白怎么

第十讲 盛唐气象与少年精神——李白及其诗歌艺术欣赏

能是病死的呢？他可是神仙啊，所以这不可能，我们不能相信他是病死的。所以有人传说，李白"酌月而死"，是一个人喝酒喝得醉哄哄的，他"举杯邀明月"，说月亮我来和你拥抱吧，好，掉在江里死了。大家觉得这个才符合李白的身份，才带着仙气。可是像杜甫，他明明是病死的，但是大家觉得杜甫病死还不够悲惨，应该给他想得再悲惨一点，这也是郭沫若说的，他觉得有可能杜甫是在夏天吃到了腐败的牛肉，食物中毒而死的。这个说法还算马马虎虎吧，可是还有人说得更惨了，杜甫哪是食物中毒啊，他是饿了七天七夜，到了耒阳县终于有人招待他吃喝了，他一下子没把握住，给撑死了。杜甫简直倒霉透顶，大家把他想得太不像话了。这个也没办法，我们还是看李白的诗歌吧。

李白的诗歌我们今天只能看几首了，因为时间太短了。

第一首可能是小朋友们都会背的：

> 朝辞白帝彩云间，千里江陵一日还。两岸猿声啼不住，轻舟已过万重山。

这个诗太直白了，太简单了，李白写东西和一般人不一样，他语言清新、诗境明快，这也正好能表现他遇赦之后的心情。

我们先看看李白当初被流放，上三峡的时候是怎么写的。那是在一个月之前，他一路逆江而上，而且三峡江流湍急，浅滩那么多，要一座山一座山地往上走，心里郁闷又悲伤，而且去了以后此生还能不能再回来了也未可知。他说：

> 巫山夹青天，巴水流若兹。巴水忽可尽，青天无到时。三朝上黄牛，三暮行太迟。三朝又三暮，不觉鬓成丝。

去过三峡的人都知道,那里有的地方是"一线天",在这么幽深的峡谷里面,看着那么高峻的天,阴森森的,潮湿湿的,还没有阳光,再加上是戴罪之身,这样艰难地跋涉可不是去做官的,是遭到了贬谪,到满是瘴疠之气的夜郎国去,生死未卜,他的心情会怎么样?郁闷。而且这个青天有没有象征意义呢?青天他见不到,皇恩他能照耀到吗?他能够述说自己的冤屈吗?不能。"巴水流若兹",这是他故乡的水流了过来,哗啦啦地流,九曲回肠,离家乡那么远,根本回不去了。"巴水忽可尽",巴水流着流着最终还是会流到东海里去的,他却是不可能再回去了,还不如巴水呢。他这四句话写的既是环境,又是自己的心境,情和景融合的多好啊,是不是?"三朝上黄牛",走了三个早上才登上黄牛滩,我们知道往上走确实是很难很难的,"三暮行太迟",走了三天还觉得太慢,三天三夜还没走到,已经看见黄牛滩了,可就是过不去,"三朝又三暮,不觉鬓成丝",走了三天三夜他觉得太痛苦了,觉得两鬓都白了,每一步都那么艰难,他对前途几乎都绝望了。

我们再看他遇赦东下的时候是多么得轻快。"朝辞白帝彩云间",第一句就很优美,高高的白帝城在彩云之间忽隐忽现,像一样仙境缥缈。这个白帝城是公孙述建的,后来刘备他们也在那儿待过,现在我们看不到白帝城了,三峡工程之后很可惜,这些都见不到了。"千里江陵一日还",刚才还"三朝上黄牛"呢,现在沿江东下一日千里了。"两岸猿声啼不住",听到猿声一般大家都是很痛苦的,"猿鸣三声泪沾裳"嘛,尤其是猿声在长江三峡间回荡的时候,大家可以想象到这是多么得凄惨,但是这次不一样,李白一听太爽了,就好像欢送他一样。"轻舟已过万重山",这个写的是当时的实境,又恰好表现了李白大喜过望的心情。短短的几句诗,我们是

第十讲 盛唐气象与少年精神——李白及其诗歌艺术欣赏

不是就能体会到李白为什么和一般人不一样了？其他好多诗人也去过三峡，像陈子昂，像杜甫，可是都没写出这种气势来。杜甫也有两句还不错，《闻官军收河南河北》，也是写如释重负的轻松感的。李白这首诗不但写出来了他的高兴，而且叙事简明生动，气势好像骏马逐坡一样，语言又特别得清新流畅，诗里面没有一个生僻字，也没有什么特别幽深的景色。诗里有的只是那种明快的气氛和酣畅淋漓的情绪，这是他飞扬气质的很好体现。这一首写得太好了。

下面我们再来看看他的七古歌行体，这也是李白的拿手好戏。歌行体跟律诗不一样，律诗需要讲究平仄，歌行不管那么多，可以信口吟来，李白最喜欢写这种诗了，简直就是呼号而出，像唱歌一样，句式富于变化，音韵铿锵顿挫，写得特别的美。我们来看一首他一边和朋友喝酒，一边唱出来的诗，《将进酒》。

> 君不见，黄河之水天上来，奔流到海不复回。君不见，高堂明镜悲白发，朝如青丝暮成雪。人生得意须尽欢，莫使金樽空对月。天生我才必有用，千金散尽还复来。烹羊宰牛且为乐，会须一饮三百杯。

这个时候李白起身离席，举着酒杯对他两个好朋友唱道：

> 岑夫子，丹丘生，将进酒，君莫停。与君歌一曲，请君为我倾耳听：钟鼓馔玉不足贵，但愿长醉不愿醒。古来圣贤皆寂寞，惟有饮者留其名。陈王昔时宴平乐，斗酒十千恣欢谑。主人何为言少钱，径须沽取对君酌。五花马，千金裘，呼儿将出换美酒，与尔同销万古愁。

最后这几句根本不是写出来的，是唱出来的，你看李白

喝酒喝到一定程度他的诗就出来了。在开始时,他是带着酒兴宜歌宜咏的,然后抒发了自己的人生理想,以及理想受挫之后的自我安慰。李白在挫败时经常能够再次奋起,能够自我激励,这首诗也是这样的,他一会儿狂放,一会儿颓废,循环往复。

"君不见,黄河之水天上来。"这句很好,"黄河之水天上来"啊,其实我去过嵩山,站在那儿根本看不见黄河。但是诗人的眼睛比我们要好一些,诗人的眼睛可以视及千里,在庐山看瀑布时李白也是这样,善于想象正是他的特色。这句诗很令人振奋,黄河之水从天上下来,一泻千里,可是"奔流到海不复回"了。这个完了,这下不好了,奔流到海不回来了,那岂不是跟我们的人生一样,从年轻到衰老再不可能返还了?所以这个时候又有点抑郁了,刚才那么乐观,现在又悲观了。再来,"君不见,高堂明镜悲白发,朝如青色暮如雪",这个时候开始感伤了,他说我有白头发了你看看,高堂明镜本来很好,住在高大的房子里对着明亮的镜子,这是应该高兴的,但是一看到镜子里头发都白了,富贵利禄也不可能永远享受了,这不是要悲伤吗?没关系,不用悲伤,及时行乐吧,他安慰自己,"人生得意须尽欢,莫使金樽空对月",趁着现在还活得好好的,赶快喝酒玩乐吧,不要辜负了大好时光。这样想对不对?这也对,也是一种自我调节、自我安慰。然后他还要继续亢奋、继续乐观下去,"天生我才必有用",别看我现在处于人生的低谷,受到挫折了,我还要打起精神来,早晚会被重用的。"千金散尽还复来",所以我现在花点钱怕什么,"烹羊宰牛且为乐,会须一饮三百杯",你还在乎啥啊老岑,赶快把你的羊和牛再杀几头,我还没吃够喝够呢,你别在那儿舍不得。可能喝得都要酒疯了,人家说别喝了,别吃了,

第十讲 盛唐气象与少年精神——李白及其诗歌艺术欣赏

咱们今天就到此为止吧,他说你小气鬼,去杀牛宰羊吧,谁知道明天我们还在不在。"会须一饮三百杯",今天我还没喝够,我们还得喝三百杯!他看见人家好像有点不太响应,就站起身来唱,劝他两个哥们,"岑夫子"是尊称,应该是比他辈分稍微高一点或者年纪大一点的人,而"丹丘生"那是个小伙子,"将进酒,君莫停",你们都满上,不要停下来,我要告诉你们继续喝酒的道理。"钟鼓馔玉不足贵",权贵之家的珍肴美食、荣华富贵,那都不算啥,"但愿长醉不愿醒",我只要喝醉了就不愿意醒来,世界上很多龌龊的事情就是权贵之家干的。"古来圣贤皆寂寞",你看看,自古以来哪个仁人志士不是活着的时候很寂寞、很受挫啊,他们哪有富贵荣华的?都被奸臣陷害了。而且我告诉你"惟有饮者留其名",以前会喝酒的那些,像刘伶、阮籍、嵇康,这些人都留名青史了,那些权贵们,小地主、大地主有几个留下来的?没听说过!所以我们想留名千古,喝酒也是一条道儿!再看,"陈王昔时宴平乐",陈王曹植在平乐宫请大家喝酒的时候,"斗酒十千恣欢谑",一斗酒十千,比现在的人头马贵多了,人们都是敞开了喝,尽情快乐的。再看看你这个小气鬼,"主人何为言少钱",仨瓜俩枣的还舍不得让我们喝。你说你没钱,"径须沽取对君酌",你就去打酒来吧,不想出钱了没关系,把我的五花马牵出来,五花马就是带着花纹的那种西域产的名马,我还有一个裘衣,你把我这些拿去换酒去。"与尔同销万古愁",总之我的名马裘衣都不要了,只要此刻能够借酒消愁就可以,能让我今天快乐一天,把一肚子的不合时宜、忧愁愤怒全部抛开,值了!

大家看,这首诗写得好不好?太好了!他的怀才不遇不像一般人,哎呀,我不行了,我怎么这么倒霉,我这辈子简直

糟糕透顶了,怎么这么生不逢时呢。李白不一样,他在悲哀之中、颓丧之中能再次振起,能够自我安慰,能够始终对前途充满希望,对人生充满憧憬,他奔涌跌宕的感情激流,大开大阖,一会儿悲观一会儿又能重新乐观。这本身就是一首歌,写得多好,鬼斧神工,散中有整,有的句子那么长,有的句子又是对偶的,完全是根据他的感情节奏自然抒发的。

所以后人说李白的诗是不能一字一句拿出来欣赏的,叫做"不能句摘",不能说李白这个"钟鼓馔玉"的"馔"字用得好,不是这样的,李白是有一种气势,"他人作诗用笔想",其他人作诗就是拿着笔苦思冥想的,"太白但用胸口一喷即是",李白是用胸口这么一喷就出来了,他是感情激愤到一定程度就会喷薄而出的,所以这种诗才是李白诗歌最典型的代表。

下面我们再看他的一首诗,还是跟喝酒有关的,《月下独酌》:

> 花间一壶酒,独酌无相亲。举杯邀明月,对影成三人。月既不解饮,影徒随我身。暂伴月将影,行乐须及春。我歌月徘徊,我舞影零乱。醒时同交欢,醉后各分散。永结无情游,相期邈云汉。

刚才是三个人一块儿喝,现在是在月色皎洁的夜晚,李白同志在花园里想要喝酒了,可周围没人怎么办,他就一个人喝,我们来看他是怎么喝的。

"花间一壶酒",在花好月圆之夜有一壶美酒,不喝太对不住这么一个良辰美景了。"独酌无相亲",在我们老家有句话,"一人不喝,二人不拳",为什么呢?一个人喝酒,你喝醉了都没人扶你,两个人呢,俩人猜拳不是你赢就是我赢,肯定

第十讲 盛唐气象与少年精神——李白及其诗歌艺术欣赏

要打起来。李白现在就是一个人,找不到好朋友一起喝酒了,怎么办?李白有办法,他"举杯邀明月",天上不是有一个吗?月亮还不算好朋友么?从他年轻的时候月亮就一直伴随着他出川,伴随着他离开家乡,像《峨眉山月歌》《静夜思》,李白诗里经常写月亮,月亮简直就是他的老朋友。一个人加上一轮月亮还是不够热闹,得再来一个,"对影成三人",月亮下自己的影子在那儿待着呢,好,这次三个了,勉强凑够了。可是喝着喝着又觉得不对了,这两个家伙不好好喝,"月既不解饮",我给月亮倒了一杯,我自己喝了好几杯,怎么月亮一杯不喝啊,看来他酒量不行。影子也一样,我给影子倒一杯,他也不喝。李白就开始对这两位不满了,可能你们不懂得喝酒的真谛吧,我来给你们讲讲。李白就叫这两个,"暂伴月将影,行乐须及春",说我勉强跟你们两个一块喝,你们得明白要趁着这大好的春色及时行乐啊,赶快喝吧,再不喝年老了体弱了,糖尿病什么都来了想喝也喝不成。像杜甫就是糖尿病,这叫消渴症,他后来就不能喝酒了,《登高》里边他自己也写了,医生不让他喝,他也没办法。在李白的劝说之下,那两位终于也开始行动了,三个人挺热闹地喝起来了。"我歌月徘徊",我在月下唱着歌,月亮也动起来给我伴舞了,"我舞影零乱",影子也随着我一块跳呢。"醒时同交欢",我清醒的时候这两个跟我一起欢乐,高兴得不行,月亮在天上走,影子在地上飘,我也在那儿唱啊跳啊,大家都很高兴。"醉后各分散",醉了以后就不好了,这几个家伙离我而去,我醉了也看不见月亮了,也看不见影子了,这两个家伙怎么能跑了呢?不行,得告诉他们,"永结无情游,相期邈云汉",虽然现在我要醉倒了,你们两个离我而去了,但是我相信我们还会再会的。再次相会是在什么地方呢?在天上!李白写得这个诗多好啊，他这种想象多有趣，多神奇。

李白的诗歌艺术就先讲到这里，理论的东西就不再给大家讲了，谢谢大家！

第十一讲　诗圣杜甫及其诗史精神

杜晓勤

我们今天继续来学习唐诗。大家知道,盛唐时代可以说有三位大诗人,一位是李白,一位是王维,还有一位就是今天要讲的杜甫。这三位诗人虽然都经历了盛唐,但是他们的差别很大。

盛唐诗歌其实可以分为前后两个时期,前一个时期是开元诗坛,开元诗坛的时候是太平盛世。唐玄宗刚刚登基之后励精图治,政治清平,官员比较廉洁,经济发展蒸蒸日上。但是到了开元晚期的时候,李林甫排挤走了张九龄,开始了专权。这种奸臣专权就导致了政治腐败,使得许多贤人、文士都被排挤出朝。到了天宝年间就更恶化了,原来的那种广纳贤良政治风气就变成了妒贤嫉能,人才受到压制,政治生态急速恶化。所以从开元后期一直到天宝年间,在这一段时期内走上诗坛的诗人,他们所感受到的是和开元大不一样的政治风气,因此他们的诗歌创作也发生了变化,由原来的心平气和、积极进取、热情洋溢变成了这一时期的抑郁愤懑、怀才不遇,同时他们对政治的批判力度也加强了。而其中反映社会问题、政治问题、经济问题最为尖锐、深刻的诗人,就是我们今天要讲的杜甫了。

杜甫的诗歌反映了从天宝中后期一直到安史之乱这段

时间的历史变迁,他把那种社会巨变都深刻地展示出来了。再加上杜甫的诗中充沛着一种民胞物与、忧国忧民的仁爱精神,所以被当时的人称为诗史。闻一多先生就说,我们的生活如今真是太放纵了、太夸妄了、太杳小了、太龌龊了。因为我们自己生活在这样一个社会,这样一个时代,社会运转正常,老百姓生活安定,无论是经济、还是政治、还是文化都在平稳向前发展,而杜甫的那个时代不一样,太肮脏了。我们读杜甫的诗,一比较就会觉得和当时的社会相比杜甫是多么的高尚。我们今人也很难达到杜甫的思想境界了,和杜甫一比我们太过于世俗,乃至于有些想法显的太杳小、太龌龊。

那么杜甫是怎么具有这么高的思想境界的?

我们首先来看看他的思想根基。仁民爱物的儒家思想可以说是杜甫最主要的根基,我们以前讲李白的时候说到过,李白是兼有诸子百家的,尤其受纵横家的影响,有任侠,也有隐逸求仙,他会选择以这样的一种方式作为自己求取功名的途径。李白的人生理想是要为帝王师,然后功成身退。杜甫不一样,杜甫的思想也是博大精深的,在年轻的时候他也曾修道求仙,对佛教的教义也有过领悟,但他仍然是以仁民爱物、致君尧舜为终身追求的。

杜甫的这种思想来源有三个方面,第一个是时代精神的影响,也就是初盛唐时期的文人政治与文儒思想。

李唐王室虽然尊老子为先祖、道教为国教,但初盛唐的皇帝无论怎么尊道教、道家,都不可能真的抛开儒家政治思想,他们都在不同程度上尊崇着儒家。大家都知道贞观之治,开创贞观之治的唐太宗就深晓水能载舟亦能覆舟的道理,他坚持的是一种比较有积极意义的儒家民本思想,就是以仁义为治。当然,我们这说的是唐太宗中前期,到晚年的

第十一讲 诗圣杜甫及其诗史精神

时候他也有一点懈怠。总的说来,在中国古代那么多的皇帝中,他做的已经是相当好的了,在大部分的时间都能够虚心纳谏,闻过则改。而当时辅助他的贤臣魏徵、房玄龄等也能够尽臣子之忠,直言进谏,基本达到了荀子所说的"从道而不从君",皇帝的想法、做法、说法如果不妥当的地方,他们马上就会给指出来,甚至可以选择不奉诏,不去执行皇帝那些不合理的命令,这在中国的历朝历代都是比较难得的,这两位臣子就是我们中国历史上少有的直臣、正臣。唐玄宗在开元初年的时候也是励精图治的,他重用了姚崇、宋璟来推行仁政,这两位能臣主攻经济,他们在完善正常的社会秩序、提升国家的经济实力,以及整顿官僚贪腐等方面,起了很重要的作用。如果没有他们改变武则天时期那种求官、卖官、滥封官职的风气,没有改变武则天时期重用特务、酷吏来治理社会的邪政,开元盛世是根本不可能出现的。在唐玄宗早期,他既起用了这种主攻经济建设、政治生态的大臣,又在开元十四年的时候重用了主攻礼乐教化的张说,大力推进文化建设,提倡文学、儒学和经学,恢复了经学考试在当时的权威性,还使太学国子监开展起了学术教育活动。唐玄宗此时实行的是文人政治,他们尊崇文儒,信服礼乐,有姚宋这样的贤臣尽心辅佐,推隆儒家教化,终于出现了二十年左右君明臣贤的开元盛世,其实一直到天宝中前期,也都还算马马虎虎,我们今天说的开天盛世实际上就是开元和天宝前期的通称。宋代的史学家范祖禹就说,"唐之儒学,惟贞观、开元为盛"。这里面最重要原因的就是重用人才,有所谓的"贞观十八学士"之盛,这一点至今还在为人津津乐道。

杜甫对贞观年间的那个君明臣贤的盛世非常向往,他从小的政治理想就是做一个像魏徵、房玄龄那样的人,甚至要做上古时期皋陶一样的贤臣,去辅佐尧舜一样的明君。所以杜甫说"眇然贞观初,难与数子偕",他说遥想贞观初年,有那么些位忠臣、直臣,"难与数子偕",我今天是比不了他们了,不敢和他们并列。他又说"磊落贞观事,致君朴直词",那些大臣光明磊落、尽心为国,所以他们的忠谏之词很朴实、忠义。后面又说"呜呼房魏不复见,秦王学士时难羡",那个令人神往的时代现在很难再有了。所以杜甫的政治理想和李白不一样,李白的政治理想是想当姜太公、想当谢安,建立那样的功业。想当姜太公就得盼着有一天皇帝能一下子发现他,然后就重用他,让他建立奇功,最终再功成身隐。李白就是这样的人,他总想建奇功,必须是一般人建立不了的那种惊天动地的伟业,然后很潇洒地离开,功成身退。杜甫不是这样,他只要进入朝廷了就一生忠心报国、致君尧舜,杜甫没有李白那样潇洒,但比李白要执着的多。

再有,杜甫出生成长的地域也具有很强的儒家文化色彩。杜甫出生在河南巩县东二里的窑湾,那里在当时属于山东文化圈。我们这里说的山东是指崤山之东,可不是今天的山东省。从南北朝后期到唐初,当时的文化区域大致可以分为三块儿,一个是"江左文化",就是淮河以南长江一带,那一带是以汉族大地主南迁之后的江南士族为主,他们是以学术、艺术、诗歌创作为重心的,吟花草弄风月,生活比较富足闲适,也有些不思进取。这就有点儿类似于我们现在说的"八旗子弟"了,到最后就弄得越来越腐朽,免不了没落的命运。还有一部分就是现在我们要介绍的山东了,所谓的"山东旧族"指的是现在河南、河北、山东、江苏的北部这几个地方的人,原来的一些汉族大地主继承了东汉那种儒家经学思想,并且比较经世致用,不完全把儒家当作纯学术看,而是当

第十一讲 诗圣杜甫及其诗史精神

作一种实用之学。他们的进取意识往往比较强，而且是以经术进身的。还有一个就是关陇军事集团，在今天的陕西、甘肃、宁夏这一带，李唐皇室和隋代的皇帝都是从这个集团里面崛起的，带有明显的胡汉杂居色彩，是少数民族和汉族混杂在一起的，所以骁勇善战，都不喜欢文学和文化，特别擅长打仗。

隋唐两代的开国皇帝文化程度都不怎么高，隋文帝是这样，唐高祖也是这样。唐高祖是凭借着关陇军事贵族的支持得到天下的，可是马上得天下，马上不能治天下啊。所以到了第二个皇帝唐太宗的时候，他再治天下就要用那些山东文士了，他的二十二名宰相中山东人占了一半，大都是河南、山东、河北、山西东北部的人，其中最重要的大臣像魏徵、房玄龄、马周等都是山东人。武则天时期的重臣，像狄仁杰、郭元振也都是山东出来的。山东人比较耿直，比较重仁义、忠信，这些性格特点在当时都是比较突出的。

随着开元前期的儒学复兴，君臣关系重新得以建立。山东地方的文士多走儒家修身齐家治国平天下的人生道路，到开元末年的时候，当时的诗坛上崛起了一大批山东诗人，根据全唐诗小传统计，盛唐一百零一位诗人中出自山东地域的就有四十三名，比如说高适、岑参、王维、崔颢、王维、祖咏、李颀、王翰、刘长卿等等，而且他们可都是第一流的著名大诗人。这些山东人最擅长的就是把儒学精神和文学风雅结合在一起，通过诗歌文学作品来表达自己经世致用的人生理想、忧国忧民的爱国情怀，这是当时山东诗人比较重要的一个创作特点。所以在这样的文化氛围中，杜甫自然就从小开始希望自己能以文学经术立身，然后入仕做官、实现政治理想了。

第三,杜甫他们这个家庭氛围也很特殊。杜甫认为我们杜家是圣人陶唐氏的后代,具有源远流长的家族文化传统,所以家风非常纯正,家学非常悠久。他说我们杜家是传之以仁义礼智信、列之以公侯伯子男的。这个仁义礼智信既是儒家思想强调的,又是杜家的家族文化传统。而公侯伯子男呢,既是当时要实现政治理想的必由之路,又是杜氏家族重视建立功业的体现。为什么说是实现政治理想的必由之路呢,因为如果你不当官、不封侯晋爵,怎么可能实现政治理想?隐居起来,到山里当高僧、高士能行吗?不可能。同时杜家人也很重视通过这种途径建立起来的功业。古人说,太上立德,其次立功,最后立言,所以最好的肯定是要立德,但是立德也要通过立功、立言来实现,离开了立功、立言,要想立德就比较难了。因此我们说,杜家奉儒守官的政治文化传统和未坠素业的家族责任感对杜甫的影响是非常大的。

杜甫曾经给唐玄宗写过一篇文章,叫作《雕赋》。他要把这篇《雕赋》敬献给皇帝,所以在开头部分就先说,"自先君恕、预以降,奉儒守官,未坠素业也。""奉儒守官"就是说,要通过做官来推行儒家之道,他杜家的先祖杜预正是这样的榜样,那是一位忠臣,文武双全、功业卓著,不但在军事上建立了很大的功业,而且在学术上也很有成就,注了《春秋左传》。这个人足智多谋,学识渊博,号称"杜武库",就是他的胸中好像是兵甲器仓库一样,简直要什么有什么。所以杜甫在祭奠自己的先祖杜预时就曾经告诫自己不能忘本。杜甫说自己家是"未坠素业",自杜预以来杜家的那种奉儒守官的家族文化传统一直没有中断,但是他实际上已经在暗暗担心了,如果到他这个时候再不努力的话,自己的家族传统恐怕就要断绝了。所以杜甫自小就有很强的家族责任感和使命感。他

第十一讲　诗圣杜甫及其诗史精神

说"臣之近代陵夷，公侯之贵磨灭，鼎铭之勋不复照耀于明时"，就是我们家在近代以来几乎就再没有谁被封过什么公或侯的爵位了，也没有什么能够被刻在鼎上、碑石上的不朽功勋了。这太可惜了，我杜甫就得有这种担当，初唐以来杜家担任的官职越来越小了，杜甫是非常有危机感的。这个就是他从小继承下来的奉儒守官的家族传统，他始终有一种绍兴家业的人生理想。

由于深受这些因素的影响，杜甫形成了比较独特的人生取向、政治品格和史学观念，所以他和一般的盛唐文士不太一样。杜甫不像当时的许多人一样，科举不成就要从军边塞，或者当隐士求名誉，走一条终南捷径。杜甫不会这样，杜甫一生只认一条路，就是凭"经术进身"，要走科举。我们以前讲李白的时候说过，李白是变来变去的。这一点上是很有意思的，李白和杜甫正好是相反的，李白一辈子坚决不走科举。这两个人走向了两个极端，一个是太崇尚自由了，要保持独立的人格，一个是太正统、太执着了，一定要走经学正统的道路。杜甫对立功边塞、隐逸求名都不感兴趣，他一开始就要考进士科，因为他认为进士科最符合他的要求，他是"窃比稷与契"的，有着做宰相大臣的远大理想，而当时的宰相几乎没有谁不是进士出身。既然当时做宰相有这样的成例，那么怎么办呢？你既然想当宰相，而宰相必须从进士里出，那杜甫就死一条路了，我就专攻这一条进士科。

可惜进士科失败了，失败之后他自己提高了规格，一般的考试我不参加了，只参加皇帝恩准特许的特别考试，叫"制举"，制举不是每年都有的，甚至都不是经常有的，只有什么时候皇帝心血来潮了，突然想选拔一个特殊人才了才会举办这种特别的考试。那这个考中了以后可了不得，就可以直接

进入上层政治机构了,只不过它的难度比进士科更大。杜甫参加制举又没考上,这下子可真的着急了,更加提高了规格,干脆不考了,我直接写文章把自己的治国方略、对社会政治的看法写成文章给皇上看吧,比如说《雕赋》就是这样的文章。当时长安的东市和西市各设有两个大铁柜子,叫作延恩柜,就是说皇帝的恩泽要延到大家的身上。唐朝的这个办法还是不错的,大概每隔一个月,宫里的太监就会带着钥匙把锁打开,好像我们的信访信箱一样,你写好东西塞进去就不用管了,会有专人一个月左右来一回,把大家放在里面的东西转给相关部门处理。像那些毛遂自荐的、出谋划策的,一般皇帝都要亲自看一看,杜甫反复投了好几次,把他"会当凌绝顶,一览众山小"的远大抱负都写进去了,终于有一天宫中来人通知他皇帝看见他的文章了,杜甫当时正住在南城,他得了消息之后高兴得不得了,觉得自己的理想抱负就要实现了。

大家看,杜甫给自己设定的规格可是一个比一个高。先是参加正常的进士考试,正常考试不行再参加特别的制举考试,制举考试还不行就自己去毛遂自荐,直通唐玄宗。所以他的理想是很高的,他所推崇的历史人物都是杜预、诸葛亮那些,当朝的偶像就是魏徵和房玄龄,他希望唐玄宗做一个明君,他自己当贤臣,推行教化,移风易俗,"君臣当共济,贤圣亦同时。"他的设想很好,现在的皇帝挺不错,我本人也不错,你重用重用我,我们两个君明臣贤,留下一段千古传颂的政治美谈多好。这就是杜甫对自己人生的设想,他一直都在朝着这个目的努力。大家看,杜甫既有高远的政治理想,又有过人的文学才华,他是不是一个完美的人?简直完美了,他自己也认为很完美,一定能做一个贤臣。

第十一讲 诗圣杜甫及其诗史精神

但是很可惜啊,这么一个完美的人一生却不太顺利,甚至让后人觉得他的一生是一个令人唏嘘感叹的人生悲剧。因此杜甫就把自己这一生的命途多艰都写到诗里去了,他有满腔的热忱和愤懑,想将国家的前途和个人的命运合二为一,高度融合在一起,把那些或隐或显的阶级矛盾、社会矛盾、政治矛盾都深刻地揭示出来,这样杜甫的诗就具有了一种诗史的品格,他像史官一样擅长使用春秋笔法,有褒有贬地记述史实、反映社会。

我们再来看看杜甫的一生,我们大致可以把他分为六个时期。读书万卷、壮游名山大川,是在他的青少年时期。这个时期的杜甫非常好学,这个孩子比较早熟,李白说自己是"五岁诵六甲,十岁观百家",李白已经挺聪明的了,杜甫更聪明,他不但是从七八岁上就开始读书了,而且读得很好,简直是"读书破万卷"。这些都是他自己说的,唐朝的人向达官显贵干谒求职时都会写一个自荐信或者自荐诗,那里面就得说我自小以来怎么样了不起,我们家是怎么怎么样不凡的,我又如何如何的努力有才,人人都是这么说的,如果你不这样说那么就亏大了。

而且杜甫说我不但会读经书,我从小的艺术修养也很高,比如后来杜甫在《壮游诗》里面就回忆了,他说我六岁的时候曾经在河南许昌观看过公孙大娘舞剑。公孙大娘是盛唐初期最有名的一个女舞蹈家,我们现在也有很多的舞蹈家,大家比较熟悉的可能就是跳孔雀舞的杨丽萍了,但是这位公孙大娘好像比我们的杨丽萍还要了不起,公孙大娘的舞跳得更热烈、节奏更快。杜甫当时是一个六岁的小男孩,被家长带着挤进了人圈,在大广场上一看,啊呀整个人都惊呆了,简直看傻了。杜甫说"昔有佳人公孙氏,一舞剑器动四方,观者如山色沮丧,天地为之久低昂",过去我曾经看到过一个漂亮的女子,那就是公孙大娘,她戴的帽子是尖尖的,那是少数民族的东西,叫做浑脱,手上拿着长剑,这种舞跳起来可能有点类似新疆舞。"观者如山色沮丧",每个人看的时候都看傻了,没有任何表情了,"天地为之久低昂",好像天都低下来了,云也都不走了。"㸌如羿射九日落",公孙大娘的剑一舞,就好像后羿射日一样,一挥手天上的九个太阳就掉下来了。"矫如群帝骖龙翔",她腾挪跳跃的时候身姿轻盈,一下子跃出去老远,就好像是天帝驾着天龙在天上游走一样。"来如雷霆收震怒",又转身跳回来的时候就好像是天上打雷了,突然一下就停了,不再动了,"罢如江海凝清光",最后她一定场,好像江海都不动了,之前的波浪翻滚都停住了。

杜甫写得太好了,根本不比李白差。李白擅长写的那些是夸张,而杜甫不用夸张,他用的是比喻,其中也发挥了一些奇特的想象。这是一个六岁的小男孩看到的,这种刺激可是太大了,以前哪看过这种舞蹈啊?从来没看过。好比我小时候是农村小孩子,一进城就看傻了。总之杜甫说我从小的艺术修养就是很高的,这是他最初获得的艺术审美,看人家跳舞太美了,太出神入化了,太令人难忘了。

另外,他还听到了当时的一个最有名的美声歌唱家李龟年的歌声,他是当时的歌舞团团长,有点类似我们那位最有名的歌唱家,帕瓦罗蒂,都是美声唱法。杜甫小的时候到姑姑家去串门,曾经听李龟年唱过一次,印象非常深刻。后来安史之乱爆发了,他流浪到江南去,又碰到了李龟年,写了《江南逢李龟年》这首诗,杜甫回忆说李大师啊,我小的时候曾经听您唱过,可惜现在安史之乱已经爆发了,再也没有小时候的美好回忆了,太平盛世再也不会回来了,所以两个人

第十一讲 诗圣杜甫及其诗史精神

都特别的感伤。

而且杜甫还见过当时最伟大的一位书法家张旭,他亲眼见过张旭表演书法创作。盛唐人都是个性鲜明、自由潇洒的,比如刚才的那位公孙大娘,属于神龙见首不见尾,让杜甫印象非常深刻。而草圣张旭又使杜甫惊呆了,张旭不光是书法写得好,他还特别喜欢喝酒。这个张旭不是北方人,他是扬州人,他特别喜欢喝醉了酒以后写字。张旭写书法之前首先要喊,喊了以后还要乱跑一通,然后借着跑的酒劲儿再开始写,或者写在纸上,或者就写在墙上和地上了,甚至还把脑袋都栽到墨汁里面去,用他的长头发蘸墨来写书法。等他酒醒了以后自己一看,啊呀写的真是好,简直就是神仙写的字,不可复得。普通人眼里看着简直是张疯子,杜甫在诗里面是这么写的,"张旭三杯草圣传,脱帽露顶王公前,挥毫落纸如云烟"。

此外,杜甫还看过当时的一位男舞蹈家裴旻舞剑,这个裴旻和公孙大娘可不一样,公孙大娘是一种剑舞,这是剑道表演。我们以前学李白的时候知道,李白曾经跟他的老乡学过剑道,"抽剑步霜月,夜行空庭遍",李白在十几岁夜里也不睡觉,天天等爸爸妈妈睡着了,他就一个人跑到庭院里面去,在皎洁的月光下练剑。虽然杜甫不会舞剑,但他看过名家舞剑哦,裴旻舞剑在当时是非常著名的。

所以杜甫就说,我从小的艺术修养很全面,搞素质教育我们家很成功,在我六岁的时候就见过大世面了,家长领着去看过公孙大娘舞剑,然后到姑姑家去又见到了李龟年唱歌,又不知道在什么地方看到过张旭用头发写书法,还远远地看到过裴旻在那表演剑道。杜甫真的觉得非常自豪,就像现在我们小升初的时候,也要小朋友写自己懂些什么、学过什么,什么钢琴九级啊练过跆拳道啊,都要写上,杜甫也是这样。

　　杜甫说,"七龄思即壮,开口咏凤凰",他说我七岁的时候就可以写诗了。唐朝人特别喜欢说自己七岁的时候就写会点儿啥,比如骆宾王的"鹅鹅鹅,曲项向天歌"。七岁的小孩子写只鹅我觉得可以理解,七岁的小孩子大概比鹅高不了多少,如果对鹅不好的话它就会来咬你。所以七岁的一个小孩子写鹅还是算正常的,杜甫的家乡肯定也有鹅,他七岁的时候应该也见过。但是杜甫的第一首诗写得很奇怪,我觉得这个孩子跟一般的孩子实在是不一样,他的脑子里不知道在想啥,怎么小小年纪就都是儒家和孔子呢?传说文王出山的时候有岐山凤鸣,所以凤凰就成为了儒家的一种图腾。可能是从小家里老人当故事讲给他的吧,或者可能是他们家挂的有这种画,甚至他妈妈睡的雕花床上说不定就有凤凰。总之不管为什么吧,杜甫从小就才能超凡,七岁的时候他写了第一首诗,主题竟然是写凤凰的。现在七岁的小朋友可能还说不清楚凤凰是个什么东西吧?其实我估计自古以来恐怕就没人见过它,它只是神话传说中的一种珍禽,是一种代表祥瑞的鸟,只有在政治清平的时代才会出现。杜甫肯定也没有见过真的凤凰,他就是凭借自己的想象在那儿写。我们今天不知道他这首诗到底写怎么样了,反正是没有传下来。杜甫说的也并不是自己七岁的时候诗写的多么好,他的目的就是告诉大家他小小年纪,诗里面不写鸡不写鸭,写的是凤凰。

　　"九龄书大字",九岁的时候他就开始写大字了,这是正儿八经地开始进行书法学习了。而且"有作成一囊",小杜甫是有书法作品的,这可就厉害了。九岁的杜甫小朋友参加了全国书法大赛,而且参赛的时候拿了一麻袋作品去参加。这

第十一讲 诗圣杜甫及其诗史精神

个书法大赛可是李邕主持的,这个李邕不一般,他是当时全国最有名的资深书法家,还担任书法家协会的副会长、常务理事长。李邕是唐代写碑体写得最好的人,他经常给人家写墓碑。我以前讲过,李邕的稿费是全国最高的。我们今天这里的字是汤一介先生题的,他的字也是好的,但是市场价值可能要差一些了,做个纪念还是可以的。李邕看到了杜甫的书法作品很惊讶,竟然从京城跑到河南去寻访他了,听说你们这个地方有一个书法神童,这个杜甫小朋友才九岁,字写得太好了!大家觉得有没有这种可能性啊?如果杜甫真这么厉害那他就不当诗人了,他就变成了盛唐的大书法家了。这显然是吹牛,其实我们杜家就是喜欢吹牛,杜甫的爷爷杜审言在世的时候号称天下诗人第一,大家想想啊,是古今以来诗人的第一名,除了屈原就是他。当时杜审言病重在床,他的几个好朋友知道老杜要死了,大家商量,说我们朋友一场,他今天要走了,我们去看他最后一眼吧。大家到了他的病床前,杜审言躺在床上,本来是有气无力的,突然看见几个老朋友来了,他就来了劲儿了,说我死了以后你们肯定特别高兴吧。这是什么话啊?朋友们都说,老杜啊你怎么这么说,我们哭还来不及。杜审言说不对,你们四个肯定特别高兴,因为我一死你们就有出头之日了,因为我诗做得太好,压你们压太久了。这就是杜甫的爷爷临死之前跟老朋友们说的话,临死前还在吹牛夸大。杜甫当时是一个九岁的小朋友,书法协会的秘书长竟然千里迢迢来寻访他,说杜甫啊,你的书法真了不得。这显然是吹牛。

下面的就更是吹牛了,"王翰愿卜邻",这个王翰是开元年间一个很有名的边塞诗人,大家都知道他的《凉州词》,"黄河远上白云间,一片孤城万仞山"。这个王翰要学孟母三迁

一样,专门要住到一个特别有修养、有成就的人家附近,跟人家做邻居去。现在不是孟大妈带着小孟子要找著名的贤人,去人家家附近住了,而是一个四五十岁的中年人带着自己的老婆孩子要搬家,要搬到小杜甫家旁边去,大家想想可能吗?反正死无对证了,这是杜甫后来四五十岁的时候写的,这能相信吗?

再看下面的,杜甫长到了十九岁的时候就开始漫游了。杜甫说我小时候也不像你们想象的那样儿正儿八经,我们今天一提起杜甫就是个忧国忧民的老头儿,杜甫也不是一生下来就是个小老头一样的。杜甫这个人爱夸张,他说自己七岁的时候就像个小大人,会咏凤凰。等会儿跟朋友们到一起吹牛了,又说我其实童心未泯,很孩子气,我调皮捣蛋的时候也不比你们差。是啊,到哪个时候他都不能承认自己比别人差的。他说我到十五岁的时候还能一天上树几回呢。杜甫他们家门前有棵大枣树,十五岁的时候还"健如黄犊走复来"。我那个时候健壮的很,身手敏捷的就像小黄牛一样,跑里跑外的,弟弟妹妹哭着要吃枣,那我就上去采枣,一下子就爬到枣树上面去了。不过枣树也不可能太高,最高也就是两三米撑死了。然后"一日上树能几回",因为她妹妹比较讨厌,早上吃完枣还不够,中午又要吃枣,到了傍晚的时候弟弟也要吃,他就又爬上去。所以说杜甫年轻的时候真的不是一个小老头,我们今天对他的印象有些过于刻板了,他其实挺活泼的,也有很阳光、很天真的一面。

杜甫十九岁的时候就开始漫游了,大概相当于我们今天人的出门旅游吧。这个是盛唐时盛行的风气,盛唐人在二十岁前后一定会离开家、离开父母的,辞亲远游,漫游天下,遍访名山,读了万卷书还要行万里路。盛唐人这一点非常好,

第十一讲 诗圣杜甫及其诗史精神

我们在座的就有很多家长同志,现在的很多家长不太好,经常不放心自己的孩子一个人出去,怕有危险。你们看唐朝的时候我们就是让孩子一个人出去锻炼、游学的。日本也是这样,日本在初中、高中的时候都会有游学,游学一般都是两个星期到一个月,这些时间都不上课,向学校请个假,说我最近准备跟两三个同学一起去遍游日本,然后自己拿着学生证,带着一点儿钱就可以出发了。可能是坐着最便宜的车,住着最便宜的学生旅馆,反正是到处漫游长见识,一般在他们上大学之前都会出去两到三次。盛唐的时候也是这样,杜甫就出去漫游了。他这次去的是江浙一带,"东下姑苏台,已具浮海航",就是到了苏州这里来,还曾经准备驾船出海去。"至今有遗恨,不得穷扶桑",他就是有一点太遗憾了,一直耿耿于怀,那个时候我怎么没能到日本去跑一趟呢?那个时候的人大概有两个理想,一个是出国理想,主要是到日本去一趟,因为日本在那个时候就是和我们交往非常密切的周边国家了,它受汉文化、唐文化的影响非常深。而且唐朝人想象的日本附近是有仙山的,李白就说"挂弓扶桑"。另外,唐朝人还有一个理想,就是到西域之类的地方去从军打仗。

到了开元二十三年,也就是杜甫二十三岁的时候,他从江南跑回来了。杜甫一共在江南待了四年,一路打工、一路打秋风,这么一路漫游着从江南赶回洛阳参加科举考试。那个时候的总考官名字叫孙逖,这个人特别的重视儒学,不太喜欢文人,文人写的辞赋成天吹牛夸大,他觉得不靠谱,他比较喜欢认真读儒家经典、老老实实弘扬儒家之道的经生,杜甫显然不是这样的人。杜甫想要实现的政治理想虽然是儒家的,但他并不是一个能够皓首穷经的腐儒。当然他后来也说过自己是"腐儒",但他那个"腐儒"是迂腐的腐,并不是用

心做儒家经书学问的人。所以杜甫没能考上,第一次没考上不要紧,年轻人不怕失败,反正无所谓,继续去漫游吧。

杜甫他们家东北边的是齐地和古赵国,于是他说"放荡齐赵间,裘马颇清狂",多么快意啊,二十四五岁是人生最好的时光,穿着皮袍子骑着快马在山间奔跑,在集市上狂饮、歌唱,"春歌丛台上",还跑到名胜古迹去抒发思古之幽情。"冬猎青丘旁",冬天的时候开始去打猎,好像我们今天和朋友一起去打高尔夫一样。"呼鹰皂枥林",打猎时要把鹰放出去,让鹰追着野兔子跑,然后再射箭。还有"逐兽云雪冈",追着那个野兽跑,跑到高高的山岗上面。杜甫当初的人生也很快意,年轻的时候日子真不错,大小也算是富家子弟,因为他的爸爸还是当过县令的,叫杜闲。在这段时间杜甫还跑到了泰山去望岳,"岱宗夫如何,齐鲁青未了。……会当凌绝顶,一览众山小",这可是他第一次高考失败时写的诗啊,根本看不出来他失败过,反正年轻,失败一次还有第二次,这次不行了第二年再考。而且第二年我还不考北航了,我要考北大清华,标准提高了,第二年再不让我考上我就直接去考国务院大学。所以杜甫年轻时也是很厉害的。在天宝三载的时候杜甫来到了洛阳,这个时候他正好碰到了被皇帝从宫中放还的李白,这两个人就走到一起来了。李白和杜甫的这段交往是被今人津津乐道的,但是大家请平心静气地想一想,这个时候的杜甫才二十多岁,李白可已经四十多岁了,两个人相差了大概十二岁。大家想一想,一个四十岁左右的人,和一个二十七八岁的小伙子,这两个人的身份和社会影响力也是完全不一样的。杜甫那个时候顶多是在洛阳附近小有名气,是一个地方小诗人,大概相当于是河南省洛阳市诗人协会的一个会员。而李白这个时候是什么身份呢?他写的诗受到

第十一讲 诗圣杜甫及其诗史精神

过唐玄宗的称赏。李白已经二入长安了,对长安政坛,甚至宫中的内幕都已经了如指掌了了,被皇帝赐金放还,有满腹的牢骚、愤懑,而杜甫连长安还没有去过呢,更别说见皇帝和知道宫中的事情了,就是一个初出茅庐的小伙子,满怀着希望和向往。

虽然他们有这么大的生活经历上的差距,但是这并没有妨碍两个人做朋友。李白自己说过,无论是老幼妇孺,只要是跟自己见面了,他就愿意跟大家做好朋友,他跟谁都能够一见如故。杜甫一见到李白,对他是非常尊敬的,因为早就听说过这是著名的大文豪李白。可是李白说了,哥们儿别这么说,咱们今天一见面就是朋友了,有缘千里来相会嘛。而且两个人都写诗,特别有共同语言,于是杜甫就向李白讨教作诗。其实我觉得李白根本不会教他怎么写诗的,因为李白的那个诗也没法学。但是杜甫确实是很认真、很好学的一个人,不管李白教不教,他天天追着李白问怎么写诗也是有可能的。这就是这两位大诗人的见面。

闻一多是唐诗研究的大家,他非常善于使用自己的想象力去理解诗人,这是他高出我们普通人的地方。不过我想有的时候也需要冷静平实一点,过于激动了恐怕也不好。闻一多写杜甫评传的时候就激动得不得了,他描写李杜的这场会面时说,"我们该当品三通画角,发三通摆鼓,然后提起笔来蘸饱了金墨,大书而特书"。这个"画角"是什么呢?雍和宫恐怕也要吹这一类的东西,这是藏传佛教特有的,类似于号角一样。为什么写李杜会面需要这样的隆重庄严?因为在我们四千年的历史里面,除了孔子见老子,基本没有比这两个人的会面更重大、更神圣、更可纪念的了。闻一多说,如果我们再想象的更细致一些,大家梦回大唐一场,好好地闭上眼睛想一想,这个时候就能看见李白从宫中潇洒地走来了,而杜甫呢?也从田野上走来了。这两个人走啊走啊走,终于见上面了,这就好像是大白天里太阳和月亮走碰了头。当然啊,如果真的太阳和月亮走碰头了,那可实在不是什么祥瑞,肯定是有灾难要降临了。不过闻一多不管这个,反正李杜相见了,怎么样都是祥瑞,这真不知道有多少人要望天下拜了,李白和杜甫这两颗中国诗歌史上最耀眼的星星,"诗中的两耀劈面走来"了,我们看待这件事情,不应该比看那天空中的祥瑞更觉得重视么?它的意义不是更为重大么?

其实我觉得未必。李白和杜甫见面有什么了不起的?后人研究中国文学史,这的确应该算是文学史上一件很重大的事情,但是在当时真的没什么大的影响。而且对李白后来的创作好像也并没有产生影响,只是对杜甫多少有一点儿影响,因为杜甫老是写怀念李白的诗,他老忘不掉李白。杜甫这个人比较重情意、重朋友,倒不是说李白不重朋友,只是他的好朋友太多了,而且见到了新朋友就容易忘了旧朋友。李白其实也不是真的忘了,他再见面对你肯定也还是挺好的,但他的朋友太多了,应接不暇,只能偶尔想起来几次,不能像杜甫一样老是作诗怀念。

所以这两个人见面之后,李白可能没什么,杜甫是真的高兴得不得了,特别的兴奋,要认真向李白学习,虚心向李白学习。"昔年有狂客,号尔谪仙人。笔落惊风雨,诗成泣鬼神",杜甫说老李啊,当年曾经有过一个狂客,这个狂客你还记得么?他就是贺知章啊,当年在长安的时候和你见面叫你"谪仙人",还为你解金龟换酒的那位?唐朝人,尤其是盛唐人,他们的性格是很可爱的,老少界限经常不太分明,贺知章在那个时候已经是一个七八十岁的老头子了,在长安街上看

第十一讲 诗圣杜甫及其诗史精神

见小李白,为什么说小李白?因为李白那个时候初入长安,年纪也不大,就是三十来岁。贺知章一见到李白,哇小李,你真是仙风道骨啊,我看你不是凡人,是个"谪仙人"。什么意思呢?就是说好像是被贬谪的仙人下到凡间了一样。大家看,李白和别人就是不一样,他那种气质、那种仙风道骨,那种狂傲之气,一看就跟普通人不一样。

杜甫还说了,"笔落惊风雨,诗成泣鬼神",李白写诗就好像风走雨来一样,让鬼神都震惊,而且是震惊的快哭了,鬼神都没见过写得这么美的诗。然后是"剧谈怜野逸,嗜酒见天真",大家开开玩笑讲讲段子,李白特别的天真可爱,他一看见酒眼睛都直了,喝完酒以后更是无所顾忌,酒后吐真言。"醉舞梁园夜",喝醉酒了就在梁园跳跳舞,"行歌泗水春",到泗水河边去再唱唱歌。

一年之后,李白和杜甫这两个人又在山东济南再次相遇了,这次他们还建立起了兄弟般的深厚情谊。杜甫在诗中是这么写的,说"余亦东蒙客,怜君如弟兄",我也到济南来玩了,终于和你再次相会,我们两个现在感情好的就像亲手足一样,"怜君如弟兄"。"醉眠秋共被",这两个人实在是好得不得了,一睡觉就钻一个被窝,这放在现在可能也不太好,但是当时他们两个是喝醉了嘛,两个好朋友睡一床铺盖问题也不大。"携手同日行",有的同志说这个就不太好了,怎么白天手拉着手在外面走呢?如果是一男一女现在拉手搂着腰都很正常,可这是两个老大爷们儿,他们手拉着手在国子监走一走恐怕就会有人多看几眼,打听一下是什么情况了。不过大家也别多想,唐朝人好朋友之间,这些都是很正常的交往。

他们两个人这次见了面,在秋天之后就分手了。杜甫跑到他爸爸当官的兖州去看爸爸了，再不久之后他就怀着"致君尧舜上，再使风俗淳"的政治理想去了京都长安，满怀着热情和理想。这也都很好理解，就像我们现在许多有志青年一样，为了一个共同的革命理想从四面八方来到了北京，想要找一个能够安身立命，还能够施展才华的地方，最后有的在地铁上，有的在马路边，有的在酒吧里，各自寻找着自己的人生理想，他们有一个共同的名字叫"北漂"。所以我们的杜甫同志也光荣地当上了一名"长安漂"，而且他一漂就是十年。

天宝六载杜甫来到了长安，他到长安不久就参加了一场考试。这次的考试是唐玄宗心血来潮，他突然说我已经好长时间没有得到青年人才了，最近的大臣都是老帮菜，什么李林甫啊我都看腻了，能不能再从民间、社会上选拔上来一些青年才士呢？于是他就搞了这样一次考试。说"欲广求天下之士，命通一艺以上者皆诣京师"，就是说如果你们谁有一技之长，就可以来京城毛遂自荐了。这下子，全国的青年学子都跃跃欲试、满怀热情了，一股脑的都要涌到长安来。本来唐玄宗觉得这是一件大好事，你们都愿意来我能不高兴么？

这个事情其实是挺好的，如果是在开元年间这个事肯定就搞出来了，那个时候经常搞这种事情的。但是现在是李林甫专权了，他觉得不对头，我们的皇帝真是心血来潮，又要搞什么烂七八糟的东西。因为李林甫当权的时候实施了许多不得人心的政策和制度，他很害怕天下的举子来京城考试。而且这次考试可不一般，它是制举，其中有一项考试项目就是针对时事发表意见，写篇议论文，类似于公务员考试里面的申论。李林甫一看这还得了，我最近刚杀了一批人，比如大文豪李邕就被他杀了，还有当时最正直的一位宰相裴敦复也被他杀了，这正是天下文士对李林甫奸相专权最为心怀不

第十一讲　诗圣杜甫及其诗史精神

满的时候。李林甫说这是绝对不行的,让这帮家伙来京城就坏了我的事了。他们一万个人里面只要有几十个人写了我的坏话,被皇帝看到我就完蛋了。于是他就跟皇帝说了,他说皇上啊,不能让这帮人乌泱乌泱地跑到长安来,最起码也应该让地方上先初考一下,然后选那些文字清通的人来。因为你的标准是"通一艺者",这个可太宽泛了,到时候什么杀牛的、卖菜的、纺线的人都跑来了怎么办？他们可不懂什么朝廷礼节,光着脚板子、穿着破烂衣服就来了,就连说话也都是乡言俚语的,您怎么能听这种粗话呢？而且也不一定能听懂啊。这些人跑到朝廷之上还成何体统？这就是他说的"举人多卑贱愚聩,恐有俚言污浊圣听",那些人说的话让您听了恐怕会不合适。您求贤若渴虽然很好,但是也最好挑选一下吧。于是玄宗就"乃令郡县长官精加试练,灼然超绝者,具名送省,委尚书覆试",让地方上先初选一遍,选拔出长相比较周正,吐辞比较文雅,举止符合朝廷节度的,把这帮人的姓名列清单报上来,由地方上组织好,派人送到长安,集合到尚书省。然后还得让尚书覆试一下,挑选其中确实是比较优秀杰出的人,再由皇上您亲自面试。唐玄宗本来也是心血来潮,他突然有一天睡醒了想这么干了,其实对于他也是可有可无的一件事。因为这个时候他正成天跟杨玉环腻在一起呢,偶尔有了这样一个想法而已。所以李林甫这样一说,玄宗想想倒也是省事,要不然我半个月就净要忙这一件事了,干脆就这样吧,按你说的办。

最后从全国总共选出了一千多人,如果没有几次筛选,可能真的几万人都跑来了,那个确实有点儿问题。这些人被弄来了以后就组织他们到尚书省去考试,考完了以后大家就等着发榜的结果,榜倒是发了,可是上面一个字也没有,什么意思呢？就是说没有一个人被录取。一千多个人千里迢迢到长安来考试，考完了以后无一人及第，这就成了中国科举史上最奇怪的一次考试。唐玄宗就问了，李相啊，怎么这次考试没有一个人被录取啊？李林甫早就想好了，他说皇上啊，这样才说明您伟大英明呀，因为您早在开元年间就把全天下的人才一网打尽了，现在在野的人没有一个是贤才，真正的贤才早就被英明伟大的您老人家亲自选到朝廷中来了。现在才出来考试的那些人都是笨蛋，都是蠢才，一个都不行，都不能满足您的要求。唐玄宗一想，对呀！实在有道理，我真的是了不起，我真的是有先见之明，算了，让这帮笨蛋都回去吧。这里面就有杜甫，还有后来很有名的一位诗人元结。元结可给气坏了，写诗骂李林甫骂得不行。杜甫比较老实，当时不敢骂，因为这个时候还是李林甫当政，一骂以后万一哪一天当官了还要在李林甫的手底下干活呢。

　　杜甫也没办法，就继续在长安这么耗着，可是他当初离家时带来的盘缠经不住这么耗，所以杜甫在长安的时候也得打点儿小工了，自己出去找找工作，他就去兼职卖草药去了。他在河南老家可能从小跟在爸爸妈妈身边懂点中草药的常识，所以经常没饭吃的时候就跑到城南郊外去采药，然后就到街上卖，卖药能卖几个钱啊？而且也不是什么时候都能采到药。所以没钱的时候他就去打秋风，找七大姑八大姨、表兄堂弟、姨姐姐什么的，反正都是各种拐弯抹角的亲戚，我们看杜甫在长安时期写的许多诗都说这是他的亲戚、那是他的表叔或者是表侄，能拉点儿关系的就拉点儿关系，实在没有办法了，只要人家姓杜，他就过去套套近乎，到人家那儿去讨口饭吃，实在是可怜。如果达官贵人家里有点什么婚丧嫁娶的红白事，杜甫就凑过去给人家写首诗，"朝扣富儿门，暮随肥马尘。残杯与冷炙，到处潜悲辛"，就是这么辛苦的流浪在长安。

杜甫这个时候的生活跟一般贫苦的市民是一样的，甚至连一般的贫苦市民都不如，他成了一个在长安流浪的人了。激愤之下，杜甫写下了一首很著名的诗，《丽人行》：

> 三月三日天气新，长安水边多丽人。态浓意远淑且真，肌理细腻骨肉匀。绣罗衣裳照暮春，蹙金孔雀银麒麟。头上何所有？翠微盍叶垂鬓唇。背后何所见？珠压腰衱稳称身。就中云幕椒房亲，赐名大国虢与秦。紫驼之峰出翠釜，水精之盘行素鳞。犀箸厌饫久未下，鸾刀缕切空纷纶。黄门飞鞚不动尘，御厨络绎送八珍。箫鼓哀吟感鬼神，宾从杂遝实要津。后来鞍马何逡巡，当轩下马入锦茵。杨花雪落覆白苹，青鸟飞去衔红巾。炙手可热势绝伦，慎莫近前丞相嗔！

如果这个时候杜甫已经实现他的政治理想了，就不会写这种诗了。他说"三月三日天气新"，那个时候的三月是指的农历，实际上已经是阳历的四月份了。而且当时的长安天气比较暖和，比现在要温暖湿润的多，到处都是鸟语花香、青山绿水的，前面我们说过，有"八水绕长安"嘛，景色非常优美。长安城里面的曲江池，兴庆宫的兴庆池、沉香亭等等，都有大片的睡莲，大家在那儿划船、喝酒、唱歌、游玩。三月三日的上巳节实际上就是当时的春游节，那个时候全国都放假了，大家都春游去吧。杜甫就来到了当时最有名的曲江池，曲江池类似于我们现在的北海公园，他虽然在落魄流浪，但是长安的流浪汉也可以去欣赏春景啊，也有春游的权利。

杜甫到曲江池去一看，"长安水边多丽人"。三月三日的

天气真是春光明媚,春色宜人,暖风拂面、杨柳垂地,而且杜甫一看眼睛都直了,怎么全世界的美人都跑到这个地方来了?平时人家可都是大家闺秀,深居简出的,唯独有这么两个节日,大姑娘小媳妇儿也都可以出家门了,可以抛头露面地尽情玩耍。一个是元宵节,姑娘不用躲起来不叫人看了,她们自己也可以看一看街市上的男孩。还有一个节日就是这个上巳节,大家拿着小扇子结伴出游。杜甫以前在大街上看到的可都是卖菜的大妈,要不就是卖酒店里的老板娘,或者是住的旅店里成天催他交房租的包租婆,今天怎么看见了这么多的美女?所以杜甫就不禁多看了几眼,一看以后觉得真是比他的媳妇要漂亮多了。怎么个漂亮法呢?"态浓意远淑且真",那些女孩子脸上都是艳丽无比的,而且她们都不怎么看人,所以叫做是"意远",不怎么跟人随便说话的。这可不是说她们目中无人啊,这些人修养是很好很贤淑的。什么叫"真"?真就是说天生丽质,有自然之美,是本来就长得就好看,不是后天化妆化出来的。真是太美了,所以杜甫又不自觉地靠近了,看的更细了。"肌理细腻骨肉匀",他看看人家的皮肤,真的是很细腻啊,比他老伴细腻多了。那是啊,他老伴得天天陪着他采草药,陪着他在长安流浪受苦,手上可能已经都又黄又黑了。这些女子的手啊、胳膊啊、脖子啊怎么都那么白那么细腻呢?骨肉特别的均匀,杜甫简直看傻了。而且他再一看,不但是皮肉好看细腻,身上穿的衣服也是他从来没见过的,"绣罗衣裳照暮春",上面都是绣着各种精美的图案和花朵,"蹙金孔雀银麒麟",用金丝金线绣了孔雀,还绣了麒麟。往头上看看,梳了个什么样的发饰呢?头上也是个杜甫没见过的东西,"翠微盍叶垂鬓唇",一个绿色的薄片贴在鬓发的旁边,杜甫一看真是好看,还不知道这个

第十一讲 诗圣杜甫及其诗史精神

东西也可以贴在脑袋上呢。可惜人家往前走了,他就只能从背后看了,背后也不一般,这群美女的背后也有许多他从来没见过的漂亮装饰,"珠压腰衱稳称身",身后腰间有着一颗大明珠,正配在腰带上,而且腰上一扎稳稳的,很贴身,女孩子走路的时候腰在动珠不动,很漂亮,杜甫盯着腰珠又看了好几眼。他这么一看不得了,这几个美女原来不是一般人啊,"就中云幕椒房亲",这原来是皇亲国戚,是杨玉环的两个姐姐。"赐名大国虢与秦",怪不得在街市上没见过这么漂亮、这么华贵的女子。

这些人跑到曲江池边的草坪上,开始坐下来吃饭了。"紫驼之峰出翠釜",用珠玉装饰大盘子端上来一个大锅,这是翠玉做成的,可不是老百姓家用的真正的烧锅。而且那里面装着的是西域进贡来的紫驼峰,专门给这两个美女吃的。"水精之盘行素鳞",又用洁白透明的水晶盘子端上了玲珑剔透、洁白细腻的生鱼片。杜甫觉得纳闷了,这些人怎么在那儿都不动筷子呢?"犀箸厌饫久未下",她们拿着犀牛角做的筷子,对着这么好吃的驼峰和生鱼片怎么不赶快吃呢?一个女的说,姐姐啊,今天我真的不想吃这些东西了,昨天晚上在玉环妹妹那儿吃得太多了,都腻了,觉得这个东西不怎么样了,我不想吃了。另一个就回答说,多少还是吃一口吧,今天小李子做的这个菜还不错,比你们家厨房的张大爷做得好多了,尝一下吧。可是那个女的又说了,不行,他做得再好我现在也没胃口,吃不下了。杜甫真是不理解,因为她们这边还一口不吃呢,那边菜肴一盘一盘的又上了,只见厨师在那儿"鸾刀缕切空纷纶"。厨师在现场做个不停,那儿又来了几匹马,不停地往这儿飞奔,原来是皇宫里又送来了一大桌菜。"黄门飞鞚不动尘",这个马骑得真是好,又快又没有尘土,

"御厨络绎送八珍",宫中御厨做的菜不停地送来。而且那边又开始奏乐跳舞了,"箫鼓哀吟感鬼神,宾从杂遝实要津",这时又来了许多尊贵的宾客,都是达官贵人。过了一会儿大家都不动了,都在往一个方向看,原来是又来了一班人马。最前面的是穿黄衣服的人,后面是一位神秘人物来了,"后来鞍马何逡巡,当轩下马入锦茵",全场戒严,杜甫只好伸着脖子看,只看见一个人很威武,趾高气扬的,到了地方了他才下马进去坐下,原来这就是当朝宰相,皇帝跟前的大红人杨国忠。"杨花雪落覆白蘋",而且杨国忠看着跟那两位夫人还有点暧昧,杜甫说是"青鸟飞去衔红巾",还在那儿打情骂俏呢。"炙手可热势绝伦,慎莫近前丞相嗔",他现在正是皇帝的红人,权势熏天,谁也不能比,所以算了吧,离他们远一点吧,千万别跑太近,丞相要生气了骂你一句倒没问题,恐怕五分钟之后你就不知道到哪去了。

  杜甫这首诗写得那么美,表达的是一种什么样的内涵呀?是讽刺、是批判。杜甫当时在长安日子正不好过,成天怨气冲天,看哪里都不顺眼,都气不过,所以对达官贵人的奢侈享乐、横行霸道、专权害国特别的有感触,只是不敢直说,只能用这种方式委婉的表达。

  天宝十载,唐玄宗要在太清宫、太庙和市南郊举办大型活动了,必须有人写一些歌功颂德的文章来配合政治宣传。杜甫一看,啊呀我的好机会来了,我最擅长写这个。于是杜甫就写了三篇大礼赋扔到铁柜子里去了,马上就被太监拿到了朝廷,皇帝一看哇,有一个人叫杜甫,他说我圣明,把他找来给我看看吧,他写得还算不错。唐玄宗一见杜甫,觉得他可以呀,长的也是一表人才,又饱读诗书。唐玄宗问这些赋是你写的么?要不然你再给我写一遍吧。杜甫说好,当场就

第十一讲 诗圣杜甫及其诗史精神

写,那个时候宰相和文武百官都在场,全部在看杜甫一个人表演。杜甫得意的不得了,最后玄宗一看,嗯,写得不错。杜甫心里想就是个写得不错么?怎么没有下文了?是不是能够让我当个什么宣传部长啊?怎么好像没有这个安排,不了了之了?没办法,杜甫也不敢问。

后来又过了四年,杜甫的一个朋友终于帮了他一个忙,说杜甫真的不错,有治国才能,就给他任命为河西尉了,这个官就是陕西合阳一带的县尉。当时的县是分等级的,有上县、中县和下县之分,河西尉还是可以,也不算太差,类似于北京各个区的区长,按理说他这个挺不错的,当上昌平县县长了,当然跟北京市市长还是很有差距的。但是杜甫没去上任,他说这个官太小了不行,要当官我就得当朝官,我不愿意当地方官。杜甫不肯干,没有接受,他的要求还挺高的,他说我就想在长安待着,找个接近皇帝的机会。于是后来又给他改了个官职,就是右卫率府胄曹参军,这是个中央政府部门里面的官了,但类似于现在总装备部清河武器库看大门的主任,只是正八品的小官。不过这也不错,万一哪天皇帝心血来潮来视察一下呢?他来了仓库就得进去看看啊,要进门看新武器得有我的钥匙,我不开门他就进不去,这不就能够见到皇帝了吗?杜甫也是打着这个主意的。所以虽然和他理想有差距,但他认为这个还可以,就去当官了。不过他不这么说,他说"不作河西尉,凄凉为折腰。老夫怕趋走,率府且逍遥。耽酒须微禄,狂歌托圣朝。故山归兴尽,回首向风飘"。他说我不想去做县尉,是因为我不想干那些欺负百姓的事,也确实有这个原因存在。因为县尉比较讨厌,唐朝的那些文人都不愿意干。县尉就类似于现在的综合维稳办公室主任,搞综合治理、维护社会稳定的那些,这可太麻烦了,

手下又要管城管，又要协调什么工商、派出所，甚至街道上的大妈们、大爷们的。杜甫就觉得这绝对不行，我不干。高适当年也不愿意干，当了一段时间县尉就觉得太烦了，成天打人，要不就是收税，我杜甫还不如在这里喝喝小酒，看看武器呢。

到天宝十四载的岁末，杜甫请假了，他现在也是政府公务员了，可以有正式的休假。杜甫说他要回去探亲了，要回到奉先县去，这一路上杜甫边看边想，说这个国家现在怎么变成这个样子了？杜甫这个时候回家省亲，一路上看见的都是饿殍。他这次回去的还并不是河南老家，他去的是西北奉先县，就是现在的陕西蒲城，他把自己的老婆孩子安排在那儿了。因为他那点儿破工资，在长安哪儿够买一个四合院的呀，只能住在集体宿舍。经过骊山的时候杜甫再一听，骊山脚下戒严，不让人走了，你们都得绕道。杜甫说凭啥，怎么就不让走了。不凭啥，亏你杜甫还是政府公务员呢，你个笨蛋，不知道今天皇帝和贵妃在这个地方游玩吗？他们在骊山顶上游玩，山下却是饿殍遍野，饿死的人尸体纵横，病倒的人也是无数。这个时候他们竟然还在醉生梦死，歌舞享乐、通宵达旦。而且杜甫一回到家，还没有进门呢，就感觉不对劲了，他一看自己家门口怎么站着这么多人，还传来了阵阵哭声？原来是他的小儿子又冻又饿，已经夭折了。

这一路上的所见所闻，尤其是回家之后的强烈刺激一下子就让杜甫写出了著名的史诗《自京赴奉先县咏怀五百字》，他说这是什么社会？这是什么皇帝？他说"杜陵有布衣，老大意转拙。许身一何愚，窃比稷与契"，这个时候他后悔了，他说我以前怎么有那么愚蠢的想法，还希望自己做稷与契，还希望皇帝成为尧舜明君呢，这能成为尧舜明君吗？我能在

第十一讲 诗圣杜甫及其诗史精神

这样的皇帝手下成为稷与契那样的贤臣吗？不可能。所以"穷年忧黎元，叹息肠内热"，整年他都在担心老百姓，担心国家，唏嘘感叹，肠子都叹热了。他这种想法又被他的旧同学们取笑，他的同学们说你真迂腐，这个社会就是这种样子，你叹息也没有用，你批判也没有用，这不是你能决定、能左右的。"取笑同学翁，浩歌弥激烈"，可是被同学取笑之后杜甫却更为愤懑了，"非无江海志，萧洒送日月"，他本来想想算了吧，我一人是独木难支，而且官小位卑，人微言轻，根本不可能起作用的。但是杜甫毕竟是杜甫，他说"朱门酒肉臭，路有冻死骨。荣枯咫尺异，惆怅难再述"，他还是忘不了民生疾苦，皇帝就在山顶上吃香的、喝辣的，奢侈享乐，可是那些被皇帝抛弃，他的恩泽根本照顾不到的普通百姓呢？就都饿死病死了，这可真是天壤之别。而且这个时候杜甫已经听说安禄山叛乱了，安史叛军都已经南下快打到洛阳了，皇帝还在两耳不闻天下事，以为全都没问题呢，以为潼关能够阻挡住安史叛军呢，还在那儿享乐呢。"入门闻号啕，幼子饥已卒"，一进门就看见自己的妻子在那儿哭，原来是自己的幼子饿死了。"忧端齐终南，澒洞不可掇"，他的忧虑担心就像终南山那么高。到底怎么办，这个国家怎么样才能拯救它呢？怎么能扶持这个江山社稷呢？他也没有信心。

　　天宝十一载，安史之乱爆发，杜甫陷于动乱之中，他举家逃难，率领着一家老小去了陕北，准备从那里逃到兖州去，然后再从兖州往西北宁夏那一带逃跑。一路上是"野果充糇粮，卑枝成屋椽"，吃着野果子充饥，用树枝搭一个窝棚，夜里全靠它遮风挡雨，全家一起忍受国破家亡、流离失所的痛苦。

　　第二年的七月十三日，太子李亨在灵武即位当上了新皇帝，唐玄宗成了太上皇。杜甫这个时候已经逃到了今天的陕西富县了,他八月间得到的这个消息,新皇登基,就是李亨。杜甫马上就要投奔这个地方去,他把自己的家小安置在乡村,因为这一路上要经过许多封锁线,就我一个人去吧,你们别去了,你们就在这儿吧,安史叛军不会拿你们怎么着的。我是国家公务人员,这个时候一定要和其他公务员一起团结在皇帝的周围,于是他就北上延安投奔李亨了。但是运气不好,一路上正好碰到了安禄山的叛军,被一下子截回来了。不过杜甫因为名气太小了,比不了王维厉害,安禄山那里凡是五品以上的官员就有花名册,这些人来了以后都是要劝降的,而杜甫呢?本来就是个破八品官,一提一大堆,这种人根本不需要。所以杜甫被人家赶回了长安,根本就不管他了,就连他姓甚名谁都不知道,也不知道他有什么了不起的,就是一个小官嘛。所以杜甫在长安城还比较自由,虽然长安是安史叛军占据的,但是他还可以自由地行动,谁也不管他,就跟一般老百姓一样。

杜甫是很积极的,一会儿就去打听打听最近我们的军队打到哪儿了,最近战争局势发展到什么程度了,然后到小酒馆、街头去跟别人议论,发表自己的意见,经常会发表一些政治、军事的见解。这个时候,杜甫又写了《哀江头》,他现在又开始同情那些达官贵人了。这首诗写的就是他在路边碰到了一个王孙,穿着破衣烂衫,躲在草坑里面,看见杜甫来了就说行行好,能不能给我点吃的。而且他看见安史叛军来了马上就得躲起来,因为他虽然衣服破了,但是一看就是有钱人家的子弟,穿的都是好衣服,安史叛军马上就会抓住他,问你是谁家的啊,你们家在哪儿啊,有没有藏什么金银财宝啊。所以杜甫这个时候又同情他们了。

接着,杜甫又写了《悲陈陶》《悲青坂》,这是两次大的战

第十一讲 诗圣杜甫及其诗史精神

役,一次在陈陶斜大败,一次是在青坂坡大败,这两次战斗都是以唐军的失败而告终的,牺牲了好多人。杜甫又伤心、又悲痛、又愤激,恨铁不成钢,恨不得自己跑去领兵打仗。他说"孟冬十郡良家子,血作陈陶泽中水。野旷天清无战声,四万义军同日死"。在冬天严寒的时候,十个郡的百姓子弟兵一下子都化成血水了,无一生还,全部战死。最后战场上是野旷天清,尸横遍野,血流成河。当然杜甫没有在现场,这是他的想象。不过杜甫看见了从长安城外面回来的安史叛军,他们一个个剑上都是血,"群胡归来血洗箭,仍唱胡歌饮都市"。而百姓一个个都"都人回面向北啼",大家都转过去捂着眼睛,望着北方在哭,我们的政府在北方,皇帝也在那儿。大家都是"日夜更望官军至"。《悲青坂》写的也是类似的内容。

所以杜甫那个时候虽然身在长安,但是心在前线、心向朝廷,他实在忍无可忍了,就整天在那儿琢磨怎么出去,怎么投奔朝廷,没事就在长安各个城门处乱窜。过了几个月,终于发现西北边的门看守的不太严,每天傍晚时有一个时段好像尤其松懈,于是杜甫就在一个夏天的夜晚偷偷从长安外廓的金光门逃出来了。一路上跋心吊胆的,昼伏夜出,乔妆隐蔽,终于穿过了官军和叛军对峙的防线,来到了当时的行宫,也就是临时朝廷的所在地。这个时候皇帝一看,那个叫杜甫的人是从沦陷区投奔过来的,他是"麻鞋见天子"啊,杜甫的布鞋早就不行了,一路上是自己编着草鞋跑过来的。"衣袖露两肘",一路上爬山涉水连袖子都破了,就这么破衣烂衫,光脚穿麻鞋跑来了。皇帝说你大大的忠心,太感人了,一定要重用他。于是就让杜甫当了左拾遗,这是专门提意见的官,不管是对朝廷百官的行为,还是对皇帝的政策措施,只要你有不同的看法就可以提,皇帝做得不对,官员政府处事不

合适你就可以上书。这个官职正好,太符合他性格了,于是杜甫成天就想进谏。

杜甫这个官当了不到两个月,他有一个好朋友房琯出事了。这个人也是个文人,既是文人还要领兵打仗,他拿着兵法书在那儿整天排兵布阵呢。安禄山的叛军都是骑兵,全部骁勇善战,房琯跟人家一打就被打败了。房琯真是傻瓜,他让大家排着队拿着矛或剑跟人家打,被人家的马一冲不就冲散了?能不失败么。刚才那个陈陶斜和青坂坡就是这个哥们儿干的,"四万义军同日死"就是他造成的。房琯还是个宰相,皇帝就要拿他治罪。可是杜甫说不行,房大宰相虽然失败了,但你也别治他的罪了,他只是比较迂腐而已,国家正在用人之时,他只是打仗不行,做其他的工作还是可以的。肃宗说什么,我早就想把他搞掉了,因为房琯是我爸爸时候的宰相,新皇帝不要旧臣,我正要借这个茬儿把他搞掉呢。杜甫哪儿能明白这个啊,他还在那儿说情呢。杜甫这一说情就完蛋了,连着两天都坚持不懈地跟皇帝对着干。这一下子杜甫就把肃宗惹怒了,从此肃宗就不用他了,你爱上班不上班,不上班回家去也可以。杜甫说,好,那我就请假,我再回去省亲。

杜甫一路上生着气往家走,又看见了安史之乱给国家、人民带来的损失和伤痛,于是就写下了一首著名的诗《北征》。"皇帝二载秋,闰八月初吉",新皇帝上台的第二年我老杜就请假了,这都是讽刺新皇帝的。然后他又说了很多,说回到家之后孩子穿着破衣烂衫,老婆脸上都是污垢等等。"煌煌太宗业,树立甚宏达",他说原来还觉得唐太宗的丰功伟业非常好,现在的皇帝也应该能做到,但是现在发现了,现在的这位皇帝好像真的做不到,对他来说难度太大了,他根

第十一讲 诗圣杜甫及其诗史精神

本做不到唐太宗那样的贤明,所以杜甫觉得特别生不逢时。

后来,杜甫又当了几天官,在出公差的途中的一些见闻触动了他的心肠,他就写下了《新安吏》《潼关吏》《石壕吏》《新婚别》《垂老别》《无家别》这些传颂千古的名篇,后人把它们合称为"三吏三别"。人民百姓的这种痛苦都是战乱造成的,杜甫笔下的人民百姓虽然都是生活非常贫苦的,但是为了国家利益、为了抗击安史叛军,他们能够牺牲小我保全大我。所以杜甫的感情很复杂,他既有对老百姓崇高爱国热情的歌颂,又有朝廷对人民的不体恤的讽刺和批判。

再后来,杜甫彻底地灰心了,他毅然离职辞官,从此开始了辗转漂泊的生活。他先去了甘肃投靠亲戚,因为那个时候关中闹饥荒,杜甫正好也不想当官了,就去了陇南。陇南那个地方没有战争,安史叛军没去,还比较安定,他在那里待了一段时间,靠着亲戚种点粮食,勉强还是可以维持生计的。

又过了几个月,杜甫往川北继续走,在朋友们的帮助下在成都西郊盖了个草堂,就是现在旅游景点的"杜甫草堂"。成都那个时候没有战乱,所以杜甫在那儿的生活还比较好。后来他又"卜居","卜居"就是盖房子,杜甫搬了个新家。"浣花溪水水西头,主人为卜林塘幽。已知出郭少尘事,更有澄江销客愁",这个时候他的心境比较平和,安史叛乱刚刚平定下来了,战乱不太严重,皇帝也准备要回京了,所以他感到很高兴。再加上成都是天府之国,生活比较富足,风光也十分秀美,所以他心情比较好,还写下了"舍南舍北皆春水,但见群鸥日日来"这样的诗。《春夜喜雨》一首也是他在这个时期写的,"好雨知时节,当春乃发生,随风潜入夜,润物细无声"。

但是好景不长,这一年的四月玄宗父子相继死去,代宗即位,杜甫投靠的好朋友严武被召回了朝廷。严武一走,杜

甫在四川成都就再没有依靠了。他又漂泊到了梓州和郎州，好不容易盼到他的好朋友严武再次回到蜀中去当地方长官了，杜甫就又去投靠他。再后来严武死了，杜甫没有依靠了，只好离开成都。这五六年中杜甫就寄居在蜀中，生活虽然很苦，但他能够推己及人，把自己的苦和大家的苦一样看待，还写出了《茅屋为秋风所破歌》这样不朽的名篇。

杜甫离开成都之后又去了荣州等地，最后来到了夔州。他在夔州这个地方租了公家的几亩地，靠种地糊口，后来又兼职帮着夔州政府管理公田，所以这个时候的生活其实也不错。但是杜甫对国家当时的社会形势还是非常担心的，他这时写下了很多忧国忧民的诗歌。杜甫虽然人在三峡，但始终是心在长安，心在洛阳，心在朝廷，他对朝廷的政治乱象有说不出来的愤懑和痛苦。后来，杜甫在一个秋天的下午登上了三峡旁边的小山头，写下了这么一首诗：

  风急天高猿啸哀，渚清沙白鸟飞回。无边落木萧萧下，不尽长江滚滚来。万里悲秋常作客，百年多病独登台。艰难苦恨繁霜鬓，潦倒新停浊酒杯。

这个时候的杜甫已经六十多岁了，这个秋风呼号的下午，远处传来猿猴的哀鸣之声，他登上高台往长江里一看，"渚清沙白鸟飞回"，鸟飞出去又被风给吹回来了。"无边落木萧萧下"，峡中的枯叶被狂风吹得纷纷飘落，一个老瘦病弱的杜甫就站在高台之上、狂风之中看着这些飘飘的落叶，听着幽幽哀鸣的猿猴鸣叫，再看着浑浊翻滚的长江水往东而去。"万里悲秋常作客"，离家万里客居他乡，思乡之情日浓但却有家不能回，而且他现在在外面做客了，不再是做官了，是寄人篱下，遭人白眼，感受到了世态炎凉。况且他又是百

第十一讲 诗圣杜甫及其诗史精神

年多病之躯,杜甫的病确实是非常多的,肺炎、胃炎、糖尿病、关节炎全有,糖尿病在那个时候叫做消渴症,偏偏这个家伙又特别爱喝酒,医生已经不让他喝了他偏要喝。"百年多病独登台",他也没有朋友,只能独自登台远望。"艰难苦恨繁霜鬓,潦倒新停浊酒杯",最近心情很不好,医生刚刚还告诉他,你不能再喝了,再喝就完蛋了,现在都已经快完蛋了。而且你的那个酒实在是太差了,是浊酒不是清酒。如今医生不让喝酒了,我满腹的愁怨怎么去排解,本来全靠借酒浇愁,现在连酒都不能喝了,你说我牢骚满腹,这些忧愁怎么才能发泄出来呢?杜甫这满腔的忧愤无处发泄,最后便写进了这首诗里。

后来杜甫思乡心切,本来想到湖北去,但是湖北的亲戚又靠不住,终于打听到湖南还有一个亲戚,干脆就又去投靠了湖南的亲戚。到了湖南以后,杜甫就在湖南那儿漂,先到了湖南公安然后又到了湖南岳阳,租了一条船漂来漂去的。他当时的生活非常困难,连回家的盘缠都没有了。他现在回家得首先去搞盘缠了,这就得靠打秋风。大家想象一下,我们老杜这几个月一直从岳阳往南跑,跑到了长沙再跑到衡阳,然后从衡阳又回到长沙,再从长沙回到洞庭湖,就在洞庭湖的破船上,经风受雨地漂啊漂,实在是太凄惨了。

最后这一年的冬天,杜甫就在洞庭湖的一艘船上写下了《风疾舟中伏枕书怀三十六韵》,这个时候他已经快要一病不起了。"轩辕休制律,虞舜罢弹琴。尚错雄鸣管,犹伤半死心",他的心已经半死了,但还没全死,仍然有着一种希望,仍然心系天下百姓。"故国悲寒望,群云惨岁阴",他思念老家也只能是在寒冬透过窗户望一望了,可是望出去只有阴沉寒冷的云,我的老家在遥远的北方,我这辈子是永远回不去了。

"书信中原阔,干戈北斗深",而且老家寄来的书信也很稀疏了,通信已经很少了,北方这个时候还没有太平呢,仍然有零星的战争,这个国家再也没有太平盛世了。所以杜甫接着说,"战血流依旧,军声动至今",他都到了临死之前了,这个国家还没有安定呢,诗人就怀着这种忧国忧民的极大悲痛,抛下了陪着他一起的弱男幼女,把自己艰难苦恨的人生道路走到了尽头。

关于杜甫的死,学界向来有三种说法,一种是病死说,一种是撑死说,一种是溺死说。后两种死法有点不太体面,好像大家就认为杜甫应该不得好死一样。这是纯粹胡来,好人为什么不得好死? 杜甫本来是病死的,他非说杜甫是撑死的,说杜甫有一天坐着小破船来到了湖南耒阳,耒阳当地的县长听说大诗人杜甫来了,就要公务招待一下,请杜甫吃牛肉、喝白酒,杜甫一下子吃了好多的牛肉,又喝了点儿白酒,就给撑死了。还有溺死说,说最后船翻了,掉到洞庭湖淹死了。同样是淹死,人家李白就传说是捉月而死的,到了杜甫整个就是被淹死了,所以说不太好。

杜甫的一生忧国忧民,到了晚年贫病交加,漂泊无依,连死也被后人附会上这些不甚体面的说法,实在是凄惨得令人感伤,我们今天想起杜甫来都会觉得特别伤心,特别的能同情他,同时又是非常的敬佩他。杜甫这一生就是多苦多难的一生,他却能够不局限于自己一身的苦难,用诗歌深刻的表现出社会现实,批判黑暗的政治,同情广大的人民。

杜甫的诗歌艺术还具有承前启后的重要作用,这不仅仅是他道德高尚、思想深邃,他在艺术上也是取得了极为了不起的成就的。杜甫的诗沉郁顿挫,而且是各种诗都能写,都写得很好。他的诗歌表现内容丰富,题材广阔,除了那些反

第十一讲 诗圣杜甫及其诗史精神

映战争、社会的忧国忧民的诗歌,还有很多描写人伦之乐、田园风光的作品,那些作品都写得很好。他能够集众家之长,还对后人产生了深远的启发。

另外,杜甫写诗既能写社会发展的全貌,又能够做很好地细部描写。比如写在战乱之中,他逃难回家去之后看到自己小孩子的情况,"平生所娇儿,颜色白胜雪",他一辈子最喜欢的那个小孩子皮肤还挺白的,但是"见耶背面啼",看着爸爸回来了就躲起来哭了,因为已经不认识了。杜甫离开的时候这个孩子可能才两三岁,现在长到五六岁了,早就忘记爸爸了,这是哪里来的生人?而且"学母无不为,晓妆随手抹",这个小姑娘就学着妈妈化妆了,随手乱抹。"移时施朱铅",还在那里涂红擦粉呢,"狼藉画眉阔",把眉毛画的特别粗。这个诗写得非常好,把小孩子的天真都写出来了。

而且杜甫能够把情和景很好地融合在一起,"感时花溅泪,恨别鸟惊心",花好像在哭,而且是在为国为民而哭,鸟好像也被这种社会动乱吓得惊魂不定了。

杜甫的诗偶对精工,字句推敲的非常讲究,他在中国诗歌史上具有崇高的地位和深远的影响。所以后人甚至说,"天意君须会,人间要好诗"。这句话是白居易说的,他说老杜啊,你就是老天爷派下来专门写诗的,人间的好诗就是要靠你来写的。当然,杜甫也没有辜负老天爷的厚望,他的诗写得确实很好,很感人、很深沉,韩愈就说是"李杜文章在,光焰万丈长"。不过杜甫不像李白那么潇洒,也不像王维那么文雅,但是他有深沉的爱国情怀、阔大的仁爱精神、精美的诗歌艺术,这样整体来看他甚至能够超越其他那两个人,不愧为中国古代诗歌史上最受人尊敬、受人推崇的伟大诗人。

第十二讲　诗佛王维及其诗情画意

杜晓勤

今天我给大家讲王维的诗歌。在座的各位对王维应该都有一些了解,不过可能了解并不太深,因为大家接触最多的唐朝的诗人恐怕还是李白和杜甫嘛。

其实,在唐朝,尤其是在盛唐前期的时候,王维的诗歌在诗坛上的影响是远远超过李白的,更别提杜甫了。这是因为王维的诗歌代表了盛唐前期一种特别重要的诗歌美学特征——兴象玲珑。在唐诗尤其是盛唐诗中,有三个特别重要的要素:兴象、声律、风骨。我们以前谈声律和风骨比较多,兴象谈的比较少。兴象不是指一般地写进诗中的物象,而是要融合、倾注自己的情感和志向在诗内,它和大家画画写生的那种可不一样。也就是说这种诗里体现出来的景物和画面并不仅仅是一般的真实生活记录,而是有作者倾注的感情在的。比如说李白的月亮,那就不是我们一般人看到的月亮了,里面有他和家乡亲人分别四年的感情寄托。"床前明月光,疑似地上霜",不只是那轮月亮,还有这个霜,霜也不是我们现在所说的那个秋天降的霜了,这个霜是带着诗人孤独凄凉情绪的,和我们心目当中自然界的那种霜当然是不一样的。这些呢,就叫做兴象。

不过,王维诗歌里面的兴象和别人的都不太一样。还比

第十二讲 诗佛王维及其诗情画意

如说李白吧,李白在他的诗歌里面就特别喜欢写一些壮丽、阔大的意向。我们前面刚说过的"举头望明月",这还算是比较阴柔一些的呢。在小学的时候,我们都学过"日照香炉生紫烟,遥看瀑布挂前川。飞流直下三千尺,疑是银河落九天"吧?其实庐山瀑布并没有多高,如果大家去过庐山就知道了。现在庐山最有名的瀑布是三叠泉,我去了一看它也不怎么高,并不像之前想象的那么高大,但是到了李白的诗中就变得特别壮丽了。再比如,李白写过在他嵩山山顶喝酒,他说他能看见黄河,这更不可能了。李白说,"君不见黄河之水天上来",老朋友你没看见么,黄河的水从天上奔流而下了!如果我在场,我一定要跟他抬杠,李白呀老朋友,我可真看不见。这就是夸张的笔法,是一种非常壮丽的想象,这就是李白所擅长写的景色。

为什么说王维不一样呢?王维喜欢的是生活中、自然界中安静清幽的那种玲珑剔透、浑成一体的意境,包括孟浩然,在这一点上跟王维也很像。这个我们等会儿再具体讲,先把诗歌中的三要素讲完。总之这种兴象呢,说的就是此山不是山、此水不是水,它是此时之山、此时之水,是诗人之山、诗人之水。

下面我们介绍一下声律。在唐代之前,古诗是不讲究平仄的。因为原来的诗歌主要是配乐歌唱的,就像我们现在唱歌一样,"你从山中来带着兰花草"那样的。也有不配乐器的,称为"徒歌",而配上乐器的那些,叫作"曲词"。正因为那个时候的诗歌主要是配乐或随口吟唱的,所以诗歌语言本身的韵律感并不太重要,多一个字少一个字,字音高一点低一点问题都不大,我们可以靠音乐本身来作调节嘛。但是到了南朝,文人写诗基本上就不再配乐了,写诗就是写诗,虽然他们也吟,但这个吟和唱不一样,我们今天普通话还可以吟呢。于是诗歌本身就没有那么强的音乐性了,所以就需要靠语言本身来调节声音的高低、错落、长短了,这样就产生了声律之美。

再有就是风骨。我们都听说过一个词,"风骨凛然"。这并不是所有诗歌都具备的普遍特质,它是唐诗所特有的。唐朝之前是隋朝,隋朝二世而亡,是很短暂的。在隋朝之前是南北朝,南北朝对诗歌的发展影响是很大的。南朝是江南一带的士族建立的,不过那些士族也不并是原本就居住江南的土著。西晋末年,少数民族入侵北方,那些原居北方的汉族大地主都带着金银财宝向南逃到了江淮和汉水一带,也就是现在的湖北、湖南、江西、安徽、江苏和浙江,他们中的大多数迁居到了今天的江浙地区。这一批人撤退的时候带去了大量的金银珠宝。那些没有南逃的,虽然也有一部分是地主,但是大部分都是劳苦大众。那些逃到江淮、江汉一带的大地主养尊处优,而且有很强的经济实力,所以牢牢把持着南朝的政权,他们不用费劲儿就能轻而易举地当官,这个就是所谓的"平流进取,坐至公卿"。那些贵族子弟只要安分守己,别造反、别被诛九族,他生下来就起码可以做到九品官,然后每长大几岁就可以接着往上升官。

再比如说,我们都听说过一句诗,"旧时王谢堂前燕,飞入寻常百姓家",这就能说明王谢家不是寻常的百姓人家。在当时,王家和谢家是最重要的两个家族,他们的孩子只要生下来了,就是要当官的。拿谢家的谢灵运来说吧,小小年纪就被封为康乐公。这个"公"是朝廷的官爵,就是"公侯伯子男"的那个"公"。谢灵运刚生下来以后,并没有在老家生活,他家本来是在南京乌衣巷住着,可是这种大家族很害怕

第十二讲 诗佛王维及其诗情画意

小孩子夭折,谢灵运生下来还不到三岁就被送到杭州了,在杜明师道馆里养着,所以他有一个小名叫谢客儿。谢灵运七岁的时候被接回家,十五岁就被封为康乐公了。所以他们只要不去折腾,绝对有一辈子的荣华富贵。

因此我们看这些南朝贵族的诗,所表现出来的内容大都是吃喝玩乐、吟诗作赋、弹琴绘画、登山玩水。不过这个谢灵运跟大家不太一样。我们前面介绍了,他这种出身如果老老实实不折腾的话,荣华富贵绝对没问题,将来能当很大的官的。但是他的理想很大,他想做大事情,最后完蛋了,因为谋反动乱被抓起来了,被押解到广州,在四十七岁那一年就被杀掉了。谢灵运这种属于特例,大部分贵族子弟不会去折腾的。所以在他们的诗里,并没有太多积极进取的人生意识,也没有多少对生活甘苦的理解。他们可不像我们是贫寒子弟出身,要奋斗、奋斗、再奋斗。

到了唐朝,情况发生了改变。北方的少数民族非常强悍,既有军事实力,又肯积极进取,而南朝的那些贵族子弟呢?在南朝末年的时候,这些人连马都不会骑了,更别提什么打仗。他们逃难的时候,几步路走不了就倒地上了,好不容易被扶上了马,又从马上掉下来摔骨折了,逃命的时候那些被踩死的人都不计其数。北方少数民族的力量那么强大,南方又这么的孱弱,门阀士族政治就渐渐维持不下去了,经过了一系列的战争,由北向南的统一完成了,隋朝建立了。所以说,这个隋朝继承的是北朝的基业,而唐朝又继承了隋朝。

所以,唐朝没有那么多的贵族政治了,大家几乎平起平坐,可以通过科举考试来做官,不全是靠家族的地位了。这下子就好像人人平等了一样,当然了,并没有完全平等,不过

总比南朝进步多了吧?这样一来就激发了普通中下层文士对人生的积极进取。这种积极进取的精神其实是经过了初唐一百年时间的酝酿的。因为刚开始的时候大家并不熟悉,也不习惯,后来才慢慢地认可了。

科举制度也是如此,它也经历了一个发展的过程,尤其是在武则天的时候。武则天很了不起,她一下子就点燃了贫寒士子积极进取的希望之火。这里面也是有原因的,因为武则天是用不正当的手段夺取了李唐王室的天下,她非常需要有一批新人来支持她。原来在李唐王室手下做官的人肯定没有那么支持她,甚至还有许多的重臣要跟她对着干。武则天就用手段把那些不听话的旧臣全部压抑排挤下去了,她搞了政治清洗,用一些酷吏,就是类似间谍、特务的那种人,把说她坏话的人都除掉,或者杀掉,或者流放出去。同时呢,又起用新人,通过科举考试来提拔人才,她一年中取的进士就有五十个之多。于是,有大量的寒门子弟就在这个时候进入了朝廷的官僚队伍。即便是没能考中进士的那些人,心态也都不一样了。大家一看,"朝为田舍郎,暮登天子堂",早上的时候还在家里种地呢,考中进士一夜成名,就能做官了。

科举制度的影响力越来越大,一下子出了好多积极进取的士人,无论是李白还是杜甫、王维、孟浩然,他们都受这种时代风潮的影响。虽然孟浩然是到了四十岁才出来,但他四十岁之前是在老家埋头苦读的。这就是不鸣则已,一鸣惊人。姜子牙显名都已经八十岁了呢,所以他四十几岁也不算迟,读书人始终是要沉得住气。

我们介绍了兴象、声律、风骨这三要素,它们就是唐诗能够前无古人、后无来者,成为一座巅峰的原因。其中尤其值得关注的就是积极进取,就是在生活中始终乐观向上的精

第十二讲 诗佛王维及其诗情画意

神。唐朝是中国古典诗歌中最明星璀璨的时代,这个时期的诗歌,它所表现的内容和所使用的艺术形式实现了完美结合。唐朝不仅出现了李白、杜甫这种辉映千秋的"双子星座",还涌现出了王维、孟浩然、白居易、韩愈、柳宗元、刘禹锡、李贺、李商隐、杜牧等等一大批诗人。那些了不起的诗人我们在唐朝里面找,一会儿就能找出几十、甚至上百个来,其中的任何一位放到其他朝代那可都是一顶一的、最厉害的。比如大家想想明清,那时候就没有产生一个能和他们相比的诗人,词人倒是有,小说家也有很多,但是作诗他们还是差了一点。不只是优秀的诗人多,优秀的诗篇也很多。唐朝离现在已经一千多年了,我们经常讲的"盛唐"大概是在公元701年到755年,755年安史之乱就爆发了。留存到现在的、我们能见到的唐诗就有五万首之多。当然,有人会说,五万首没什么了不起,人家清朝有个皇帝他一个人就能写几万首,像雍和宫就有他的诗,北京任何一个有点年代的名胜古迹就肯定有他的诗。对了,这位同志就是乾隆。乾隆皇帝最喜欢写诗,一天能写几十首,这样的皇帝倒也不错,写诗毕竟风雅一点。

  现在知名的唐朝诗人大概有两千二百多位,留存下来的诗歌作品有五万五千多首。大家得想一想啊,那是在一千三百多年前,大量的作品在今天都已经失传了,我们现在见到的诗歌可能连当时创作的五分之一都不到,唐朝人创作的诗可能都已经有几十万首了呢。那真是一个诗歌的时代,是一个诗歌爱好者的天堂。唐朝诗歌的流行跟我们今天手机的流行是一样的,在那个朝代,人们交流的内容很大一部分就是诗歌,上到帝王将相,下到牧童和尚,都是如此。有的朋友可能不太相信,唐朝是这样的,和尚很多都能写诗。还有老

太太,唐朝就连老太太也喜欢读诗,李白还特意写过能让洗衣服的老太太能听懂的诗呢。

在唐朝,诗歌实在是太重要了,太受人喜爱了,它甚至还可以变成经济流通中的虚拟货币。那个时候,至少有几位诗人的诗歌是可以直接拿去换你想要的东西的。比如说王维、白居易,李白嘛也凑合。不是说李白的诗比王维、白居易差,而是他通常都是自卖自炫,轮不到别人拿去用。当时是什么情况呢?一旦有哪位大诗人作了新诗,市面上马上就能见到有人很骄傲地说,我昨天晚上把王维新写的一首新的诗偷来了,而且还找人了谱曲,已经可以歌唱了,今天下午就要在景山公园或者中山音乐厅演奏了,现在就卖票,一百块钱一张,你们要不要来听呀?王维在当时可是相当于今天的音乐学院院长了,如果有音乐学院的话。当时的歌姬也常会自夸,说我能唱谁谁的诗,另外一个歌姬马上不服气,说我比你会唱的更多。白居易的诗在当时市面上是非常流行的,大家都争相传抄,没酒了拿这个就能换酒,没茶叶了拿这个就能换茶叶。有的人还会把白居易的诗抄一抄,这个得抄的整齐一些啊,然后给它黏在一起作成一个卷子,所谓"读书破万卷,下笔如有神",那个时候的出版物很多都是作成卷子的。那些人拿着做好的卷子出去叫卖,这个可是白太傅的最新诗作,你买不买呀?这个交钱之前还不让看,直接拿钱来,给了钱我才给你诗,因为万一你打开读完了就不买了呢?唐诗不只是在中国本土这么受欢迎,它还流传到了日本、高句丽,就是今天朝鲜半岛,还有越南等等好多国家。所以说,唐朝是中国历史上诗歌创作成就最高、影响最大的朝代。

唐诗的发展又可以分为初、盛、中、晚四个时期,初唐就是从唐高祖建立唐朝开始算,一直到唐玄宗的开元初年,初

第十二讲 诗佛王维及其诗情画意

唐的时间有近百年,这是一个上升期,是在爬坡。这个爬坡的过程是很漫长的,从山脚下爬到山顶上很困难,唐诗在初唐的发展也是经过了百折千回的。而盛唐,就是真正的诗歌顶峰了。这个时间其实并不长,大概有五十年左右,广义上从开元元年到唐代宗的大历元年都可以算在内。如果我们把安史之乱的爆发作为盛唐的结束,那就更短了,大概只剩四十几年了。大家可能会有点意外,没错,唐朝最辉煌的、最太平的时候大概也就是四十年。不过唐朝毕竟是一个经济非常强大、社会基础相对稳定的朝代,所以它并没有因为安史之乱就全面崩溃倒塌,后面又持续了好长时间。接下来的就是中唐,中唐是从唐代宗到唐文宗的这一段时期,大概有七十年。诗歌在中唐的时候重新兴盛,再一次迎来了诗歌创作的辉煌。我们刚才说过的白居易就属于中唐。最后终于到了晚唐,唐朝毕竟太强大了,它可以僵而不死,虽然社会环境恶化、政治日益腐败、朝廷内外的矛盾日益尖锐,但是也并没有迅速灭亡,晚唐实际上又持续了七十年。所以我们大家来看一看,整个唐朝大概有三百年左右的时间,而真正的盛唐却只有四五十年。我们津津乐道的那位唐玄宗,他在位的时间也就是四十年左右,正是唐玄宗李隆基统治的这四十年,成为了唐帝国的黄金时代,也就是我们常说的开元盛世。这个唐帝国的黄金时代,也营造成了诗歌创作的黄金时代。

唐诗是非常了不起的,它的艺术成就实在是太高了,声律、风骨和兴象这三者完美地结合在一起了,真是前无古人后无来者。唐诗的数量很多,著名诗人也很多,诗歌的影响力也非常大。盛唐是整个唐代的巅峰,因为开元、天宝时期物质生产非常发达。诗歌这种艺术在两种情况下会爆发出极其旺盛的生命力,一种是在乱世,一种就是在盛世。乱世

的时候比较容易产生出那种反映生民疾苦、社会动乱的作品,而盛世呢,经济复苏、社会稳定、文化发达、思想自由,几乎每个人都有积极进取的机会了,各位诗人就各展所长,共同汇成了唐代诗歌的高潮。

所以我们说,在盛唐的时候有前所未有的文采风流、恢宏壮阔,各种不同风格的诗人纷至沓来,璨若星辰。此外,盛唐还形成了两个著名的诗派,他们是各自具有相近的创作倾向和题材选择的两个诗人群体。一类叫作边塞诗派,他们喜欢写唐朝文人在边疆从军,抗击外敌入侵的军事生活,这些擅长写边塞奇丽风光和从军感受的诗人中有两位是大家很熟悉的,就是高适和岑参。这一类诗歌我们后面也会讲。其实这种诗是王维也在行的,一般的边塞诗人可写不了山水诗,但是王维不一样,他既可以写山水诗,还能写边塞诗。这个边塞的风光可是和中原、江南都太不一样了。比如说西北吧。我们此刻所在的北京在唐朝也属于北方边塞了,蓟门、幽州、渔阳这些都在我们周边,其实李白两次到边疆去,一次去的是山西,到雁门关写了诗,另外一次就是到北京这一带来,在安禄山的军中写了一首诗,其中有一句叫"燕山雪花大如席"。因为他是位四川人,四川很少下雪,后来又主要在南方活动,所以没见过这么大的雪,一跑到北京来看到燕山的雪太稀奇了,简直是铺天盖地而来,李白就又发挥他的想象力了。其实我觉得,那个雪花最多也大不过铜钱,各位大多在北京生活了几十年了,肯定也没见过大如席的雪花吧?到李白嘴里就夸大了起码一百倍,可是我们读他的诗,觉得真是绮丽,真是好啊。不只是四川人李白少见多怪啊,岑参是河南那一带的人,他也没见过寒冷的冬天,因为气象学上说初唐一直到北宋初年之间都是气候变暖的,中原一带就算下

第十二讲　诗佛王维及其诗情画意

雪也不会大,长安那里也是又暖又湿润的,风光非常美丽,唐朝的长安、洛阳一点都不比今天的苏州、杭州差到哪里去。大家现在看唐诗,觉得唐朝的春天那么的漂亮,可是我们三四月份真的到西安去的时候,怎么发现到处都是灰扑扑的,全是灰尘呢?我们西安人灰头土脸的简直像兵马俑了。我们读唐诗,不要急着说不符合实际,要知道这里面还有古今的气候变化。唐朝的时候有八水绕长安啊,那个时候长安附近有许多的河流、湖泊,这都是李白、杜甫、王维这些人曾经去游玩过的地方,真的像他们诗里写的一样,太美了。所以这肯定是和边塞景色不一样呀,岑参他们就被震撼住了,要用诗来表达这种受震撼的心情,于是边塞诗派就出来了。还有一批人主要是写山水田园诗的,那个时候的西安和现在不一样,唐朝时西安的景色很优美,尤其是终南山,所以有很多的山水诗都是写终南山的。这两个诗派一个阳刚一个阴柔,一个慷慨豪雄一个空灵幽静,分别表现着诗歌中两种极致的美。在这些自然美之外,诗歌中还有人情美,就是表达生活中人生感触,家人朋友间的情谊的那种,我认为王维是唐代唯一一个这几种题材都写得特别好的诗人。这也是他和李白、杜甫不一样的地方,杜甫写社会人情写得很好,李白写壮美奇丽的山川风景、写或积极或悲愤的人生感受都是很好的,而王维都能够写得非常好。

不仅是诗歌题材多样,王维还是多才多艺的。他是年少成名的少年才子,有人说唐朝的少年才子太多了,大家都在吹牛,说自己七岁就会写诗,六岁就会读书的人到处都是。确实是这样的,比如说杜甫吧,他说自己是"七龄思即壮,开口咏凤凰",李白更是说了,我是"六岁诵六甲,十岁观百家"。就好像我们今天一个孩子,小小年纪就写"北京的金山上"一

样,这个小孩绝对不一般,肯定是个受特别正统教育长大的。我们刚才说李白的"六岁诵六甲",这个"六甲"到底是什么呢?它可不是我们女同志的身怀六甲啊,有人认为这个"六甲"指的是天干地支。而且他十岁的时候就已经可以读诸子百家了,那写诗就更不在话下,这可比我们今天的小孩子学问要好得多。传说王维也是六七岁的时候就会写诗了,而且他这个人很厉害,他是诗、书、画、乐、舞五样都会的,这就不一般了吧?唐朝跟今天不一样,诗是谁都会的,甚至说只要是个人,只要读过一些书、甚至没读什么书的都能随口来几句。因为唐朝有诗歌的环境,"熟读唐诗三百首,不会作诗也会吟"。我们今天也是这样,读诗读多了自然会作一点,现场在座的各位同志肯定也有许多会写诗的。书法上大家的水平也差不多,因为那个时候的科举考试,考官首先要看你的书法,字得写得漂亮。其实不光是字漂亮,还得看看你的长相。长相不能太寒碜了。但是绘画是科举考试不作要求的,而王维特别擅长。科举考试也没有音乐这一项,而乐舞王维也会。

　　王维十五岁时就已经具备了多方面的艺术才能,于是就和他的兄弟王缙从山西祁县来到了都城长安,像今天的"北漂"一样开始了背井离乡的生活。那时候当"北漂"要向达官贵人求助,为了自己的人生发展,得托门子、找路子,希望能有权贵赏识。我们刚才介绍了,王维既善于写诗,又懂音乐,还非常擅长绘画。王维的绘画是非常了不起的,他可不是一般的擅长,他是很厉害的一位画家,

　　不过王维的画和当时的主流不太一样。当时最著名的宫廷主流画家有一位叫李思训的,李思训的绘画叫作金碧山水,就是说他在画山水的时候喜欢用很浓重的颜色,先以金

第十二讲 诗佛王维及其诗情画意

粉勾勒，再填上金绿色、蓝色之类的颜料，最后再涂粉，显得非常的富丽堂皇。不过这种画不太工整细致，比如他画松树，只是用笔一勾，把松树的树干在两边勾勒出两条线，中间就不再画树皮的鳞状了，直接用黄粉一涂就是树干，松枝就用绿色的毛笔随便一画。山也是拿大毛笔用金粉稍微画出一个轮廓，有几处折线，中间用金粉一填。这个是李思训的金碧山水。当时在唐朝的皇宫里面就比较流行这种，又是大红大紫，又是金碧辉煌的。王维不是这种风格，王维那叫水墨渲染山水，他的作品没有那么丰富的颜色，就是用墨汁，通过墨汁的浓淡、运笔的轻重来展现山的远近和阴阳，这是文人比较喜欢的风格。

文人通常会雅致一点，土财主会俗一点，不过到了土财主的子孙辈，虽然家境富裕，一般也都不会去炫富，去搞这种俗套的东西了。就说我们前些年的第一代农民企业家吧，80年代中期的时候我见过，他们一般都是大扳指带俩，手腕上一条金碧辉煌的劳力士，穿特别贵的西装，但身上的标牌没揪，拎一个皮尔卡丹的皮包，再开上一台桑塔纳两千，家里的厨房都贴着大红大绿的瓷砖，俗不可耐。这些人的老婆通常也会包装包装，烫个头发，涂脂抹粉，画的跟只大熊猫一样，两个人在街上走着还挺自豪。不过到他的儿子、孙子辈就不会这么干了，他们要追求雅趣了，可能就会在香山北边找上当地政府的乡长，喝喝葡萄酒，当个哥们儿，在那边修一个比农民还要农民的房子，其实里面的设施非常齐全，冬暖夏凉，特别的好，家里面还挂上一些名人字画，真的假的他也不管，反正是比先辈提高了嘛。

举这个例子是为了方便大家理解，唐朝时候的人也一样啊，王维正好赶上唐朝土财主完成原始积累的时候了。王维

十五岁,一个少年人离开家乡来到都城,长安的达官贵人一看王维的画,啊呀这个画有远趣啊,你看这个多好,比那些俗气的画高雅多了,于是大家以此为高。虽然那些达官贵人大都身体不好不能爬山,但是坐在家里也能"坐有山水画,卧有山水景"了,然后好像自己也是个什么仙人隐士了,仿佛此刻正在终南山、嵩山、庐山、峨眉山隐居,对着这个画就能浮想联翩、坐禅入定,觉得神清气爽。这多好啊!这些达官贵人转变了审美情趣,因为他们都要追求长生了,想要延年益寿,这也是一种进步。

有这个时代背景,大家就很好理解为什么王维的画会开始流行了吧。这种水墨晕染山水的艺术成就是非常高的,我们在座的老同志有擅长作中国画的,肯定特别了解。这种画法是让墨一点儿一点儿地自然晕染开,有的时候调重一点儿、浓一点儿,有的时候则要淡一点儿,让墨自然散开的感觉很好,不是刻意为之,但是又能巧夺天工。所以王维一下子就受到了长安许多名流贵族的欢迎,大家纷纷把王维请到府上去,他从此经常出入王官贵族的府邸。

到了开元九年,二十一岁的王维决定参加科举考试,他考的叫做进士科,这是当时最难考的一个科了。因为进士科主要是考诗和赋的,诗和赋的评定标准很难掌握。而且诗赋这种东西,你没才气肯定写不好,可就算有才气也不一定能临场发挥的好,所以比较麻烦。一般人考的是明经科,这就是考死记硬背的,类似于给个范围让考生去背,背熟了写卷子上就得分。那个时候考这个的人比较多,但是但凡一个东西多了也就不值钱了,越难的才越值钱。当时最难的就是进士科,可是王维一考就考上了。

考中了进士就可以做官,当然在这之前还要参加吏部的

第十二讲　诗佛王维及其诗情画意

铨选。通过了进士科考试只是说你有功名了，有资格做官了，但是有了资格并不能马上当官，还得通过一个吏部的考试。吏部就相当于我们今天的人事部门，人事部门搞一个公务员考试，通过了考试才能够有做官的资格，朝廷看看哪有空缺，再根据你的意向、考的成绩和关系硬不硬来分配一个职位。王维二十一岁考中了进士，吏部铨选的结果也不错，就被分配去当大乐丞，就是当时主管音乐的政府部门的负责人，不但管音乐，还管舞蹈，现在我们并没有这样一个专门的政府机构了。唐朝的乐舞是很了不起的，比如说宫廷里面最著名的舞蹈家是杨玉环，而民间的舞蹈家是公孙大娘。

可惜，王维的运气不好，他这个官也没当多久。王维的手下有一个小舞蹈队，王维让他们表演了皇室之舞，可那种皇室之舞是皇帝让你在朝廷重大典礼的时候表演你才能表演的，这就被人举报了，说王维的舞蹈队前两天竟然给几个哥们儿跳了皇室之舞，这岂不是犯上作乱？于是王维就被贬官了，到了山东济州做一个司仓参军的七品官，所以非常郁郁不得志。好不容易碰到了开元时期一个特别了不起的宰相张九龄，受到了张九龄的赏识，还当上了监察御史，这个官类似于我们现在的纪委书记，运气非常不错吧？可惜过了没多久，张九龄被李林甫排挤出了朝廷，王维也跟着失意了，去到了西方边塞执行公务，去慰问边防军了，他在这个时候写了《使至塞上》。后来，王维来到了汉江，就是我们今天的湖北武汉，然后一路经过襄阳，遇到了他崇拜的偶像孟浩然。我们今天常说"王孟"，实际上呢，孟浩然比王维大。王维在那里又写了几首诗，回来朝廷觉得自己已经没有用武之地了，可是又不好辞官呀，因为辞官以后他就没有工资了，也没有社会地位了，所以他就选择了半官半隐。虽然在朝为官，

但也就是当一天和尚撞一天钟，一下了班就回到自己的别墅去。王维在长安附近的蓝田县买了一套二手房，虽然说是二手房，但那可是唐初的大诗人宋之问曾经居住过的，叫作蓝田辋川。王维买下了辋川别墅，又给整修了一番，因为毕竟宋之问死了以后这所别墅也荒废几十年了。这个别墅旁边的景色很美，他修缮的又好，还起了许多很雅致的名字，像文星馆、竹里馆、木兰斋、鸟鸣涧等等。但是很可惜呀，虽然这个别墅很好，但是我们现在要去看就已经看不到了。现在也有一个辋川景区，它已经没有王维那时的风貌了，因为气候干旱了，没有水了，只能进一个破山洞，里面打着五颜六色的光，然后有吓人的鬼吓唬吓唬小孩，还叫做蓝田辋川溶洞风景区。

不管现在怎么样吧，王维当时在那里可是写了很好的诗，诗里都是很优美的景色。王维和他的好朋友裴迪泛舟往来、弹琴赋诗，俩人坐着一条小船，在王维别墅里的小河上漂来漂去，还坐在船上喝喝酒、喝喝茶什么的，再就是写写诗，或者唱唱歌，非常逍遥自在。这其实也是一种发泄，因为王维仕途不得志，在长安又发泄不了，回到家以后就可以发泄发泄了。有这么一个别墅真的是挺好的，王维在那里写下很多很好的诗歌。

安史之乱爆发后，安史叛军一下子就把洛阳攻陷了，接下来如破竹之势攻陷了潼关，逼得唐玄宗带着杨贵妃仓皇出逃，逃到马嵬坡的时候杨玉环就被勒死了，唐玄宗也没办法，只能在那儿哭，"君王掩面救不得"。然后又继续往前逃，一路到四川去了。王维当时没有来得及跟着逃跑，就被安史叛军给围在长安城里了。因为王维是当时有名的大官，安史叛军对他就非常重视。比如像杜甫，也被安史叛军关起来了，

第十二讲 诗佛王维及其诗情画意

可是他被关就关了,谁也不知道他,无所谓的一个人。因为杜甫那个时候的官职非常小,大概就是今天的东城区国子监街道居委会副主任吧。王维可和杜甫不一样,他相当于中央政法委书记,后来做的官比这还大,是人事部副部长,所以朝廷花名册上肯定有他,安禄山当时就说,王维你得出来做官,不出来不行,必须得出来。虽然安禄山逼迫他,但是王维知道这种事情无论如何都是不能干的,一旦干了这辈子的名节就完蛋了。于是王维就说我生病了,不能做官了。可是没想到生病也不行,抬也要给他抬去,于是就把官员帽子往他头上一戴,你今天不去就要杀头。王维也胆小怕死啊,他也实在是没办法了,只得违心地接受了一个伪职。安禄山造反成功了,他和手下的人又是奏乐又是跳舞的庆祝,安史叛军那帮人欣喜若狂,在那里大笑,另一些人就在一边偷偷地哭。哭的这些人都是李唐王朝的旧臣,被迫当了安禄山的伪官。那个时候王维就躲在家里装病不去,可能也是怕被秋后算账吧,他在家里写了一首很感伤的诗,"万物伤心生野烟,百官何日再朝天。秋槐落叶空宫里,凝碧池头奏管弦"。这首诗说的就是千家万户都在痛苦中挣扎,李唐王朝眼看着已经要不行了,安史叛军已经占领了都城,就连我们的皇帝现在都不知生死了,我们这些旧臣想念玄宗、想念李唐当政的时期,想念曾经的那个太平盛世。大家不要小看这首诗,这首诗后来救了他一命。

安史之乱结束以后,唐玄宗的儿子李亨当上了新皇帝,回到都城就开始秋后算账了。这一算就算到王维的头上了,哎王维呀,你是不是当过安史叛军的伪官啊?王维也没办法,自己真的是当过啊。但有他一个朋友站出来了,说王维当时是没办法,是被迫的,他当时还写过一首诗,那首诗就说

明他是"身在安营心在唐"的。肃宗一看是这种情况,就说算了吧,考虑到你当时还有这样的忠心就不杀你了,可你毕竟是作了伪官,减罪一等处理吧。王维有一个弟弟,跟他亲如手足,而且他是抗击安史叛军的英雄,这个时候他也站出来了,说我的哥哥犯了罪,他确实是罪该万死,但是我替他将功赎罪行不行?我的那份功劳不要了,饶了我哥哥吧。肃宗一看这也不错,这哥俩儿还真挺好的,干脆算了吧,王维那桩事就算是既往不咎了。不过王维自己也很清楚,他今后再也不会被委以重任了。再加上王维还是唐玄宗当政时的老人,新皇帝上了台老人一般都要靠边站的,无论你有没有错误,慢慢地都要赶出去,要不然新皇帝怎么着手施政呢?

　　从此,王维在朝廷里就靠边站了,真正皈依了佛教。他晚年的时候甚至在家里养了十几个高僧,天天谈经论诗,吃饭也再不吃大鱼大肉了,家里面也不要什么陈设了,房间里面就是四样东西,"茶铛、药臼、经案、绳床"。这个茶铛呢,就是煮茶的茶铫子,药臼是捣中药的,经案是看经书时比较矮的书桌,而绳床就是草绳编起来的床,是一种朴素、节俭的生活方式。王维整天焚香独坐,以禅诵为事,仕途进取什么的彻底不热衷了,又过了几年,这位卓越的诗人就与世长辞了。

　　以上我们介绍了王维的一生,而王维的诗歌也可以分为早期和晚期,或者叫前期和后期吧。在座的各位平时接触到的王维的诗歌主要是后期的。其实,王维的诗歌题材非常丰富,而且每一种题材类型都写得很好。大家都知道唐朝的诗人有两大派,一派是边塞诗人,另一派是山水诗人,王维虽然被我们划入山水诗人一派中,但是他的边塞诗也写得很好。

　　王维早期的诗歌擅长写一种少年游侠的豪迈气概。那个时候唐朝的军队实行的是府兵制,就是有几个地方的人专

第十二讲 诗佛王维及其诗情画意

门是当兵的,也就是有一些职业军人。可是另外还有一些人,那些人只是社会上的小混混,他们少年习武,武艺高强,这帮人要是去边疆打仗的话往往比职业军人更能建立功业。王维早期的诗歌中就有很多这些少年游侠的形象,他其实是通过这些作品表现了自己积极进取、热衷功名的人生情怀。比如说他写这些人的慷慨豪雄、快意人生,会说"新丰美酒斗十千"。这个新丰指的是长安西北的新丰市,那里是出征打仗的必经之地,而且酒很好,还很贵,喝一大壶酒简直要花一万块钱。"咸阳游侠多少年",当时长安的西北城区社会治安不太好,是城乡接合部,其实就是今天的咸阳一带,这个地方杀人越货频频发生,是黑社会的主要活动区。比方说吧,游侠头目说了,今天有一个客户跟我手机联系了,说有一单生意你们接不接,接的话十五万块钱卸一条胳膊,二十万块钱挖一只眼睛,三十万砍人头,今天这单生意派谁去呀?大家一听砍胳膊,都说愿意去,可是一到砍头的事大家就都不愿意去了,因为唐代的法律还是比较严格的。可是不能大家都不去呀,大家都不去我们生意就做不下去了。那好吧,就抓阄吧,纸阄里面写着谁去杀就谁去。"咸阳游侠多少年",他们的这种生活很快意,因为简直不知道自己明天是不是还能活着。"相逢意气为君饮,系马高楼垂柳边",如果是谈得来的好朋友,那什么都不用多说了,直接喝,一醉方休,马就系那座高楼下的垂柳边。

年轻时的王维对这种生活很向往,我们在座的听众也有表示神往的,但我们不能干这种事情,只是体会体会这种游侠的感觉就行了。为什么大家喜欢看武侠小说呢?因为自己做不了大侠。小朋友们都喜欢孙悟空,因为孙悟空有筋斗云,还有七十二种变化,我们既不能飞上天去,又不会变化,

所以就幻想一下过过瘾。所以王维当时这么写诗我们今天也是可以理解他的。

再有：

> 出身仕汉羽林郎，初随骠骑战渔阳。孰知不向边庭苦，纵死犹闻侠骨香。

这就是侠客去从军打仗了，他的出身其实不一般，从小就是生长在宫中的御林军，第一次打仗就跟着骠骑大将军到了渔阳一带，对手是北方的突厥。他心里当然很清楚边疆的生活有多么辛苦了，说不定这次就有去无回，但是没关系，我死了就死了，你们来闻一闻我的骨头，我的骨头还会散发出香气呢。大家想想啊，我们知道有酒香、有花香、有饭菜香，这里说的是骨头香，多豪迈！还有，"一身能擘两雕弧"，一般的人能够弯弓射大雕就不错了，可这位游侠臂力惊人，他是一下子能拉开两张大弓。而且是"虏骑千重只似无"啊，万千敌人气势汹汹地杀来了，可是我对他们都视若无物。"偏坐金鞍调白羽"，他一个人往敌人那儿就冲过去了，而且是很潇洒的"偏坐金鞍调白羽"，把身后箭囊的羽箭抽出来射向单于。这首诗用的字数不多，可是就把一位武艺高强、视敌人若无物的游侠写出来了，写得真是太棒了。

还有这一首：

> 风劲角弓鸣，将军猎渭城。草枯鹰眼疾，雪尽马蹄轻。忽过新丰市，还归细柳营。回看射雕处，千里暮云平。

大家注意看最后这两句，最后不写这个将军多么的豪雄了，就写他射完大雕之后要回家了，最后站在山岗上回头一

第十二讲 诗佛王维及其诗情画意

望,天边的暮云一片。这种景色我们想象一下,一个将军站在山岭上回头一望,天边的云彩连成一片,这是一种什么样的苍茫,衬托出老将何等的胸襟和意气。

王维写得特别好的还有边塞诗,"单车欲问边",他这个时候的人生有点郁闷,因为张九龄走了,他从长安跋涉千里到边关武威去,所以是"单车",只有一辆车去慰问军队,说明朝廷也不太重视。按理说中央官员到边疆劳军不应该是这种排场,他前面得有警车开道,还得满载着牛羊美酒,但是王维只有"单车"。那个时候的路又不好,在西北沙漠,满眼都是茫茫黄沙,这时已经"属国过居延"了,四下都是荒凉一片,旧城中已经没有人了。然后就是"征蓬出汉塞",在茫茫沙漠中只有一辆车几个人,就感觉大漠特别的大,车辆特别的小,而且王维自己也在黄沙中颠簸好多天了,大家想想这个心情,就好像沙中飘飞的蓬草一样。"归雁入胡天",就像归来的大雁一样回到了北方。到傍晚的时候再一看,眼前有一片特别美的景色,大家闭着眼睛想一想,"大漠孤烟直,长河落日圆"。眼前是平沙莽莽直划入天际,远远的地平线上又升起了一缕炊烟,或者是别的什么烟吧,反正就是有一条线直直的上去了。十几天都没有看到村庄人家了,突然看到前面有烟,那有可能就是人家了,会不会感到很兴奋?"长河落日圆",长河蜿蜒而来,而且是一轮血一样的残阳倒映在河里面,壮丽得让人有点感伤。"萧关逢候骑",又往萧关走,本来在这个地方就应该找到大部队了,但是大部队已经走远了。"都护在燕然",我们还要再往前去追他们吗?这首诗融入了诗人的感情,沉郁而悲凉。

当然,王维在诗歌史上最重要的还是抒情诗和山水诗,只是因为大家对这些都比较熟悉,所以我们就不细讲了。比如说《送元二使安西》：

> 渭城朝雨浥轻尘，客舍青青柳色新。劝君更尽一杯酒，西出阳关无故人。

王维在咸阳这个地方送好朋友去安西，朋友要去的地方王维是知道的，那里非常荒凉，简直没有人烟，更别说能谈心的朋友了，可能会说汉语的都不多。王维好像是不太懂别的语言，李白倒是懂，元二估计也够呛，唐代虽然发达，但是懂外语的人确实不太多，所以到了那个地方去，你要找到一个朋友聊天，真的是不太容易。但又不能给朋友泼冷水，说你不要去了，那个地方不好。因为唐朝到边塞去从军是一条做官的捷径，大家如果都去参加科举考试的话那就麻烦了。我们今天也不可能让大家都上北大清华，就算上了北大清华也不可能人人都可以当国家领导人，怎么办呢？唐朝人就到边塞去从军，好比说去当个国防生。从军有可能进入政治权力的中心，不用参加明经、进士的考试了。总之，从军边塞是盛唐人入仕的一个很重要的出奇制胜的妙招。王维的好朋友元二要去，王维就鼓励他，可是又得告诉他这一去以后生活上难免有些不太方便，一开始可能会很难适应。两个好朋友就要分别了，用杯酒来践行吧，当时是春天，春天原本是充满希望的，但朋友要去的边塞可是没有春天的，"春风不度玉门关"嘛。诗人对朋友有浓浓的深情和难舍的别绪，这应该如何写出来呢？诗人没有直接地说，老朋友呀，你这一走我太伤心了，你多留几天吧，我再跟你喝几杯吧。或者说，老朋友，我希望你早日立功，载誉归来，因为这种话一说就容易变成口号了，没有意思。这些说法都不是诗人的说法，而王维是一个诗人，他会怎么说呢？

第十二讲 诗佛王维及其诗情画意

首先,诗人写"渭城朝雨浥轻尘",渭城就是咸阳,咸阳是当时首都长安旁边很重要的一个地方,这个地方春天已经来了,春雨开始绵绵地下了,把大街上的灰尘都给浇湿了,不扬尘了。在上午十点钟左右的时候他们开始喝酒,早上的雨刚刚停了,雨过天晴,春天的绿色更新鲜了,空气也更通透了,再抬头一看从酒馆的窗户,一眼就看到"客舍青青柳色新",杨柳的叶子被雨滋润之后就更为嫩绿了。在这个时候真是杨柳依依、别情依依啊,古代人送别的时候有一个习俗就是折柳,这个在今天可不是一个好的习惯,会破坏自然景观。唐朝人往东去的时候,大家都喜欢送别友人到灞桥边,因为离开了灞河就离开了长安。在灞桥桥边有一个小亭子,那个小亭子是向东送别的时候给朋友践行的地方。比如李白当年离开长安,是因为李白跟皇上说我不想干了,皇上说好啊,那就赐金放还吧,李白后悔也来不及了,其实他也不想真的走啊。这简直糟糕,没有办法了,那只好走吧,他一走朝中的亲朋好友都来个给他践行了,一下子几十号人,摆长桌喝酒,最后大家每个人都折一支柳条送给李白。那就完蛋了,河边一棵棵柳树都遭殃了,这个可不好,我们现在就不能再有这种习惯了。

沿着渭河边往西北走,过了渭河桥就到了咸阳,送到那儿就不能再送了,再送就跟着他走了。就像以前我们送人,老北京五十年代的时候送人都送到永定门火车站,再远一点就送到丰台火车站,到这儿就千万别再送了,过了丰台就不是北京了。最多最多你送到卢沟桥丰台火车站吧,往北清河站西直门火车站再送就完蛋了,真的不能再送了,你们感情再好你也不能跟着他再往前走了。而且喝酒也不能老喝,还要赶火车。王维那个时候虽然不赶火车也有一定的时间,所

以喝酒喝到这个时候就已经差不多了。元二说老王,别再喝了,我该走了,下面的马在那儿都等着我呢,再不走今天就赶不到宝鸡了,我晚上就没地方住了,你得赶快让我走。王维说不行,来来来,你再喝最后一杯,无论如何干了这一杯酒再走吧,因为"西出阳关无故人",过了阳关你再也没有老朋友了,所以还是再喝一杯吧。

这首诗写出来以后大家一看,哇,写得太好了!没过多长时间就被人谱成曲子了。大家唱这首诗的时候有几种唱法,其中的一种是因为这首诗只有四句,实在太短了,那就得歌唱三次。不过也有的人说唱三次太麻烦了,就把第三句唱三次吧。不管哪一种唱法吧,反正这个歌当时叫做阳关三叠。这个歌实在是太好了,特别能反映送别时的依依别情,所以凡是唐朝人送别朋友的时候几乎是必唱这首歌的。

这首诗的语意非常清新,春天有这么好的景色,我们既然要去追求人生的功名,就不免要辜负了眼前的美景和身边的亲友,又要惜春,又要伤春。朋友之间的依依别情,就通过深情的劝酒来表现,自然率真,饱含着对朋友的深厚情意,所以从唐朝到宋朝都被广为传唱。

王维不但写朋友送别写得好,写兄弟家人之间的感情也写得很好。重阳节这天有登高望远的习俗,正是全家人团聚在一起喝酒的时候,插插茱萸,喝喝菊花酒,延年益寿,这是一个"佳节"。但王维这时候是一个人在长安,没有跟家人在一起,他就想起了家中的弟弟王缙,以前在家的时候他会跟弟弟两个人一起插茱萸。现在独自在长安,要插茱萸当然也行,可这个事以前是他跟他弟弟两个人干的,如今只有自己一个人。就像春节之前过小年,我们要打扫卫生一样,每年都是某某同志干,工作都分配好了,突然有一年某某同志出

第十二讲 诗佛王维及其诗情画意

差不在家,他的工作别人倒是也能干,可感觉就是不一样。王维一个人在长安,到了重阳节他想,啊呀今天是重阳节,以前的重阳节我都在家跟我弟弟王缙一起插茱萸,这个时候他也应该插茱萸了吧?他不写自己如何想家,而是写这个时候我的弟弟应该在想我吧,弟弟会想以往这个时候我哥都在家一起过节,现在他已经漂泊他乡了,不知道是在那里流浪还是找到工作了?所以大家看,王维写思乡的诗不是写自己如何思乡,而是写家乡的亲人此刻如何思念自己。这就跟很多写思念亲人的诗不一样了,别人写的一般都是我如何思念家乡,"床前明月光,疑似地上霜。举头望明月,低头思故乡"嘛。王维是倒过来写了,这样是不是更为凄凉、构思也更巧妙啊?

"独在异乡为异客,每逢佳节倍思亲",这是写王维在长安已经四年了,是"倍思亲"。可是接下来他就不再写自己在长安如何思念家人了,而是写"遥知兄弟登高处,遍插茱萸少一人"。家里的哥们儿在那儿一起插茱萸,一看去年九个人,怎么今年剩八个了?原来是王维老哥不在,还在外面找工作呢。王维这一年十七岁,他这个"山东"不是指现在的山东省,而是指华山之东,王维的老家在华山东边。王维一个人在长安,那个时候只有十七岁呀,虽然达官贵人对他还不错,但毕竟是个举目无亲的小伙子,尤其到了这种别人全家团聚的节日,更显得他一个人孤苦伶仃、形影相吊了。所以他这种手法就可以把感情表达得很充分。

还有一首诗,也是王维写自己思念家乡的,写得非常好。王维的老家来人了,从山西老家终于来了一个山西小老乡,他们还是一个村的,都到京城来了,大家一见面高兴地不得了。一般来说,如果是我们老家来人了,咱们肯定首先就要问一问了,哎呀我爸腰疼犯没犯?我妈的关节炎怎么样?我姐孩子几岁啦?今年的苞米、苞谷收成怎么样?普通人都是这么问吧?但是人家王维不这么写,王维是诗人,很雅。他就问那个哥们,"君自故乡来,应知故乡事",你从老家来你应该知道我家里的事情吧?"来日绮窗前,寒梅著花未",因为这个时候已经快过春节了,你应该经过我们家家门口了,我们家朝阳那间房雕花窗户外的梅树现在开花了没有?没了,诗就这么四句,可是写得别出心裁,王维的那种思乡之情是不是跃然纸上?王维没告诉你他如何的想家,他是想得很细,按说以前的这个时候梅花应该已经开了,可今年家乡的天气不知道跟往常一样不一样,花也不知道开了没有。王维是非常善于用这种细节手法的,他力求和一般人写的不一样,用很浅近清新的语言来表达普通人心里常有、但是嘴上又说不出来的感情,这就是所谓的"只可意会不可言传",能够这么写的可真的是高手。

王维还有一首写相思的诗非常有名,"红豆生南国"一首大家都知道吧?有一个人送了他一颗南方的小相思豆,那个时候北方没有见过这个,王维突然得到一个觉得好可爱,这玩意儿叫什么呢?原来叫相思子啊。它其实就是个红豆,不过跟我们平时吃的红小豆不一样,我们吃的是深红色的,这是大红色的而且头上还带有一点黑。这个东西还有个俗名叫鸡骨草,长的像鸡骨一样,可是如果告诉王维这个叫鸡骨草,那就不美了,王维也写不出这首诗来了。幸好它有个雅名叫相思子,或者是爱情或者是对朋友的友情吧,总之是表现相思之情的。"红豆生南国,春来发几枝",这个东西王维可真是没有见过,南方他去得少,广州更是从来没去过。王维前面倒是有个擅写山水诗的大诗人去过,是被流放过去

第十二讲 诗佛王维及其诗情画意

的,还死在了那里,他就是谢灵运。王维就问,这个东西在春天的时候能开出几朵来呀?"愿君多采撷,此物最相思",我希望你多采点儿,因为这个东西最能寄托我们对朋友、对爱人的思念之情了。这首诗也传唱的非常广了,可惜我们到今天已经不知道它应该怎么唱了。

大家看,王维这种写日常生活中亲情、友情的诗歌都非常短,短小又含蓄,清新又优美,非常适合于传唱。他的这种诗写得确实是好。

不过王维写的最好的诗还得数山水田园诗。王维写山水和他以前的人不太一样,以前的人好多都是像写生一样去写山水的,这个地方的山是怎么样,我一笔笔给你描下来,好像中学生写山水游记一样,像谢灵运就是这么写的。另外还有一些人,他们其实并不怎么着意去写山水,他们写的是对山水的观感,比如说陶渊明就是这样的,"采菊东篱下,悠然见南山",南山美不美我不告诉你,自己去想吧。王维和他们都不一样,他是结合了二者之长,既有山水之美又有自己的意蕴,写得很空灵,所以他的诗歌中有种情景交融的意境美。

王维的山水诗是诗中有画,还有一种绘画美在内;他又能参禅悟道,于是就有了一种清空美;他还精通音律,所有还有动静结合的音乐美。王维的诗歌很好的结合了这三点,非常了不起。我们前面特别介绍过王维的绘画风格,他是意境很空灵的,不是那种特别老实、特别机械、特别庸俗的画法,而是一种写意式的。王维虽然也写大景色,但更多的是山林小景,这个是最具特色的。我们在座的老同志有的喜欢摄影,我也很喜欢,觉得跑到一个地方去细致地观察一个很小的景致,观察它里面的美感是很有情趣的。王维绘画就是喜欢这种山林小景,写诗的时候也是一样,所以他的山水诗情致非常雅洁，能够达到情和景的完美融合，把他自己在森林之中徜徉的那种特有心境和对山水之美的体悟都给表达出来了。

比如这首诗：

> 中岁颇好道，晚家南山陲。兴来每独往，胜事空自知。行到水穷处，坐看云起时。偶然值林叟，谈笑无还期。

诗的题目是叫《终南别业》，指的是在终南山的一所别墅，实际上就是指他的辋川别墅。这个终南山是很美的，现在还隐居了一批道士。在唐朝的时候，长安的气候更好，所以更美。"中岁颇好道"，我从中年以后就更喜欢山水自然道了，"晚家南山陲"，到晚年的时候干脆就在南山的脚下盖了个房子、置了个别墅。虽然我们知道是个二手房啊，但是王维确实整理的不错。王维说我在山下的别墅里是怎么过日子的呢？"兴来每独往"，高兴起来的时候就一个人到附近的山水边儿去转一转，溜达溜达，乘兴而去，兴尽而返，随遇而安。"胜事空自知"，山中美好的景色以及我欣赏景色时获得的恬淡愉悦心情只有我一个人知道，这种感觉是其他人体会不到的。就像我们在座的许多老年同志一样，退休了之后去爬爬香山，逛逛玉渊潭，高兴坐就坐下歇会儿，高兴走就接着走，这种恬淡愉悦的心情一般人都不能了解，儿女不知道，喜欢打麻将的朋友不知道，喜欢跳广场舞的朋友也不知道，只有我一个人能知道。再有就是"行到水穷处，坐看云起时"，沿着一条河流往前走，会有一种好奇心引领，这条河是从山里的哪处流来的呢？有一天，王维就带着这种好奇心就往山林深处走，一直走到了水的源头，原来是在这儿啊。走到了

第十二讲 诗佛王维及其诗情画意

水的源头了，不必再往前走了，前面也没水了，就坐在那儿吧，这个地方当然就更没人了。"坐看云起时"，这个时候坐下来，山中的云像棉花轻纱一样，竟然从那边的山谷里面慢慢地飘过来了，飘着飘着又看不见了。这朵云虽然看不见了，那边又起了一朵。"偶然值林叟"，坐够了再往前走几步，迎面碰见了一个打柴的老翁，我就跟他攀谈上几句，这是哪儿啊？是哪座山啊？我看老先生你的身体还不错，您今年高寿啊？老翁回答说，我啊今年年纪不大，才八十七！哇，这么硬朗，那您一定儿孙满堂吧？老翁说，不瞒你，我连重孙都有了。"谈笑无还期"，简直忘了要回家。这是一种什么样的感觉大家明白了吗？这不比王维当年入朝做官强多了？无牵无挂，想去哪儿就去哪儿，想坐就坐，想走就走，和认识的人可以聊天，和不认识的人也能马上成为好朋友。王维这首诗要表达的就是这种心境，就是一种他对生活的理解，这些从他对山水的热爱中就可以看得出来，王维的山水诗大部分都是写这些的。

还有一部分山水诗，王维是写自己参禅悟道的，他经常在幽静的山林里独自打坐修禅。比如《山居秋暝》这一首：

> 空山新雨后，天气晚来秋。明月松间照，清泉石上流。竹喧归浣女，莲动下渔舟。随意春芳歇，王孙自可留。

是他参禅悟道诗中写的比较好的。在朝廷做官的老朋友们问他，王维你最近在干啥？王维说，你看看我的诗就都知道了。再问你最近过得怎么样？王维又说，你看看我的诗就知道了。接着问你最近在想什么？王维还是说，你看看我的诗就知道了。"山居"就是居住在山里面，"秋"不用讲，

"暝"就是傍晚。就是说,秋天的傍晚王维在山中住了一宿,然后他把这个情况写成诗告诉了他的老朋友。"空山新雨后,天气晚来秋",首先这座山是空静的山,不是喧闹的山,更不是过去学的"沸腾的群山",既没有砍树,也没有挖矿。王维的这个就是一座空山,大家可能都去过那种空静无人的山吧,刚刚下完一场秋雨之后,山中的水汽就更足了,负氧离子也更多了,成了绿色的大氧吧了。这个必须得是在秋天,夏天也不行,而且时间可不能是在中午,秋天的太阳有的时候也能把人晒够呛。王维这个叫"天气晚来秋",是秋天的傍晚,更加的清凉了,让人神清气爽。雨水把山中的山山石石、花花草草都洗刷的干干净净,满目都是翠绿,这个时候还没有到深秋,时间刚刚好,是在初秋。"明月松间照",王维这个时候在松树围绕之中,突然感觉月亮升起来了,说明他在这儿待的时间已经很长了,一轮明月不知什么什么升上了山林,皎洁的月光从稀疏的松林间洒下,落到了地上。这个时候他自然就会感到明月、青松、月光,这些都变成了一种皎洁纯净的君子象征。而且有"清泉石上流",身边除了美丽的月光还有潺潺的流水,从洁白干净的石头上流了过去。清澈的泉水、洁白的石头、潺潺的水声,这一切的视觉、听觉以及弥漫在空气中的清新味道都是诗人此时此刻感觉到的。我想,他这个时候一定正在松间打坐,虽然紧闭着双目,但是分明感觉到月光照过来了,泉水在身边潺潺地流动。这个景色太美了,让人的整个身心像被清泉洗过一样,清澈空灵。

  如果写到这里诗就结束了,王维的朋友可能会说,王维你的那个地方确实有不错的自然景色,在这里打坐参禅算得上是马马虎虎了,的确是非常幽静的。但是王维又说了,我现在这个地方太好了,它是静中有动的,不是死一样的寂静。

第十二讲 诗佛王维及其诗情画意

我这里的大自然是充满了生趣和人情之美的大自然，不是只有安静，没有人味儿的。所以接下来他就要写我的这个地方实际上并不寂寞，也没有完全的隔绝了城市，还有很多的美女，这些美女全都是山村里面天真纯朴、健康活泼的小姑娘。"竹喧归浣女"，他正在打坐呢，突然远处传来了爽朗的谈笑声，王维可能是闭着眼睛的，他虽然看不见，但是他可以用耳朵去听。声音是从竹林里面传来的，仔细听一听原来是有些十五六岁的小姑娘，她们在河边洗衣服，洗完了衣服大家结伴，说说笑笑地要回家了。大家看王维，他是先写"竹喧"，先告诉你有声音传来了，但是不知道为什么"竹喧"，后面"归浣女"写出来你才知道了。小姑娘当然都喜欢说说笑笑了，天真无邪的，没有什么生活的烦恼。"莲动下渔舟"，突然感觉身边的泉水哗啦哗啦地响，原来是她们上船了，划着小船就要回去了，船的晃动影响了水波，把王维身边泉中的莲花也给晃动了。

大家看，这首诗里先是有好景色，在这好景色中还有小姑娘谈笑的声音，这是不是一个安定祥和的和谐社会？不但自然美，而且还有社会美、人情美，我在这种地方待着你说我还愿意回去当官吗？我不回去了。王维又说了，人人都说春天好，可是春天有什么好的，"随意春芳歇"，春天的花爱谢不谢、爱败不败。我现在这个时候多好啊，虽然没有春天的花草，但是这样的秋天也很美。"王孙自可留"，我虽然是一个做官的人，属于古代的王孙贵族了，我就在这儿住下来了也没有什么不好的，我是不再回去了。

这首诗写得特别好，那种清空的意境表达了诗人高洁的情怀，表达了他对自然之美的喜爱，以及对社会人情美的热爱。前面两句"明月松间照，清泉石上流"写的是自然的美，

后面两句"竹喧归浣女,莲动下渔舟",写的是人情的美,既有自然美又有人文美,这两个合在一起当然就是美上加美了,我住在这么美的地方你还让我回长安?跟你们这种庸俗之人、名利之徒一起厮混我可不干。所以这里面也寄托了诗人对理想社会的一种向往,这样的地方多好啊,如果你们长安也是这么好,那我回去也可以,可是长安当然没有这么好了,那里只有喧闹的都市、庸俗的生活、腐败的政治。所以这首诗写得很好,王维是把这个地方当作他心目中的桃花源了,这是他的精神家园,是他心灵的安放之所。

而且大家要注意,王维的这些诗里面都有一种绘画美。包括我们刚才说的"大漠孤烟直,长河落日圆",那是不是就是一种绘画美啊?还有这一首里面的"明月松间照,清泉石上流",也是一幅很美的画。

此外,王维还写了很多这样的诗。比如说"白水明田外,碧峰出山后",在黄黄的稻田外,远方有一条清澈的河流,那是一条从山中曲折流出的小河,河的远处又有一带峰峦,所以叫"碧峰出山后"。我们的眼前简直就有一幅很美的山水画了,远处是远山如黛,山峰翠绿翠绿的,山是远景,中景是山下的一条河流,河流再近一点的景色就是水田了。大家去过婺源吗?看过梯田吗?就是那样的景色。

再比如,王维还能做六言诗,他可以用六言诗来写田园。两句一共才十二个字,他就能写出六种景物,把它们组合在一起就是一幅很美的画。我们在座的听众如果有哪位同志是学习中国传统绘画的,我建议可以把王维的这两句诗画出来,画成两幅水墨画。"山下孤烟远村,天边独树高原",我在木兰围场拍过天边,特别能理解这种感觉。"独树"就是一棵白桦树,这棵树就在远处的山下立着,是不是很有一种绘画

第十二讲 诗佛王维及其诗情画意

美？大家画画也可以借鉴王维诗里的构图，因为王维本身就是个大画家，他的构思是非常巧妙的。另外他诗里面的色彩也配合得很好，"雨中草色绿堪染，水上桃花红欲然"，红配绿看不足，一红一绿的春天景色太美了。

因为王维很喜欢佛教、很亲近禅宗，所以他经常在诗中写他坐禅入定之后所体会到的自然、人生、宇宙。禅坐是很能悟道的，它讲究会心，真告诉你了就不行了。你问问修禅宗的高僧何谓禅，人家可能就拿个手指头敲你一下，说这就是禅。问人家什么是快乐，人家也不会告诉你，快乐就是快乐，你自己去悟吧。你要是不懂，那就不懂吧，反正不懂就是懂，懂就是不懂。王维修禅，他也不告诉你禅是干嘛的，他只告诉你他禅坐时的感觉。"独坐幽篁里，弹琴复长啸。深林人不知，明月来相照"，这四句诗大家可以试着感受一下。

其实《鸟鸣涧》也是，"人闲桂花落"，北京这个季节有的地方也有桂花了，桂花是很小的，可是这个时候王维都能够听到桂花落地的声音了，简直是静到了极处。而且这个静不只是周围环境的安静，也得是"人闲"，人的心闲静到极致的时候才能听到桂花飘落的声音。可是大家再想一想，但那么一片寂静的环境中，桂花也在花开花落，依然具有旺盛的生命力，所以这也是一种生命力的象征吧？然后就是"夜静春山空"，"月出惊山鸟，时鸣春涧中"，这个时候为了写静到极致，王维用动态来衬托，说突然有几只鸟飞走了，大概是因为月亮太亮了吧，小鸟以为天已经亮了。其实天没亮，是月光太皎洁了。所以读这样的诗，可以让人忘记尘世间的烦恼，抛下对功名利禄的追逐，体会到生命的自然真趣，这就是王维诗歌独有的禅趣之美。

另外，王维的诗歌还有音乐美，他的诗歌很多都被谱成音乐了。王维有一对音乐家的耳朵,他在诗歌中也特别地喜欢写声音。而且他还亲近禅宗,他的耳朵也带了禅味,特别地擅长发现细微的声音之美,所以许多天籁之音都被他给捕捉到了,就连声音的粗细区别他也能用不同的词语给表现出来。比如说"人闲桂花落,夜静春山空",这是写桂花飘落的声音的,而"雨中山果落,灯下草虫鸣",就是另一种感觉。在下雨的时候王维竟然能听见有一个什么果子掉到地上了,他的听觉好像比我们都要好,秋雨连绵中,有一个山果落在地上都能听见。"灯下草虫鸣",在灯下看书的时候,听见了草间的蛐蛐儿或者其他的什么虫鸣叫的声音。再有就是"更有风惊竹,开门雪满山",在半夜睡觉的时候,突然觉得窗户外面有声音,风吹着竹林,竹叶都发出淅淅沥沥的声音了,也不知道是怎么回事。直到第二天早上一开门,才发现门口全是大雪,原来昨天晚上下雪了。还有"松含风里声,花对池中影","细草松下软,窗外鸟声闲"等等。用这样的词来形容声音,说明王维对声音的体察很细,语言表达能力很强。

　　因为王维有这么了不起的艺术表现能力,所以他就成了盛唐前期艺术成就最高的诗人。以前我们都说李杜王,实际上在盛唐人心目中应该是王李杜,王维排第一,李白往后靠一点,杜甫更往后靠。王维的诗歌充满着绘画美、音乐美,他是一个诗、书、画、乐的全才,只不过他这个人的性格和李白杜甫不太一样,他是信仰佛教的。但是王维对后世的影响力太大了,他为中国古代诗歌奠定了一个非常重要的情感基调。闻一多说,王维的诗歌,尤其是他的山水诗,是典型的中国诗。我们中国人对山水自然的审美情趣就是王维给定下来的,我们今天的人仍然特别能够体会他诗中所写的那种静赏自然的感觉,就是一个人静静地坐在那儿欣赏山水之美,把自己整个的身心融入到山水之中去，体会天地之间的自然之道。这和西方人喜欢在山水中探险的自然观可是完全不一样的。就从这一点上来看，王维在中国古代诗歌史、中国传统文化艺术史上就具有独一无二的地位。

第十三讲　补察时政与泄导人情
——白居易及其诗歌艺术欣赏

杜晓勤

大家好，这一讲我们来看中唐的白居易。首先请大家来看一下我这个题目，"补察时政与泄导人情"。"补察时政"就是对当时的政治社会进行批评，"泄导人情"就是抒发自己个人的感情，这个标题可以说代表了白居易比较自觉的文学创作观念和诗歌审美观念，白居易的诗也正是这种创作观念的体现。

白居易是中唐诗坛特别重要的一位诗人。大家学过盛唐诗歌，盛唐是中国古典诗歌的黄金时代，是一座高峰，但是对于唐诗本身来说，它并不只有盛唐一个高峰，中唐的诗歌也非常精彩。安史之乱爆发后，唐诗一度进入了低潮，而到了唐宪宗的元和、长庆年间，诗歌高潮又重新掀起了。盛唐时诗歌创作高潮的产生，是由于国力强盛，政治开明，思想也比较自由，知识分子入仕道路通畅，那么中唐再次出现高潮的原因是什么呢？它有哪些社会背景呢？

安史之乱平息后，整个社会仍处于内忧外患之中，虽然时局已经基本稳定了，但是地方上藩镇割据非常严重，这个藩镇割据有点类似于我们现在说的军阀割据，中央朝廷连年用兵，地方上的节度使们就拥兵自重、父子相承，形成了一个个独立于中央的藩镇，他们的人事、税收都是相对独立的。

第十三讲 补察时政与泄导人情——白居易及其诗歌艺术欣赏

大家都知道的一位唐代大诗人贾岛,他也是我们北京人,大家现在去房山还可以找到贾岛墓,他当时想要参加朝廷的科举考试就不敢直接往南走,而是从天津出海,经过山东,从黄河的入海口那一带上岸,绕个远路过去。当时闹得最厉害的是北方的那些节度使,朝廷拿他们根本没有办法。武元衡和裴度两个丞相主张武力镇压藩镇,节度使们就派人到朝廷,在大庭广众之下杀了武元衡,然后一路追杀裴度,裴度逃跑都掉到护城河里去了,摔得够呛,好在最后他保住了命。出了这样的事情,朝廷上竟然还有人建议要对藩镇继续容忍下去,白居易就特别的愤慨,他一度很失意就是因为这件事情。藩镇之外还有宦官专权,盛唐的大宦官高力士很出名,大家都知道他,其实他还好,他不太干涉朝政,中唐这些宦官不一样,他们是干政的,而且干政得很厉害。当时的社会矛盾就不可避免地被激化了,中央和地方有矛盾,朝臣和宦官有矛盾,地主和贫民也有矛盾,整个社会陷入了无法摆脱的严重危机。于是中唐那些仁人志士就开始思考、探索改革的道路,仁者见仁、智者见智,每个人都有自己的想法,他们的政治立场不同,诗歌审美趋向也并不一样,所以中唐的诗歌流派很多,各流派如"危峰绝壑,深涧流泉,并自成趣,不相沿袭"。

  安史之乱之后首先出现的是大历诗风,它是盛唐与中唐之间的一个低谷,经过这个低谷就迎来鼎盛的中唐诗坛。中唐诗坛有两大流派,一个是元白,这是新乐府诗派,当然元白的创作并不局限于新乐府,只是他们的新乐府影响比较大;另一个是韩孟诗派,就是韩愈、孟郊和贾岛这些人。这两派之外其实还有一批人,他们搞了一个"永贞革新",改革比较激进,很快就失败了,史称"二王八司马"事件。"二王"是改

革的领导者,就是王叔文和王伾,"八司马"是像柳宗元、刘禹锡这些人。韩孟诗派注重表现个人的激愤,韩愈和孟郊都是寒士出身,是平民阶层的读书人,他们感到怀才不遇,于是以"不平则鸣"相号召。而元白呢则是当时的大才子,进入朝廷做官的时候比较年轻,白居易的家庭出身比元稹还要更好一些,他们诗歌表现的就主要是自己对参政议政的积极要求。

大家都知道,元白最重要的作品就是新乐府诗了。新乐府是他们还很年轻,刚入朝当谏官的时候写的,谏官就是给皇帝提意见、管批评监察、提供自己政治见解的官员,我们今天好像没有一个太能跟它对应的官职,它是把纪检委、监察部,还有什么顾问智囊都混在一块儿了。这两个人很年轻,官衔也很低,大概就是个八九品的小官,但是位轻言重,皇帝特别重视这个官职,所以他们意气风发、热情似火,对那些腐朽的老官僚和朝廷长久以来的弊政展开了激烈的批评,新乐府就是他们写给皇帝的意见书。像大家都学过的那首《卖炭翁》,提的是什么意见呢?就是说皇帝啊,你们皇宫里现在办事办得不好,派了很多太监出来到公市上采买,也不给人家钱就把东西抢走了,这个太不像话了。再比如说《红线毯》,说的是人家贫寒妇女在那儿织红线毯,织成了献给朝廷,你们一个个铺在地上还生着火炉多么温暖,但是织红线毯的那些人呢,家里像冰窖一样,孩子没吃的都快饿死了。还有《缚戎人》,你们这些驻守边关的人成天把少数民族的老百姓随便抓来,抓来了让人家当牛做马,这个不利于民族团结、边疆稳定,这个也不好。他一下子写了一大堆,这些叫"讽谕诗"。

白居易的一生可以分为两个阶段。第一个阶段,大概是在白居易四十岁之前,那是他意气风发的时期,二十九岁中了进士。其实白居易在中进士之前就已经很牛了,大家可能

第十三讲 补察时政与泄导人情——白居易及其诗歌艺术欣赏

听过一个故事,说白居易很年轻的时候就到长安来了,他去拜访当时的权贵顾况,顾况心想你一个毛头小子怎么随便就跑到我这儿来了?他就爱搭理不搭理的。古时候谒见都要递名帖的,像我们现在的名片一样,他一看这人叫"白居易",就嘲笑他了,"米价方贵,居大不易",长安城可不是像你这种小年轻就能随便站住脚的。但是名帖后面就附着白居易的作品,就是那首《赋得古原草送别》,"离离原上草,一岁一枯荣。野火烧不尽,春风吹又生",顾况当即说"道得个语,居即易矣",诗写得这么好,那在长安住多久都绝对没问题了。

到了二十九岁那年,白居易一举中了进士,然后趁热打铁以拔萃登科,当上了校书郎。这个校书郎是帮朝廷整理图书的,但有的时候也会帮助朝廷批阅一下文件。到了三十五岁,白居易又应制举,叫才识兼茂明于体用科,这是很有名的一个科,能通过这一科选拔的人都是很牛的。他的那个朋友元稹比他考得还要好呢,元稹当时是第一,白居易比他稍微差一点,是第四。于是就由校书郎外派到了地方,去锻炼一下吧,就到了当时长安的近郊周至县,就在现在西安的西南,暑假我去西安的时候还去了一趟。白居易当县尉不久,就又调回朝廷了,因为当时的宪宗特别赏识他。而且调回来以后他可就不是校书郎了,直接当了翰林学士。校书郎跟皇帝不在一起,翰林学士不一样,可以直接接触皇帝,帮皇帝起草诏书。然后又当了三年的左拾遗,左拾遗更是皇帝贴身的人物了,以前杜甫也干过这个事情,凡是当拾遗的诗人最后好像都没什么好下场啊?白居易当时是很自负的,他说"十年之间,三登科第。名入众耳,迹升清贵",我在短短的十年之间参加了三次重大考试,次次都考得很好,满朝文武都知道我,我如今做的又是这么一个清贵的好官位。再加上他已经接

触到了一定的社会现实,诗人深感有为民请命的必要,所以他就开始大干一场了。

像他这样积极进谏、不怕牺牲的,当时只有一小部分,大部分的人比较保守,白居易说"勿轻直折剑,犹胜曲全钩!"你们不要看不起那种钢制的,好像一掰就能掰断的剑,它比挂蚊帐、挂窗帘的那种钩子强多了,"我"是宁可当那个剑的,哪怕剑断了我也不怕:

> 正色摧强御,刚肠嫉喔咿。常憎持禄位,不拟保妻儿。养勇期除恶,输忠在灭私。

"我"应该凛然正色地面对那些顽固落后的势力,跟他们斗争到底,他们打"我"的小报告"我"也不怕,"我"本来就不太在乎所谓的禄位,"我"做官拿钱为的是老百姓,不是要保全妻儿、求取富贵的。这不仅是白居易当时的政治态度,也是他的创作态度。

白居易在校书郎任满之后,作周至县尉之前,他杜绝宾客,在家里专心研究当今的社会问题,写出了《策林》七十五篇,每一篇都论述了一个社会问题,他对当时的经济、政治、军事、文教各种弊端都提出了改革意见。他认为最严重的一点就是官吏的贪污腐化,然后是皇帝的好大喜功、不能节俭,最后还有贫富不均、土地兼并。白居易要求统治者以天下之心为心,以百姓之欲为欲,这个天下不是你皇帝一个人的,不能光看你一个人的利益,应该照顾到全体国民的利益,这是白居易在当时提出的政治主张。他还建议,统治者要去了解民心,应该"立采诗之官,开讽刺之道",用先秦《诗经》和汉代乐府的办法,拿一个木铎采采各地的民歌,了解了解民情。

元和三年到五年之间,白居易真正做了左拾遗之后,他

第十三讲 补察时政与泄导人情——白居易及其诗歌艺术欣赏

"有阙必规,有违必谏,朝廷得失无不察,天下利病无不言",他给皇帝上书还觉得不够,那个玩意儿长篇大论的流传不广啊,怎么办呢?好,有一个办法,他决定写诗,新乐府诗歌就出来了。所以我们读新乐府的时候应该和那七十五篇《策林》配合着看,他那个不是一般地在作诗,而是把他的政治见解和社会批判用诗的形式写出来了。《秦中吟》和《新乐府》里的那些诗篇像连弩之剑一样射向了黑暗的现实,刺痛了当时所有权豪的心,大家说这个白居易年纪轻轻胆大包天啊,都对他心怀怨恨了。正好不久之后,发生了一件事情,就在元和十年,藩镇派人来刺杀武元衡和裴度这两个主战派。白居易认为这是开国以来未有的国辱,地方不服中央管制,竟然派刺客来京城了,目无国法,太猖狂了。白居易那段时间特别容易冲动,年轻人可能也爱表现,他第一个上书,表示一定要严办,要看看幕后指使的人到底是谁。其实大家心里都有数,就是淮西节度使派的人,但是不敢说,白居易虽然也不敢明说,但是表示一定要把刺客逮住然后一查到底。你提提意见是可以的,但是官位太低了你就不能第一个提,这是很大的事情,应该由宰相这一类高官来讨论,白居易这就算越职奏事了。越职奏事本来也不是个大毛病,但是他把权贵已经都得罪了,大家就趁机攻击他,说他不只越职奏事,而且还违反了伦理道德。什么伦理道德呢?他妈妈前两天掉在井里死了,他竟然还写了一首叫《落花》的诗,写的就是落花落到井里了如何如何,这是大不孝。其实这是造谣中伤,白居易的妈妈不是掉在井里死的,是正常老病而死。反正权贵们在其他地方搞不到你,就从生活作风入手搞你,果然这样一来就把白居易给搞掉了。

这个事情一出,白居易就完蛋了。墙倒众人推,皇帝也保不住他了，最后被贬为江州司马。《琵琶行》就是在贬谪的途中写的。江州司马，泪湿青衫，白居易觉得太伤心了，我一心为朝廷、为国家、为人民做事，你们这帮家伙这样搞我啊？他就心灰意冷了。渐渐的白居易也四十不惑了，许多事情看淡了，原来年轻时敢干的事情也不敢干了，家里的拖累也比较多了，他也说自己是"始得名于文章，终得罪于文章"，我这个人有名就是因为我敢写文章，但是最后栽也是栽在这个文章上面。前面他是兼济天下，贬江州司马之后，他就开始独善其身了，而且不独善其身也不行啊，他已经到地方上了，离中央朝廷已经比较远了，又是戴罪之身，也管不了什么事情了。

江州之贬是对诗人的一个沉重打击，从此他的人生变成另外一个样子了，他自己的诗里说"换尽旧心肠"。其实虽然白居易有所改变了，但人还是有惯性的，他那种脾气一时没有办法完全地改掉，所以在江州司马任上他还是写了一些颇有政治热情的作品，"不分气从歌里发，无明心向酒边生"，喝酒写诗的时候一激动还会流露出昔日残存的那种情绪来，像《琵琶行》里面不是也有一些吗？但是随着政治环境的日益险恶，他越来越认识到官场的复杂腐败，就开始将儒家的乐天知命，道家的知足不辱和佛教的四大皆空结合起来，把它们当作自己修身养性、明哲保身的法宝。尤其到了晚年，白居易是很会养生的，我还讲过一次白居易的养生之道，像喝茶、饮酒、听戏、赏花等等。而且他还有点悔恨当初了，"三十气太壮，胸中多是非"，现在则希望自己"面上灭除忧喜色，胸中消尽是非心"，"多知非景福，少语是元亨。"人太聪明了不是什么好事，话说得太多了更完蛋，应该装傻，或者本来就傻那更好。一方面也是为了避免卷入后来的牛李党争，白居易

第十三讲 补察时政与泄导人情——白居易及其诗歌艺术欣赏

又安排了自己的终隐之路,他也不在京城待着了,"求致身散地,冀于远害",以太子宾客分司东都,在洛阳度过了最后的十八年,那十八年中他好像是在当官,但又好像是在隐居一样。大家去过龙门石窟没有?有的朋友去过吧,龙门石窟对过儿就是白居易待的白园,里边有他很大的雕像。那个时候白居易跟香山九老,就是几个老和尚,成天一块儿写写诗,研究研究佛经。不过白居易这个人真的是相当不错的,即使他已经独善其身了,还为地方做了许多好事,比如说苏州的山塘街,那本来是臭水沟,就是他去疏通河道、清淤泥、种柳树的,那里现在是苏州特别繁华的一个地方。白居易是很愿意做实事的,他并不追求政绩。另外,白居易也特别地同情百姓,觉得农民很苦,不过农民为什么苦,根源在哪里,他这个时候已经不愿意去想了,他不是不知道,是觉得想了也没用。那怎么办呢?就是在独善其身的基础上尽量做得好一点吧,他说自己在冬天的时候"褐裘覆絁被,坐卧有余温",可是老百姓还在受寒,于是"念彼深可愧,自问是何人",这个人还是很善良的。

唐会昌六年八月,白居易病死洛阳,享年七十五岁,这在唐代的诗人里已经算长寿了,这和他中晚年以后注意养生,注意调节自己的心境,有一定的关系。白居易诗歌创作的观点在开头部分我已经给大家讲过了,一个是补察时政,另一个是泄导人情,就是一个是批判现实,一个是抒发一般的、普遍的感情,也包括爱情。

白居易最有名的作品是《长恨歌》,我们一般认为这个《长恨歌》就是写李隆基和杨玉环的,这里面有同情又有讽刺。有很多人说这个诗就是讽刺的,因为李隆基荒淫误国,导致了安史之乱,这也是当时很普遍的一个看法,要不然为

什么那么好的盛唐就衰落了呢,毛病肯定都在杨玉环身上。所以也出现了很多相关的小说,像《杨太真外传》《高力士外传》《开元天宝遗事》等等,你们李隆基、杨玉环两个沉浸在爱河之中,又宠信安禄山,安禄山还拜杨玉环为干妈,杨玉环和安禄山两个人一起跳什么胡旋舞,李隆基还让他带兵去守北大门,结果就出事了。可是实际上,我们读完了全诗以后会觉得好像又不全是讽刺的。开头一句"汉皇重色思倾国,御宇多年求不得",这个好像的确是在讽刺批判吧?它不过是以汉代唐,用汉武帝指代唐玄宗罢了。"思倾国"这个是用了典故的,"倾国又倾城"是李延年的诗,他为汉武帝找了一个特别漂亮的姑娘。这肯定是在讽刺皇帝不重视国政,只想着求国色了,但是越往后,讽刺的地方越少,到最后我们都忘记第一句诗人还做过讽刺了。《长恨歌》的结尾是"在天愿作比翼鸟,在地愿为连理枝。天长地久有时尽,此恨绵绵无绝期",到最后出来了一个"恨"字,这个"恨"是什么恨啊?有人说是亡国之恨,我不同意,我觉得这就是天上人间永隔,有情人不能够成眷属的那种恨。而且他说"此恨绵绵无绝期",这还是政治批判吗?这变成歌颂爱情了。不过关于这首诗的确争议比较多,这首诗的前半部分倒是在批判,可是后半部分又把李杨的爱情写得那么凄美,变成了歌颂了,有人就说他这是和稀泥,还提出了一个"二重主题说"。这个作品怎么会出现这种情况呢?我们该怎么去理解它呢?

　　白居易的仕途基本上可以算作是一帆风顺了,可是他的感情经历是极为坎坷的。白居易十九岁的时候,他爸爸在徐州符离当官,他去探亲的时候碰到了邻居家的小姑娘,小姑娘特别可爱,比他小四岁,当时才十五岁。他们两个青梅竹马,互相爱慕,但没有把这个事情告诉父母。白居易为这个

第十三讲 补察时政与泄导人情——白居易及其诗歌艺术欣赏

姑娘写了很多诗,有一首是《邻女》:

> 娉婷十五胜天仙,白日姮娥旱地莲。何处闲教鹦鹉语?碧纱窗下绣床前。

到了贞元十四年,白居易二十七岁了,他要离开江南去找工作,在去叔父家的路上还写了三首怀念湘灵的诗。第一首就叫《记湘灵》:

> 泪眼凌寒冻不流,每经高处即回头。遥知别后西楼上,应凭栏干独自愁。

是说天寒地冻的时候他一个人在路上,心里悲伤,眼泪都被寒风吹的冻在眼皮下头了,每走到一个高处他就回头去望,往他心爱的女孩子那儿看,因为他知道我走以后你肯定也是一个人站在西楼上凭栏远眺思念着我的。第三首是《长相思》,这个就比较长了:

> 九月西风兴,月冷霜华凝。思君秋夜长,一夜魂九升。二月东风来,草坼花心开。思君春日迟,一日肠九回。妾住洛桥北,君住洛桥南。十五即相识,今年二十三。有如女萝草,生在松之侧。蔓短枝苦高,萦回上不得。人言人有愿,愿至天必成。愿作远方兽,步步比肩行。愿作深山木,枝枝连理生。

你看他说的,"十五即相识,今年二十三",可能有的人一看觉得这不是废话吗,可是你看他记得多清楚,刻骨铭心啊。"有如女萝草,生在松之侧",他说湘灵像女萝草一样温柔,而自己呢就像松树一样。"蔓短枝苦高,萦回上不得",你那个蔓草太短了,我这个青松太高了,你老想爬但是爬不上来,我要在外间闯荡,而你得待在家里,咱们两个不能相伴。接着大家看,他要发表爱情的誓言了,"愿作远方兽,步步比肩行。愿作深山木,枝枝连理生",这跟我们今天要讲的《长恨歌》是不是差不多?"在天愿作比翼鸟,在地愿为连理枝。"难道还真能是李隆基和杨玉环两个人在长生殿说的?就算是,你白居易当时去了吗?你怎么知道的?所以他是把自己跟小姑娘说过的话,加到李隆基和杨玉环身上了。而且经过历史考证,长生殿也不是一个谈情说爱的地方,为什么?长生殿是祭祀供奉老祖宗神牌位的地方,我们谁会跑到景山公园歪脖子树下谈恋爱啊?总之从这里面,我们已经能够看出他后来要写《长恨歌》的影子了。白居易跟湘灵经过了多年的相恋,感情已经很成熟了,已经考虑到结婚的问题了,但是湘灵担心自己家的门第太低,是普通的市民家庭,白居易可是官宦之家,怕自己会被白家人嫌弃,"蔓短枝苦高,萦回上不得"可能也有这个含义。

　　二十九岁的时候白居易考中进士了,觉得自己政治前途一片光明,他回家住了十个月,觉得自己羽翼丰满了,就主动地向他妈妈交代了,说我要和隔壁的湘灵姑娘结婚,他妈一听就疯了,说绝对不行,一般的交往就算了,结婚绝对不行,他们家是普通的市民,我们家是什么人家?白居易很孝顺,不敢再争执,怀着痛苦的心情就离开了,写了一首诗叫《生离别》,离开以后能不能再回来都很难说了。他的相思诗写得太苦了,所以这个人是有两面性的,一方面政治热情高昂,另一方面又在为情所苦。

　　　　食蘖不易食梅难,蘖能苦兮梅能酸。未如生别之为难,苦在心兮酸在肝。晨鸡再鸣残月没,征马连嘶行人出。回看骨肉哭一声,梅酸蘖苦甘如蜜。黄河水白黄云

第十三讲 补察时政与泄导人情——白居易及其诗歌艺术欣赏

秋,行人河边相对愁。天寒野旷何处宿,棠梨叶战风飕飕。生离别,生离别,忧从中来无断绝。忧极心劳血气衰,未年三十生白发。

他说黄檗那么苦,梅子那么酸,都比不了我们分别的痛苦,三十岁没到就生白发了啊,而且"天寒野旷何处宿,棠梨叶战风飕飕",他对自己爱情的前途也不怎么乐观,已经有点绝望了。

在贞元十一年秋的时候,白居易已经三十三岁了,他从周至回到长安当了校书郎,要把家迁到长安去,这趟回家他再次去苦求自己的老母亲允许他和湘灵结婚。但母亲就是不同意,白居易仍旧是不敢违抗。这时候家里已经不许他们俩再见面了,白居易只能在临走前悄悄地去和湘灵告别,因为怕惊动别人,见面的时候都不敢说话,也不敢哭。这时候他写下了《潜别离》:

> 不得哭,潜别离。不得语,暗相思。两心之外无人知。深笼夜锁独栖鸟,利剑春断连理枝。河水虽浊有清日,乌头虽黑有白时。惟有潜离与暗别,彼此甘心无后期。

"利剑春断连理枝",这个"利剑"是谁呀?就是他妈妈呗。这和后来一个特别可怜的诗人很像,就是陆游,他和唐婉的爱情故事也很令人同情,也是那么有爱国热情,有战斗精神的诗人,婚姻也是这么的不如意。白居易与湘灵的婚姻无望了,但是他们的爱情还没有结束。不是不许他和湘灵结婚吗?那么他就独身。在贞元二十一年和元和元年间,白居易又写了三首怀念湘灵的诗,比如《冬至夜怀湘灵》:

> 艳质无由见,寒衾不可亲。何堪最长夜,俱作独眠人。

还有《感秋》、《寄远》也是这个主题:

> 欲忘忘未得,欲去去无由。两腋不生翅,二毛空满头。坐看新落叶,行上最高楼。暝色无边际,茫茫尽眼愁。

他一直到了周至尉任上的时候,都三十六岁了,还是孑然一身。

后来,白居易回到朝廷当左拾遗的时候,有一个姓杨的朋友就劝他,说老白你不能老这么下去,你老是这样就心理变态了。白居易自己也写了一首《戏题新摘蔷薇》:

> 移根易地莫憔悴,野外庭前一种春。少府无妻春寂寞,花开将尔当夫人。

他没有老婆也是很苦恼的。后来姓杨的这个哥们就把自己的妹妹嫁给他了,白居易跟她的感情也不错,但就是忘不掉湘灵。四十四岁被贬为江州司马,在赴任的路上竟然碰到了湘灵,而且之前湘灵给过他的什么镜子、鞋他也都带着,两个人抱头痛哭了一场。你们问他老婆这时候在哪?他老婆也是随行的,眼看着他和一个姑娘抱在一块儿,当然也不是姑娘了,都快四十的人了。白居易诗里写了:

> 我梳白发添新恨,君扫青蛾减旧容。应被傍人怪惆怅,少年离别老相逢。

单单是一个"少年离别老相逢"可说明不了问题,老朋友也不能这样搂在一块儿痛哭啊,只能是以前的旧情人。何况

第十三讲 补察时政与泄导人情——白居易及其诗歌艺术欣赏

湘灵这时还信守承诺,依然是未嫁之身,白居易当然更痛苦了。

当年湘灵姑娘曾经送过白居易一双鞋子,他一直保留着,无论在朝在野,走到哪儿他就随身带到哪儿。元和十一年,他翻晒衣服的时候突然翻出来了,大家知道南方是梅雨天气,恐怕那鞋子都发霉了,白居易为此写了一首诗叫《感情》,这个"感情"不是名词,是为情所感的意思。《感情》是这么写的:

> 中庭晒服玩,忽见故乡履。昔赠我者谁?东邻婵娟子。因思赠时语,特用结终始。永愿如履綦,双行复双止。自吾谪江郡,漂荡三千里。为感长情人,提携同到此。今朝一惆怅,反覆看未已。人只履犹双,何曾得相似?可嗟复可惜,锦表绣为里。况经梅雨来,色暗花草死。

我现在和湘灵都分开了,形单影只,还随身带着成双成对的鞋子干什么啊。

后来五十三岁了,白居易从杭州刺史任上回洛阳,他还绕道去了一次符离,想再去看看湘灵。这时候人家已经搬家了,旁边的邻居也不知道湘灵这个人了,白居易再也找不到她了,他的思念才逐渐消减了。

好,我们讲了这一段白居易本人的爱情故事,大家就能更好地理解《长恨歌》的主题了,写《长恨歌》的时候正是他为情所苦、"少府苦无妻"的那段时间,所以这里面出现一些对李杨爱情的同情乃至于歌颂,就都说得通了。以前的研究者很少把这两件事连在一块儿,这是近二十年学术界的最新研究成果,我个人认为很有道理,所以今天分享给大家。

那么我们再回头看白居易的《长恨歌》,它的创作主题我刚才已经讲了,它的创作背景是什么呢?白居易当周至尉的时候,和他的几个朋友一起游览周至的名胜古迹仙游寺,有学者考证这个仙游寺里面是有壁画的,画的可能是汉武帝思念去世的李夫人,请道士来作法,终于重睹情影的传说。庙里有这样的壁画,当时李杨的爱情故事又很流行,在这样的背景下,白居易就写下了这首《长恨歌》,而他同去的朋友陈鸿则写了小说《长恨歌传》,这两个是相伴产生的。

  汉皇重色思倾国,御宇多年求不得。杨家有女初长成,养在深闺人未识。天生丽质难自弃,一朝选在君王侧。回眸一笑百媚生,六宫粉黛无颜色。春寒赐浴华清池,温泉水滑洗凝脂。侍儿扶起娇无力,始是新承恩泽时。云鬓花颜金步摇,芙蓉帐暖度春宵。春宵苦短日高起,从此君王不早朝。承欢侍宴无闲暇,春从春游夜专夜。后宫佳丽三千人,三千宠爱在一身。金屋妆成娇侍夜,玉楼宴罢醉和春。姊妹弟兄皆列土,可怜光彩生门户。遂令天下父母心,不重生男重生女。骊宫高处入青云,仙乐风飘处处闻。缓歌慢舞凝丝竹,尽日君王看不足。渔阳鼙鼓动地来,惊破霓裳羽衣曲。九重城阙烟尘生,千乘万骑西南行。翠华摇摇行复止,西出都门百余里。六军不发无奈何,宛转蛾眉马前死。花钿委地无人收,翠翘金雀玉搔头。君王掩面救不得,回看血泪相和流。黄埃散漫风萧索,云栈萦纡登剑阁。峨嵋山下少人行,旌旗无光日色薄。蜀江水碧蜀山青,圣主朝朝暮暮情。行宫见月伤心色,夜雨闻铃肠断声。天旋地转回龙驭,到此踌躇不能去。马嵬坡下泥土中,不见玉颜空死

第十三讲 补察时政与泄导人情——白居易及其诗歌艺术欣赏

处。君臣相顾尽沾衣,东望都门信马归。归来池苑皆依旧,太液芙蓉未央柳。芙蓉如面柳如眉,对此如何不泪垂?春风桃李花开日,秋雨梧桐叶落时。西宫南内多秋草,落叶满阶红不扫。梨园弟子白发新,椒房阿监青娥老。夕殿萤飞思悄然,孤灯挑尽未成眠。迟迟钟鼓初长夜,耿耿星河欲曙天。鸳鸯瓦冷霜华重,翡翠衾寒谁与共?悠悠生死别经年,魂魄不曾来入梦。临邛道士鸿都客,能以精诚致魂魄。为感君王辗转思,遂教方士殷勤觅。排空驭气奔如电,升天入地求之遍。上穷碧落下黄泉,两处茫茫皆不见。忽闻海上有仙山,山在虚无缥缈间。楼阁玲珑五云起,其中绰约多仙子。中有一人字太真,雪肤花貌参差是。金阙西厢叩玉扃,转教小玉报双成。闻道汉家天子使,九华帐里梦魂惊。揽衣推枕起徘徊,珠箔银屏迤逦开。云鬓半偏新睡觉,花冠不整下堂来。风吹仙袂飘飘举,犹似霓裳羽衣舞。玉容寂寞泪阑干,梨花一枝春带雨。含情凝睇谢君王,一别音容两渺茫。昭阳殿里恩爱绝,蓬莱宫中日月长。回头下望人寰处,不见长安见尘雾。惟将旧物表深情,钿合金钗寄将去。钗留一股合一扇,钗擘黄金合分钿。但教心似金钿坚,天上人间会相见。临别殷勤重寄词,词中有誓两心知。七月七日长生殿,夜半无人私语时。在天愿作比翼鸟,在地愿为连理枝。天长地久有时尽,此恨绵绵无绝期。

这首诗比较长,我们把它大概分为三个部分,一段一段地来看。

"汉皇重色思倾国,御宇多年求不得。杨家有女初长成,养在深闺人未识。天生丽质难自弃,一朝选在君王侧。"这里说的汉皇其实就是唐明皇了,他当了皇帝以后想找一个漂亮的姑娘当妃子,但是一直找不着,于是就把杨贵妃从家里选进宫来了。真的是这么回事么?这是诗人用的曲笔,因为毕竟是皇帝家里的丑事,不能直截了当地说。杨玉环本来是寿王李茂的妃子,唐明皇一看这个儿媳妇不错,想把她弄进宫来,就由高力士出了一个主意,让杨玉环先出家去当女道士,当了女道士就好办了。唐朝的女道士比较复杂,我们下一次要讲到的李商隐,他跟女道士之间也谈过恋爱。不管三七二十一吧,反正是把杨玉环弄进宫了,杨玉环实在是漂亮啊,"回眸一笑百媚生,六宫粉黛无颜色。春寒赐浴华清池,温泉水滑洗凝脂。"这个华清池大家去西安的时候可以去看,骊山是避暑的地方,华清池可不是,长安的宫殿冬天太冷了,华清池有温泉,所以比较暖和。本来杨玉环她的皮肤就特别好,柔嫩光滑,再用温泉水一洗就更好了。陕西的温泉真的不错,比我们小汤山的强多了,小汤山那个温泉我洗了以后身上不滑,不过西安的温泉有一点不好,它有硫黄味。大家现在去西安可以住到华清池杨贵妃洗澡的那个地方,有莲花汤,还有什么芙蓉汤,弄得还挺漂亮。"侍儿扶起娇无力",她洗完澡以后懒懒散散的,宫女把她扶出来,李隆基一看就更喜欢了,后人有不止一幅的贵妃出浴图,起码流传有七八幅呢,"始是新承恩泽时"。"云鬓花颜金步摇",她黑黑的头发蓬松着,容貌那么漂亮,头饰也特别好。"金步摇"是个什么玩意儿?它是金的,套在脑袋上,上面有一些金片,一路走着一路就叮铃叮铃的。"芙蓉帐暖度春宵。春宵苦短日高起,从此君王不早朝。"完了,不理朝政了,光理杨玉环了。"承欢侍宴无闲暇,春从春游夜专夜",大好春光全赋予杨玉环了,

第十三讲 补察时政与泄导人情——白居易及其诗歌艺术欣赏

每天晚上也不找别人了,天天两个人在一块儿。"后宫佳丽三千人,三千宠爱在一身",这就完蛋了,他成迷了。"金屋妆成娇侍夜,玉楼宴罢醉和春","金屋"用了汉武帝的典故,大家应该都听说过"金屋藏娇"。"姊妹弟兄皆列土,可怜光彩生门户",杨家兄弟姐妹因为她一个人得道,全都鸡犬升天了,杨国忠当了宰相,三个姐姐都成了夫人了。好,这下子天下人就开始议论了,杨家就是出了一个漂亮姑娘,全家人都跟着富贵了。"遂令天下父母心,不重生男重生女。"生儿子有什么用?生儿子不能给皇帝当老婆,生个漂亮姑娘给皇帝当老婆多好。"骊宫高处入青云,仙乐风飘处处闻。"他们经常在骊山的宫殿上寻欢作乐。"缓歌慢舞凝丝竹,尽日君王看不足",这个时候他们俩陶醉在爱河之中,从刚才的初恋到现在已经是热恋了。

两个人爱情的火焰正在燃烧着呢,完了,"渔阳鼙鼓动地来,惊破霓裳羽衣曲"。这个霓裳羽衣曲是杨玉环的拿手好戏,唐玄宗也是很有才气的,他们的乐队跟歌舞团是很厉害的,我们今天说的"梨园"就是从唐玄宗的歌舞团那儿来的。可惜叛乱突然发生了,渔阳鼙来了,而且人家叛军是有准备的,你朝廷可是没准备,一下子洛阳沦陷,潼关吃紧。唐玄宗和杨贵妃就慌了神了,赶快跑吧,决定要往西逃了。"九重城阙烟尘生,千乘万骑西南行",这一路上就快点逃命去吧,为什么"翠华摇摇行复止",走着走着不走了呢?因为前面的卫兵们不干了,他们要求把祸国殃民的杨家兄妹都杀掉,不杀他们不足以平民愤。李隆基一想怎么办,不赶快走大家都完蛋,好吧好吧,我同意,杀吧。杨国忠一剑就被捅死了,可是杨玉环是他最心爱的人啊,他就让高力士去替他处理了,用一条白绫勒死了杨玉环。"六军不发无奈何,宛转蛾眉马前死。花钿委地无人收,翠翘金雀玉搔头",杨贵妃就这么死了,首饰散落一地也没有人收拾。可是有人说那个是假的,是个替身,真的杨贵妃跑到日本去了。我去日本山口县看了,那个地方确实有一个杨贵妃墓,当地人也说我们这一带姓杨,就是你们唐朝的杨贵妃到这儿来了。我不同意这个说法,这只是传说。"君王掩面救不得,回看血泪相和流。"唐玄宗这也是没办法,他对爱情还是比较忠贞的,比很多皇帝都强很多了。"黄埃散漫风萧索,云栈萦纡登剑阁",这时他们已经到四川了,"峨嵋山下少人行,旌旗无光日色薄",这是诗人的想象,因为唐玄宗入成都之后再没往前走,也没有去过峨嵋,诗人是用峨嵋这个地名来代替成都,在这么美丽的天府之国,唐玄宗还是那么的抑郁苦闷。"蜀江水碧蜀山青,圣主朝朝暮暮情。行宫见月伤心色,夜雨闻铃肠断声",他在行宫里边待着的时候,每天看见月亮就想起了过去和杨贵妃两个人花前月下的恩爱,一听见秋雨打梧桐的声音就更伤心了。"天旋日转回龙驭,到此踌躇不能去",安史之乱的第一个阶段终于结束了,长安收复了,可以回到首都来了,不过一回来就变成太上皇。太上皇的日子都不好过,因为当朝皇帝得提防老爸,历史上也有过这样的事,老爹又回来了,把儿子赶下台,自己继续当皇帝。

不过我们先不说太上皇的事,先看他回京的时候经过了哪里。唐玄宗又到了马嵬坡,"马嵬坡下泥土中,不见玉颜空死处。君臣相顾尽沾衣,东望都门信马归",杨玉环已经死了,没办法了,这是一种深沉的悲伤。"归来池苑皆依旧",他不回来还好,一回来看到的就是物是人非。"太液芙蓉未央柳。芙蓉如面柳如眉",他看见荷花就想起杨贵妃美丽的脸庞,看见柳树就想起杨贵妃婀娜的身姿,所以"对此如何不泪垂"。"春风桃李花开夜,秋雨梧桐叶落时",无论是春天还是秋天,唐玄宗都整天在以泪洗面啊,其实白居易写到这儿的时候已经完全陶醉在这种爱情之中了,我估计他已经把自己变成了唐玄宗,把自己对湘灵的思念全写到里边去了,人进入了创作情境中就会一发不可收拾。

"西宫南内多秋草,落叶满阶红不扫。梨园弟子白发新,椒房阿监青娥老。夕殿萤飞思悄然,孤灯挑尽未成眠。迟迟钟鼓初长夜,耿耿星河欲曙天。鸳鸯瓦冷霜华重,翡翠衾寒谁与共。悠悠生死别经年,魂魄不曾来入梦。"到了"魂魄不曾来入梦"这儿就又用了汉武帝的故事了,汉武帝不是找了一个道士来帮助他见李夫人么?唐玄宗其实没干这个事儿,是白居易把这段故事加进去了。"临邛道士鸿都客,能以精诚致魂魄。为感君王辗转思,遂教方士殷勤觅。排空驭气奔如电,升天入地求之遍。上穷碧落下黄泉,两处茫茫皆不见。"你看他倒是挺费心、挺努力的,天上、地下到处去找,想把杨玉环的魂魄找回来,能找着吗?后来,"忽闻海上有仙山,山在虚无缥缈间。楼阁玲珑五云起,其中绰约多仙子。中有一人字太真,雪肤花貌参差是",这个"太真"不就是杨玉环作道士时的名字么?一听,好,赶快去找吧,"金阙西厢叩玉扃,转教小玉报双成",小玉、双成是天上的仙女仙童。"闻道汉家天子使,九华帐里梦魂惊"这说的是谁啊?就是杨玉环。"揽衣推枕起徘徊,珠箔银屏迤逦开。云鬓半偏新睡觉,花冠不整下堂来",你看她连头发都没梳就赶快下来迎接了。"风吹仙袂飘摇举,犹似霓裳羽衣舞。玉容寂寞泪阑干,梨花一枝春带雨",这是杨玉环刚刚哭完,泪痕还没干呢,这样就出来了。

"含情凝睇谢君王,一别音容两渺茫。昭阳殿里恩爱绝,

蓬莱宫中日月长。回头下望人寰处,不见长安见尘雾",看来不行啊,天上人间不能相聚,那怎么办?拿一个信物带回去吧,"唯将旧物表深情,钿合金钗寄将去"。这个"钿合"就是用罗钿装饰的盒子,"金钗"就是他们爱情的见证。"钗留一股合一扇,钗擘黄金合分钿",俩人一人拿一半,"但教心似金钿坚,天上人间会相见",虽然是天人永隔,但是等你百年之后我们就又能相聚了。"临别殷勤重寄词,词中有誓两心知",她怕唐玄宗不相信,因为方士可以胡诌,反正杨贵妃在天上住着呢,我没法把她带来见你,所以你回去把誓言告诉他,这是只有我们两个人才知道的,别人不知道,一说这个他就信了。"七月七日长生殿,夜半无人私语时。"清朝有一个昆曲《长生殿》,写的就是这个事情。"在天愿作比翼鸟,在地愿为连理枝。"这就是他们两个人的爱情誓言了,"天长地久有时尽,此恨绵绵无绝期",这两句是白居易最后发的感慨。大家读到最后对这首诗的主题有没有自己的看法呀?它是对爱情的歌颂还是对政治的批判呢?大家回去自己想想。

第十四讲　唐诗之花的幽艳晚芳
——李商隐、杜牧诗歌艺术欣赏

杜晓勤

今天讲晚唐。这一讲的题目叫"唐诗之花的幽艳晚芳",这个题目比较长,我在给北大中文系本科生讲的时候用的题目叫"余霞散成绮"。不管是"唐诗之花的幽艳晚芳"还是"余霞散成绮",这两个名字都反映了我的一个看法,虽然晚唐国势日衰、江河日下,但是诗歌创作依然取得了非常了不起、非常有特色的创作成就,就像我们在座的很多老同志一样,就算我们不像年轻人那么青春了,也有自己一种独特的美,这就叫"余霞散成绮",像傍晚的晚霞一样斑斓绚烂,或者叫"唐诗之花的幽艳晚芳",像秋天在香山看红叶,登高望远,也是很美的。

大家请看,这些是唐代的工艺品,晚唐五代的工艺品和盛唐的工艺品是不一样的,这个是一尊晚唐五代六金铜观音造像,大家可以想一想盛唐的龙门石窟大佛,龙门石窟的气度多大啊,到了晚唐就只有这么小一个小铜佛了。从唐文宗开成年间一直到唐代结束,也就是公元836年到公元907年,这七十年就是我们说的晚唐,唐朝灭亡之后就是五代十国了。

我们上一讲说了,从中唐安史之乱后国家就已经不行了,社会矛盾日渐加剧,比如中央和地方的矛盾,地主和老百

姓的矛盾，还有民族间的矛盾，当时边境上的问题是非常多的。晚唐的这些社会矛盾跟上次讲的其实差不多，还是宦官专权、藩镇割据、朝臣党争，但是变本加厉，越来越严重了。

首先，晚唐的宦官专权很厉害。我们以前过说汉代的宦官也厉害，东汉灭亡就跟宦官有关。盛唐的时候也有大宦官，但是问题不大，因为高力士顶多就是搞搞小动作，没有怎么参与国政。到了中唐就不行了，这个我们上一讲说了，到了晚唐更麻烦，皇帝的权威越来越小，宦官越来越坐大，中唐的时候宦官还不敢杀皇帝，但是到了晚唐，好几个皇帝都是被宦官杀死的，像唐宪宗是被宦官陈弘志给杀掉的，唐敬宗是被宦官刘克明杀掉的，而穆宗和文宗又都是宦官把他们扶上位的。其实唐文宗也知道宦官不好，所以就准备用一个叫宋申锡的大臣除去宦官，但是宋申锡用人不当，思虑不周密，计划失败了，被当时的京兆尹，相当于我们的北京市市长，给他出卖了，宋申锡被贬死开州。大和九年，唐文宗又找了李训和郑注这两个大臣，再一次想把宦官集团搞掉。这次事情还没干就被宦官觉察了，当时最大的宦官仇士良就带兵大杀朝官，宰相以下六百朝官皆被杀害，上下一片恐慌，已经陷入白色恐怖了，这些朝臣担心上朝被杀，可是又不能不上朝，所以每天早上出门前都要和先和家人诀别，这就是历史上有名的甘露之变。甘露之变发生后文宗形同傀儡，常常泣下沾襟，自叹受制于家奴，以后历朝皇帝都被宦官操控。而且这个仇（qiú）士良在他在临死之前还给接他班的宦官们传授了操控皇帝的诀窍，他为此专门写过一本书，我们来看一看。他说，"天子不可令闲暇"，你们一定不要让皇帝太闲着，他一闲着就会去看书，一看书他就找儒臣，那些儒臣就会向他进谏。这一进谏就麻烦了，皇帝就有脑子了，就想把事情干好

第十四讲 唐诗之花的幽艳晚芳——李商隐、杜牧诗歌艺术欣赏

了,相应地就会"减玩好",就减少他那些玩的东西了,还会"省游幸",也不会成天到处游逛,找宫女后妃胡混去了,如果皇帝这样我们就完蛋了,"吾徒恩且薄而权轻矣",因为我们的主要任务就是陪他玩,好让他玩物丧志啊,现在他不玩物丧志了就不会重用我们了。"为诸君计",我帮你们考虑啊,你们想当一个好宦官,想要有权有钱,"莫若殖财货",就得多去搜刮财钱鹰马,用财物和女色去蛊惑他,让他沉迷其中,这样就"极奢靡,使悦不知息",让他高兴的连休息都忘了,当然也没工夫看什么经书、研究什么治国之术了,儒臣找他的时候,皇帝说别烦我,我正玩着呢,"万机在我",我们宦官知道就好了,让皇帝糊涂吧,这样我们就能够掌管天下,恩泽权力我们就都有了。大家看看这个仇士良太坏了,还给宦官们传授这些经验。宦官专权确实是唐代衰亡的重要祸根啊。

第二个,藩镇割据。晚唐的藩镇割据确实是麻烦,有点儿像民国时期的军阀割据,我们现在老说蒋介石你这个家伙为什么搞不好国家呢?你原来不也是革命的先锋吗?其实那个时候军阀割据,冯玉祥、孙传芳、阎锡山、白崇禧这些人都不跟他一伙儿,老蒋真正能指挥的人没几个。唐代也是这样,在宪宗、武宗朝打藩镇还曾经有过短暂的胜利,但是后来到了晚唐就不行了,大家看图上这些密密麻麻的可能看不大清楚,那其实都是一个一个的独立小王国。这些藩镇之间整天厮杀争夺地盘,没有一个向中央交税的,它们的人事权也都归自己,军权就更是自己的了,而且都是家天下,父死子继,还经常弑君弑父的搞篡权,搞得乱七八糟,后来五代十国为什么会产生?就是因为这个。这个藩镇的祸端是怎么来的?因为安史之乱,有些节度使的军队在安史之乱中立功了,他们就坐大了。最后唐昭宗也被朱全忠杀掉,唐王朝就

灭亡了。

此外晚唐的朝臣也不行，官僚队伍也出问题了，因为他们互相之间进行党争，历史上把这个称作"牛李党争"。这个党争在开始的时候是有一定门第色彩的，牛党是牛僧孺、李宗闵为首的官僚集团，这批人都是寒门士子，是通过科举考试上来的，这些人的家庭背景都不显赫，最起码是已经不能靠着爸爸爷爷的祖荫来当官了，必须要凭自己的真本事去考试。可能他爷爷的爷爷也做过宰相，但是已经没用了，享受不到这个特权了。另外的一个就是李党，李党是以李德裕为首，他是唐朝著名的宰相，这个人的爸爸李吉甫也是有名的宰相，他们家是大家族，是靠祖荫来做官的。我们现在有些人肯定觉得世家大族一定是不行的，必须得靠科举考试上来的才好，可其实李党也有道理，你们牛党这些人都是中下层出身，进取心都比较强，这本来是好事，可是你们太急功近利，经常个人品德也出现问题，言谈举止比较粗鲁就不说了，更严重的是你们穷人乍富往往就开始贪污受贿了。我们今天来看这两个党，他们其实是各有优缺点的，过去就说牛党好，因为牛党代表了新生的社会力量，表面上看两个党是庶族地主和士族官僚之间的权力斗争，但实际上他们在政治上是有更深刻的分歧的。两党分歧的焦点有两个，第一个是选拔人才的途径，这是最根本的，牛党是科举出身，主张通过科举取士，而李党都是门荫出身，主张门荫入仕。第二是该怎么对待藩镇，李党是世家大族，他们就是要派兵平叛，要维护国家的统一，维护皇帝的至高尊严，而牛党则主张姑息迁就。这两个党争来斗去，一会儿你得势了，一会儿他得势了，把许多朝臣卷进其中，我们今天要讲的李商隐就被卷到里边去了。杜牧比较好，两边都在拉拢他，他躲得远远的，去"十年

第十四讲 唐诗之花的幽艳晚芳——李商隐、杜牧诗歌艺术欣赏

一觉扬州梦"了。这两个党争来斗去,最后都没有得到什么好处,李德裕做宰相了就把牛僧孺、李宗闵放逐到南方去,牛党的白敏宗当宰相了,就把李德裕赶到海南岛去,最后李德裕抑郁而死,大家以后到海南去的时候,不要光想着苏东坡,除了苏东坡还有一个李德裕。这两个党的党争延续了一百年,一直到唐朝灭亡,唐文宗就特别感慨,他说"去河北贼易","河北贼"就是藩镇,当时河北、北京这一带的藩镇比较厉害,"去朝廷朋党难",因为朋党是犬牙交错,盘根错节的。所以朋党之争也是晚唐衰落的重要原因,因为你们成天政治斗争,国家还怎么搞?

在这样的社会背景下,晚唐士人的心态就比较复杂,不像盛唐那么简单了。盛唐唐玄宗励精图治,大家都一条心,躬逢盛世嘛,想要一起做一番轰轰烈烈的事业。到这个时候不行了,虽然有很多知识分子对朝廷很忠心,但是这个烂摊子太烂了,他们也无力回天了。中唐跟晚唐可不一样,中唐我们上回讲了,韩愈和白居易都很有改革决心的,而且也真的改革了一部分内容。到了晚唐就真是不行了,我们从这两首诗中就可以看出来。韩愈的《盆池》诗其二说"莫道盆池作不成,藕梢初种已齐生。从今有雨君须记,来听萧萧打叶声。"秋天了,家里弄一个小盆池来种荷花,坐在家里就能听一听秋雨打荷叶的声音了,也还不错吧?虽然没有那么大的境界,那么大的场面,但最起码还能够听成。李商隐也写过类似的情景,但是心境又不一样了,他的诗叫做《宿骆氏亭怀崔雍崔衮》:

> 竹坞无尘水槛清,相似迢递隔重城。秋阴不散霜飞晚,留得枯荷听雨声。

到这儿都是枯荷听雨声了,连荷叶都枯了,那种心境也就更萧索了。这其实反映了两种心态,前者仍未丧失自信心,还有一点乐观,后者"留得枯荷听雨声",因为落寞感伤都失去希望了,这是中晚唐两个时代诗人们的不同心态。

以前人们对晚唐诗歌的评价特别低,认为晚唐社会已经衰落了,诗人成天写的诗都是那种枯索萧瑟的。宗白华先生原来是北大哲学系搞美学研究的,写过著名的《美学散步》,宗先生就说,"历史说明自中唐以后,唐朝向衰亡的途上走去,藩镇跋扈,宦官窃柄,内乱外患,相逼而至,在这样国运危险万分之际,晚唐诗人应该怎样本着杜少陵的非战文学,积极的反对内战!应该怎样继着初唐、盛唐诗人的出塞从军的壮志,歌咏慷慨的民族诗歌!然而事实是使我们失望的!晚唐的诗坛充满着颓废、堕落及不可救药的暮气:他们只知道沉醉在女人的怀里,呻吟着无聊的悲哀。"我们宗先生对晚唐是哀其不幸、怒其不争的,可有的时候是时势造英雄,时势不行,有英雄也是搞不成功的。我们现在七八十岁的老同志,说他应该像十八岁的时候一样扛着长矛去从军杀敌,能行吗?宗先生略显得理想化了,这种评价是有一点偏颇的。

20世纪八九十年代以后,我们逐渐对晚唐给予了实事求是的评价。首先,不是他们这些人非要这么写诗的,等一会儿我们可以看看,他们年轻的时候诗中也有理想,也有壮志,是后来赶上了一个烂摊子。再说了,这种诗的风格也不是不好,"留得枯荷听雨声"也是一种美,虽然赶不上盛唐那么繁荣,中唐那么热闹,但绝对不是一片荒芜,"夕阳无限好"是李商隐的诗,这样的诗的出现也是和时代背景有关的。

晚唐诗歌虽然没有初盛唐"海上生明月"那么大的气势,但也确实取得了很大的成就,就像晚霞或秋花一样。而且杜

第十四讲 唐诗之花的幽艳晚芳——李商隐、杜牧诗歌艺术欣赏

牧和李商隐就只是写爱情诗吗？不是这样的，他们有的诗社会现实感也是很强的。有人说杜牧不是浪子吗？不是在青楼瞎逛的人吗？其实杜牧他也是有远大的政治抱负的，等一会儿我们再看。另外的许浑、温庭筠、韦庄、司空曙、韩偓等也都写了很多作品，而且晚唐五代的时候还出现了专门表现人民生活贫困的诗人，像皮日休、聂夷中、杜荀鹤等等这些都是。只不过晚唐已经西风落照了，诗人们回天乏力，所以诗中的淡薄情怀和艳情绮思的主题相对来说比初盛唐和中唐要多一些的。什么叫淡薄情怀？就是有意归隐山林，风格苦寒孤清的，这是发展自贾岛那一派的。还有艳情绮思，就是写歌儿舞女之间的那种缠绵之情，以及醉生梦死的生活的，这种题材并不全是坏的，它在文学史上还有好处，因为它为后来唐五代词的兴起和发展奠定了很好的艺术基础。

好，以上是总体情况，现在我们来看今天主要讲的这两个人，杜牧和李商隐。杜牧和李商隐是晚唐诗坛最杰出的两位诗人，他们代表了晚唐诗歌的最高成就，而且这两个人在文学史上也是并称的，盛唐有李白杜甫的"李杜"，所以到了晚唐我们叫他俩"小李杜"。唐代的诗歌还有"三李"，哪"三李"？李白、李贺、李商隐。在座的老同志可能还记得，在"文化大革命"的时候毛主席喜欢"三李"，而且把他们三个归入了法家，因为那个时候搞儒法斗争嘛，这当然是没有道理的，那时候还把杜甫骂得狗血喷头。

我们先来看杜牧。姓杜的从汉代开始就是一个大族了，当时长安的南边就有杜陵，到了唐代的时候，也说"城南韦杜，离天三尺"。现在我们去西安的长安区，区政府原来的镇叫韦曲镇，韦曲旁边有杜曲，就是韦杜两大家族居住的地方。杜家是出过很多文人和政客的，比如说晋代的杜预，他还有

个别称叫"杜武库",因为他文武双全,既有学术著作,又能够领兵打仗。再比如中唐时候的宰相杜佑,他写过《通典》。所以杜牧的家庭出身还是不错的,远祖是西晋的名将杜预,祖父是中唐的名相杜佑,父亲杜从郁也曾经是驾部员外郎,这都不是普通的文官,是搞实际工作的。杜牧家有一个别墅叫樊川别墅,所以后来他又叫杜樊川,他的集子叫樊川集。他童年的时候经常在自家的花园里游玩,衣食无忧,是一个世家子弟。但是十岁起他就麻烦了,因为祖父去世了,不久之后父亲也死了,家道中衰,日益贫困,就得靠他的大哥支撑这个家庭了,"长兄以驴游丐于亲旧之间",骑着头驴去向自己的亲戚借钱,到这儿要一点,那儿要一点,而他和他的弟弟杜𫖮过着"拾野蒿藿,寒无夜烛"的生活,每天吃野菜呢,可能也有一点夸张,也不至于一时间就到了这个程度,不过夜里要看书没有蜡烛可能性倒是更大一点,这些都是他自己在《上宰相求湖州第二启》里写的。这个时候他已经入朝为官,官位也不错了,想当湖州刺史,就给宰相上书,说你能不能把我派到湖州当一个刺史啊,说你看我小时候多苦,我现在干到今天多不容易。这是哭穷的,不能够完全相信,但是在一定程度上反映了他在父祖去世后在生活上是有变化的。

在长庆二年,他二十岁左右的时候已经读完《尚书》《诗经》、《左传》、《国语》这些了,他最感兴趣的是历史兴亡的规律,一个朝代怎么才能够兴盛,怎么就又灭亡了呢?他对社会政治是很关心的,二十三岁的时候就写了很有名的《阿房宫赋》,这个大家都知道吧?这个里边有他对秦亡原因的见解,实际上也是借古讽今,讽刺唐敬宗沉迷声色的。后来又上书幽州节度使刘悟,劝其讨伐河朔三镇,希望他不要骄纵,要举贤进士,又写了《燕将录》《同州澄城县户工仓尉厅壁记》

等等这些诗,抒发他对政治时事的关心和看法。而且这个人喜欢兵书,成天研究兵法,注解了《孙子兵法》十三篇。文宗大和二年,二十六岁的杜牧进士及第,同一年的三月又应制举贤良方正能直言极谏科,以第四等及第授弘文馆校书郎,这是一个清闲的文官,成天整理图书文稿的,但是有的时候也可以讨论讨论国事,从此杜牧就进入仕途了。

进入仕途不久杜牧就到地方上去了,在各地的幕府里辗转求职达十年之久,除了大和九年他在京做监察御史,分司东都之外,大部分时间都是任职幕府的。中晚唐的人喜欢到幕府里去,因为到幕府属于捷径,如果立了大功重新回朝,就会比一直待在朝廷里升迁更快。最初是在大和二年十月,杜牧入沈传师幕府,这个沈传师后来还当了宰相,当时杜牧是任职江西观察使团练巡官。大和七年又受牛僧孺之聘,任淮南节度推官,后来转长书记,这里的扬州并不仅仅指扬州一地,还包括现在的南京。在扬州的十年幕府期间他常感到失望,觉得自己找不到出路,幕府也是各怀鬼胎,所以留恋于酒市妓楼,所谓"十年一觉扬州梦,赢得青楼薄倖名",这是没办法的颓废之举,当然也和唐代文人本身的习性有关系,他们不颓废也会去那里的。

开成二年他开始任京官了,任过左补阙、史馆修撰、膳部员外郎、比部员外郎,当了三年京官之后,他就出来独当一方了,开始在黄州、池州、睦州当刺史。刺史就比较厉害了,能兴利除弊,改善民生了,所以"三守僻左,七换星霜"。他为什么京官当得好好的,又要搞到地方去了呢?可能他也是受牛党的连累,因为李党又上台了,李德裕这个人说杜牧用兵的策略不错,我们用他的办法,但是不用这个人,所以杜牧感到特别的受委屈。为什么不用这个人呢?大家想想李党是什么？这种世家大族特别注重人品和家风，杜牧三年之前的名声太坏了，大家都知道他在扬州成天流连于妓院，还写了无数这样的诗，他和我们一会儿要讲的李商隐不一样，李商隐是正儿八经谈恋爱，他是成天鬼混。这个人品有问题还不是最根本的原因，最根本的原因是因为他是牛党，曾经在牛僧孺手下干过，所以要把他搞走。大中三年，他又回朝当了一个司勋员外郎，史馆修撰，但是这个也不行，就是把他放到那个位置上去了，其实没什么意思。后来迁吏部员外郎，这个官儿不错，因为它是管官员升迁、选拔的，五年内又升到考功郎中，也不错，这个官比较大，有可能牛党又回来了，所以他能回朝廷当官。可惜不久之后他就病了，五十岁就去世了，这个在唐代诗人里不算死得太早的，但是也不算活得太长，像上次说到的白居易，人家就活到七十多了。

杜牧的一生是悲剧的一生，他本来很有政治抱负，他受祖父杜佑的影响，对如何治理国家很感兴趣，颇重经世致用之学，平生留心当世之务，论政谈兵，均颇有见地，但是他的政治才能没有得到发挥，最后反而是因诗享名，这是一个历史的错位。他曾经说自己对于"治乱兴亡之迹，财赋兵甲之事，地形之显易远近，古人之长短得失"都很有研究，就连经济金融他也懂，是一个全才。"地形之显易远近"这是对全国的地质矿产都明白于心，"古人之长短得失"，对历代的贤臣名人他都有自己的判断。他跟杜甫、李白不一样，那两个是真正的文人，你让杜甫当宰相，肯定搞得糟糕透顶，如果让李白去搞，他也绝对搞不好，再加上搞累了喝喝酒，喝高兴了就根本找不到他了，那就更麻烦了。杜牧是一个搞实事的人，他连兵法都懂，还写了《原十六卫》《罪言》《战论》《守论》，还注了《孙子》，所以李德裕用他的办法还真的打了胜仗，可惜

第十四讲 唐诗之花的幽艳晚芳——李商隐、杜牧诗歌艺术欣赏

就是不用他。

杜牧一生创作的诗文数量很多,他有一年生病的时候曾经把自己的诗做了一次全面的整理,烧掉了其中的大部分,这个人对自己的作品是很重视的,所以才会把他认为不太好的作品都烧掉。其实我认为他烧掉的那些作品里真有不少好的,只是他对自己的要求比较高。所以现在留下的集子是他的外甥裴延翰编的,有二十卷,其中诗文可靠的有四百五十篇,集子叫《樊川文集》,较好的注本有清人的《樊川诗集注》。

此外,他对于诗歌有自觉的理论追求。他喜欢李杜和韩柳的诗歌,这四个人他最佩服了,他说:"李杜泛浩浩,韩柳摩苍苍,近者四君子,与古争强梁。"对这四个人他的评价是很高的。因为李杜在唐代的时候评价并没有特别高,韩愈是第一个高度评价李白和杜甫的诗人,而且对这两个人不分上下,都给予了很高的评价。不过杜牧也有自己的路子,虽然向他们四个学习,但是走出了自己的风格。他说"某苦心为诗,本求高绝,不务奇丽,不涉习俗,不今不古,处于中间",既不是标新立异,绮思丽藻,也不是那种太俗、太直白的风格,他就觉得像白居易写的《卖炭翁》《红线毯》也不行。他要求"以意为主,气为辅,以辞采章句为兵卫",看着怎么像打仗吧?他写诗论也是像论兵书一样的,所以他的诗风是在俊爽峭健之中,时带风华流美之致,这一点尤其体现在他的绝句中。他的诗主要有四个内容,一个是政治咏怀诗,一个是咏史怀古诗,一个是写景纪行诗,最后是妇女题材的作品,而且最后一方面的还比较多。

他有不少政治咏怀诗,我们说了杜牧他不是生下来就是一个浪荡子、薄幸儿的,他年轻的时候有远大的政治抱负,而

且也确实有许多精辟的政治见解。二十五岁的时候杜牧曾经写过《感怀诗》,这是一篇比较长的诗,他长篇大论,夹叙夹议,写安史之乱以来藩镇割据,朝政急征暴敛造成的国弱民贫,然后又追想了初唐的唐太宗是如何顺应民心,以文德治天下的,而且也肯定了唐宪宗用武力削藩平叛的这种举措,表达了对当今朝廷励精图治的希望,这里面还有他有志难伸的愤懑不平,这首诗是他二十五岁的时候写的,还没考上进士呢。后来又写了两首,像《河湟》和《早雁》写的是边境问题。先看《河湟》:

> 元载相公曾借箸,宪宗皇帝亦留神。旋见衣冠就东市,忽遗弓箭不西巡。牧羊驱马虽戎服,白发丹心尽汉臣。唯有凉州歌舞曲,流传天下乐闲人。

边境作乱,少数民族在我们现在的河西走廊、甘肃宁夏这一带搞的边境不宁,令他想起了以前的一些贤相圣君,他们那时候如何的英明果断,"元载相公曾借箸,宪宗皇帝亦留神。旋见衣冠就东市,忽遗弓箭不西巡",你看原来那些励精图治的贤臣都完蛋了,"就东市"是去干嘛了?杀头了呗。而且皇帝也无暇西顾了。"牧羊驱马虽戎服,白发丹心尽汉臣",你看边境上的那些边民们,虽然一个一个穿着胡人的衣服,但是他们的心却向着朝廷,可朝廷却没法把他们解救出来,没法恢复大唐的统治。"唯有凉州歌舞曲,流传天下乐闲人",边疆有事,中原都不去关心了,只剩下西域传来的歌舞还娱乐一帮闲人了,他们只知道边疆的歌曲,却不知道要去收复边疆。大家看这首诗里诗人把自己的痛心写得多好。

另外一首《早雁》是从边地居民的角度去写的:

> 金河秋半虏弦开,云外惊飞四散哀。仙掌月明孤影

第十四讲 唐诗之花的幽艳晚芳——李商隐、杜牧诗歌艺术欣赏

过,长门灯暗数声来。须知胡骑纷纷在,岂逐春风一一回?莫厌潇湘少人处,水多菰米岸莓苔。

"早雁"是一个象征性的比喻,比喻的对象就是边民。"金河秋半虏弦开,云外惊飞四散哀",在秋天的时候,少数民族来骚扰边境了,他们拉一个弓箭往天上一射,把天上的大雁都吓得飞到旁边哀鸣了。"仙掌月明孤影过,长门灯暗数声来。须知胡骑纷纷在,岂逐春风一一回",这里是反用"春风不入玉门关"的意思了。"莫厌潇湘少人处,水多菰米岸莓苔",他在这里是说那些边民们被外族践踏压迫,实在不堪其苦,只好纷纷向南方内地逃亡了。他是借惊飞四散的哀鸿,来比喻在异族侵扰下被迫南迁的边境的人民以及他们难以回到原来居住区的悲惨处境,实际上也是对当前统治者无力捍卫边疆的一种讽刺。类似的诗还有很多,比如说《题村舍》一首,写饥民灾荒是非常悲痛的,有很多诗都表达了杜牧对社会的关心。从这些诗中我们也可以看出来,杜牧对社会时事一直都是很关心的,别看他一直鬼混,实际上他有很多这样的作品。

不过杜牧写得更多的是咏史怀古诗。他的咏史怀古诗借古讽今,跟一般人不一样,写历史事件时经常发表一些别人想不到的看法。比如说他会借历史题材来讽刺当时的最高统治者,像《过华清宫三绝句》,它的第一首最有名:

> 长安回望绣成堆,山顶千门次第开。一骑红尘妃子笑,无人知是荔枝来。

我们之前讲过的《长恨歌》也写到了李隆基和杨贵妃在骊山上醉生梦死,但是你看杜牧咏史是很善于用细节的。现在去华清池,那里已经被分成两半了,有一半还不让我们随

便进,上头的宫殿也没有原来那么多了。但是我们可以看看模型,基本可以看到唐代的那个样子,在远处一看重重叠叠的,一直到山顶都是宫殿,所以杜牧好像在给我们大家指点,说你看看,那个骊山的宫门在下边一个一个开,一直从山脚开到山顶上面去,这是干嘛?在表演吗?不是,原来有一个人在山顶宫殿里笑呢。怎么回事?"无人知是荔枝来"啊。第二首写的也还可以,但是总觉得没有第一首那么传神,因为第一首细节抓得好,带着一种悬疑的那种意味在里边,让我们一看不知道写的是什么东西。第二个首因为比较简单,我们就不说了。另外就是直接对历史史实进行评判的,这首诗大家可能知道,叫《题乌江亭》:

  胜败兵家事不期,包羞忍耻是男儿。江东子弟多才俊,卷土重来未可知。

这是说的什么事情?楚汉相争,项羽被刘邦给打败了,"美人自刎乌江岸",这场历史的悲剧就该结束了,可是杜牧读到这儿的时候突发奇想,认为项羽你不应该是那个样子,你应该想得远一点,"包羞忍耻是男儿"对不对?最好学那个勾践卧薪尝胆,以后再卷土重来嘛,你看人家韩信多厉害,能忍胯下之辱。而且你看江东那么多人才,你这个时候退守江东,说不定就能东山再起了。杜牧经常会说如果怎么样这个历史就改写了,他的下一首也是这样的:

  折戟沉沙铁未销,自将磨洗认前朝。东风不与周郎便,铜雀春深锁二乔。

这是《赤壁》诗。苏东坡的"千古风流人物"是我们一般对赤壁的理解,但是人家杜牧,他又突发奇想了,他说他在那个地方找到一柄出土的剑,一看还没有完全锈死呢,他想如果当时不起东风,周瑜没有这个便利的话,历史会是什么样子呢?二乔说不定就被曹操抓到铜雀台里去了。

还有一类写得好的是写景抒情诗。我们看《江南春》这一首:

> 千里莺啼绿映红,水村山郭酒旗风。南朝四百八十寺,多少楼台烟雨中。

杜牧写景中也有怀古之情,也有一种历史的沧桑之感。你看"千里莺啼绿映红,水村山郭酒旗风",江南一片美景,多好啊。可是他又想到"南朝四百八十寺"了,有没有这么多佛寺呢?梁朝梁武帝佞佛,那个时候每个县,恨不得每个乡、每个村都建几个庙。南朝那么小的一个地盘,佛教最兴旺的时候有多少座寺庙?五百多座。当然杜牧在这里信誓旦旦地说有四百八十寺,好像很准确,但其实是一种约数,杜牧作诗比较喜欢用数字。"多少楼台烟雨中",再想想现在什么样?荡然无存了。下面还有一首,"烟笼寒水月笼沙,夜泊秦淮近酒家。"这个秦淮河就是歌妓集中的地方。"商女不知亡国恨,隔江犹唱后庭花。"刚才我给大家放了一个后人谱的玉树后庭花曲子,现在大家看图片,这就是秦淮河的夜景。类似的好诗还有很多,像"远上寒山石径斜,白云生处有人家。停车坐爱枫林晚,霜叶红于二月花。""清明时节雨纷纷,路上行人欲断魂。借问酒家何处有,牧童遥指杏花春。"这些诗写得都是很好的。

他还有很多妇女题材的诗,像《杜秋娘》《张好好》,写得都是当时很有名的美女。他还写过《题木兰庙》,这个也带有咏史怀古的性质,"弯弓征战做男儿,梦里曾经与画眉。几度

思归还把酒,拂云堆上祝明妃",就是说在王昭君的墓前祈祷,希望自己能够早日回乡。另外还写了很多跟那些歌妓们一起玩的事,这些诗我们就不再看了。他对此也有自我反省,"落魄江南载酒行",你看人家一开始就给自己定性了,我是落魄江南借酒消愁的,如果不落魄我绝对不会干这个事情。"楚腰肠断掌中轻,十年一觉扬州梦,赢得青楼薄倖名",他的艺术特色我想就不用再讲了。

杜牧的诗立意构思是十分巧妙的,既善于写景,又善于抒情,更善于议论,有时候夹叙夹议,有时候又把景色和议论结合在一起,像"南朝四百八十寺,多少楼台烟雨中"在写景诗中融入了深邃的历史感,这个是前人没有过的。他的诗歌语言也是清新自然的,刚才我们读了《清明》《山行》这些诗,清新自然,朗朗上口,大家一读就喜欢吧?这是他的明丽俊爽之处,所以后来有人说"杜牧之才气,其长庆以后第一人耶?"确实有才,因为他本身才华横溢,读书又多,又能够向李杜韩柳学习,所以写出了特别好的诗。

下面我们再看看李商隐。李商隐号玉溪生、樊南生,刚才杜牧是樊川,他是樊南,杜牧是取自樊川别墅,他是取自自己的老家。他和杜牧齐名,并称"小李杜",又和温庭筠齐名,并称"温李","温李"再加上另外一个叫段成式的,三个人骈文写得都很好,这个段成式是个音乐家,而且写了一部很有名的《酉阳杂俎》,他们都在家族里都排行十六,所以晚唐人就把他们三个人写的骈文称之为"三十六体"。

李商隐一生也是遭遇坎坷,我觉得太顺利可能也比较难写出感动人心的诗歌,我们自己在意气风发、一帆风顺的时候也很少想到去读古诗,往往是在比较郁闷痛苦的时候喜欢借古人的诗文来浇自己心中的块垒,比如你爱情特别顺利的

第十四讲 唐诗之花的幽艳晚芳——李商隐、杜牧诗歌艺术欣赏

时候肯定不会想去读那些悲惨的爱情诗吧？李商隐的身世非常凄凉，古代的诗人大都成就于家到中落之后，如果祖祖辈辈都是大字不识一个那也够呛，他们大部分祖上都是有文化底蕴的，但是长到十岁上下的时候家道中落了，就需要他去重振家业了。李商隐就是这样的，他跟堂叔学习，到二十五岁的时候中了进士，后来由于党争，陷得很深，仕途坎坷。怎么陷得深？我们看一下。

李商隐和牛李党争的瓜葛是从令狐楚对他的赏识开始的。李商隐年轻的时候写古文写的特别好，但是骈文不太行，因为骈文的讲究多，而当时朝廷用的官样文章都是骈文，要当官必须得会写。令狐楚是当朝贤相，又是做骈文的高手，他觉得李商隐这个小伙子不错，就把李商隐叫到他家去了，跟他的儿子令狐绹一起学骈文。令狐楚待他如亲子，经常指点他学习，他的骈文后来写得比令狐楚还好。二十五岁的时候李商隐就上京赶考了，那一年主考官是高凯，令狐绹因为爸爸是宰相，所以已经任左补阙了，令狐绹就去找高凯，说今年参加考试的有我一个好同学，他比我水平还高，叫李商隐。有这样的老同学关照过，李商隐自己又有才华，自然就考上了。所以令狐楚和令狐绹对李商隐是有恩的，而且还不是一般的恩，朝廷中其他的大臣自然就认为他是牛党的成员了。过了两年，令狐楚死了，令狐楚一死，李党上台了。所以李商隐就在朝廷里待不下去，只能到幕府去了。李商隐入的是泾原节度使王茂元的幕府，王茂元觉得这个小伙子不错，把自己的女儿许给他了，李商隐和这位王氏夫人感情也很好，王氏去世后，李商隐还写了很多怀念她的爱情诗歌。这个王茂元可是李党的人物，所以当牛党杀回朝廷后，又把李商隐当成李党的人了，牛党的令狐绹对他不依不饶，说你

是忘恩负义的无耻小人。而且李商隐在世的大部分时间都正好是牛党得势的时候,令狐绹后来还做了宰相,李商隐就完蛋了,他一生都不得志,最后抑郁而死。

在这种情况下李商隐的诗歌形成了很独特的风格,他有很多苦恼没法说出来,闪闪烁烁,隐隐约约,让人觉得特别的朦胧,他的无题诗有一部分是写爱情的,有一部分不是写爱情的,他自己也说"为芳草以怨王孙,借美人以喻君子",是写自己得不到重用的痛苦的。

李商隐是一个很有政治抱负的人,他写了很多关于社会政治的诗,也有咏怀咏史诗。比如说他在王茂元幕府的时候写过《安定城楼》:

迢递高城百尺楼,绿杨枝外尽汀洲。贾生年少虚垂涕,王粲春来更远游。永忆江湖归白发,欲回天地入扁舟。不知腐鼠成滋味,猜意鹓雏竟未休。

他说我到这个地方来是想实现个人理想,建立一番功业的,不是以功名为目的,功名这个东西跟腐烂的老鼠肉一样,我怎么喜欢吃这个东西呢,我是要实现政治理想然后功成身退的。

还有《重有感》:

玉帐牙旗得上游,安危须共主君忧。窦融表已来关右,陶侃军宜次石头。岂有蛟龙愁失水?更无鹰隼与高秋!昼号夜哭兼幽显,早晚星关雪涕收?

他这首诗是说当时地方上重要的军队领袖刘从谏的,说你应该学习古代的贤臣,应该入京勤王,把宦官势力减灭掉,李商隐是很关心国事的。李商隐的咏史怀古诗也有很多,但

是写得不像杜牧那样精彩,不过也不错。比如说他写汉文帝:

  宣室求贤访逐臣,贾生才调更无伦。可怜夜半虚前席,不问苍生问鬼神。

汉文帝好像是招贤纳士,他把贾谊找过来了,在未央宫北的宣室接见了贾谊,那么是不是找他来询问治国之策的呢?不是,"不问苍生问鬼神"。这其实是对当时皇帝唐敬宗的一种讽刺。

他还有一首诗:

  向晚意不适,驱车登古原。夕阳无限好,只是近黄昏。

这也是抒发怀古之情的,一片转眼即逝的夕阳,不仅象征着个人的迟暮、沉沦,而且还象征了大唐帝国的奄奄一息。

不过李商隐最为后人所传颂、所欣赏的就是他的爱情诗了,尤其是无题诗。他的无题诗有些是拿开头那两个字做题目的,相当于没有起题目,所以我们通常把这些诗也视作无题。那里面有很多朦胧的爱情诗,这些诗"楚雨含情俱有托",你别看我写男女之情,其实我里面有政治寄托的。但是有些可能是后人过度研究了,硬套上一些历史事件,说这是他的寄托,也有些我们目前还没有看明白,不知道他具体指的是什么,只能说某一首诗里面可能是有寄托的。不过李商隐的无题诗里面也有很多没有政治意义的,只是单纯地在写自己的爱情生活。有一位叫苏雪林的女学者,写过一本《李商隐恋爱事迹考》,我的老师陈贻焮先生也写了一个《李商隐恋爱事迹考辨》,董乃斌的《李商隐传》里面也谈到这个问题。

李商隐在十七八岁的时候有过一段情感经历,他在洛阳和一个叫柳枝的小姑娘产生了爱情,这个柳枝是真名还是比喻性的称呼我们不知道,只知道这段感情是悲剧收场的。后来在他二十三四岁的时候又跟女冠,也就是女道士,产生过感情。那个时候的女道士有些可能带有一定的娼妓色彩,因为在道观里有许多房间是出租给士子赶考读书的,这很容易出问题的。而且当时的女道士不是随便都能去当的,她们大部分人都有一定文化的修养。后来,李商隐跟王茂元的女儿结婚了,夫妻感情很好,两个人如胶似漆。但是在他入朝为官的时候又发生过一些情感纠葛。

我们来看这首诗:

> 昨夜星辰昨夜风,画楼西畔桂堂东。身无彩凤双飞翼,心有灵犀一点通。隔座送钩春酒暖,分曹射覆蜡灯红。嗟余听鼓应官去,走马兰台类转蓬。

这个时候李商隐实际上已经结婚了,而且也回到朝廷了,在兰台,也就是秘书省当官了。他写的"昨夜星辰昨夜风",表示这是后来回忆的,那天晚上星辰灿烂,凉风习习,而且是"画楼西畔桂堂东",这个地点他也记得很清楚,是在国子监的东侧,就在那里两个人卿卿我我,一往情深。下面第三句有一点跳跃性,"身无彩凤双飞翼,心有灵犀一点通",这就又跳到现在的情况了,现在两个人是分开的,其实也不一定隔得很远,就是不能常见面了,他说我没有像彩凤一样长着两双翅膀,不能飞到你的身边去,但是我们两个人的心像犀牛角中间那个孔,是能够相通的。"隔座送钩春酒暖,分曹射覆蜡灯红",这是一个游戏的场景,李商隐他们的爱情是隐秘的,别看他们俩幽会了,实际上在座的其他人都不知道。

为什么不让人知道呢,这个可能有很多问题,可能是你跟王茂元这种高官的闺女关系那么好,怎么能移情别恋呢?但是爱情有的时候就是会这个样子,怎么办呢?"隔座送钩春酒暖",这是一个游戏,类似于我们现在玩的丢手绢这种,是把银钩缠在手上传过来,然后大家猜传到谁哪儿了,猜不对的就要罚酒,李商隐和她的座位中间隔着人呢,不过只要银钩是从她那儿传过来的感觉就很不错,这就是暗中恋爱的情人。而且"春酒暖",表面上她给大家都倒酒了,可李商隐觉得她给自己倒的酒才是更有情意的。"分曹射覆蜡灯红",大家开始玩猜谜游戏了,找个盆子扣着东西,你猜是在这个里边还是在那个里边,那时候烛火红红的,玩得特别开心,虽然爱情关系没公开,但是我能跟她在一起,她在那儿不时地偷看我,我有时候也偷看看她,两个人心有灵犀,感觉挺好的。这么高兴的时候可惜了,"嗟余听鼓",外面的鼓敲起来了,傍晚敲鼓别人应该没事,但是他这个事情不行,他是要值夜班的,皇帝突然想起来要起草一个什么诏书,身边不能没有人给他写,所以要"应官去",得去上班了。"走马兰台类转蓬",我成天在那儿走来走去,跟蓬草一样被吹来吹去,我不得不跟自己心爱的人分开,上班也上得神思恍惚的。这首诗就是写的这个,他是一个士大夫,有了婚外恋又不敢公开,李商隐的爱情诗大部分都是这样的,他写得很动人。还有一些其他的、不完全是真正爱情,有政治寄托的诗,我们就不讲了。